毛 诗 名 物 图 说

毛诗名物图说

〔清〕徐 鼎 纂辑

王承略 校注

中华书局

图书在版编目（CIP）数据

毛诗名物图说/（清）徐鼎撰；王承略校注. —北京：中华书局，
2020.8
ISBN 978-7-101-14656-1

Ⅰ.毛… Ⅱ.①徐…②王… Ⅲ.《诗经》-诗歌研究
Ⅳ.I207.222

中国版本图书馆 CIP 数据核字（2020）第 130049 号

书　　　名	毛诗名物图说
撰　　　者	〔清〕徐　鼎
校 注 者	王承略
责任编辑	石　玉
出版发行	中华书局
	（北京市丰台区太平桥西里 38 号　100073）
	http://www.zhbc.com.cn
	E-mail：zhbc@ zhbc.com.cn
印　　　刷	北京瑞古冠中印刷厂
版　　　次	2020 年 8 月北京第 1 版
	2020 年 8 月北京第 1 次印刷
规　　　格	开本/920×1250 毫米　1/32
	印张 16　插页 2　字数 320 千字
印　　　数	1-5000 册
国际书号	ISBN 978-7-101-14656-1
定　　　价	48.00 元

整理本序

  《诗经》（今本系西汉毛氏所传，亦称《毛诗》）是周初至春秋中期约六百年间诗歌的总集，也是这一时期社会生活方方面面之真切、鲜明的再现。诗作者志其所见或藉物述怀，往往涉及对于大量名物的征引与吟咏，由此形成三百篇（尤其是十五国风与小雅部分）内容和艺术表现上的一个触目的重要特征。早自孔子，就在肯定《诗》之"迩之事父，远之事君"功能的同时，并未忽略其可资"多识于鸟兽草木之名"的作用（《论语·阳货》）。

  北宋著名学者欧阳修，亦有"草木虫鱼，《诗》家自为一学"之说（参见《笔说·博物说》）。两千多年来，在我国古代学术史上一直有重视博物之学的传统，而对于《诗经》中各种名物的考释与索解，尤受到历代学者的关注，相关著述颇多。约而言之，此类考释与索解主要见于以下几个方面：

  其一，是流传于各个历史阶段的《诗》注、《诗》疏之类。这种注疏，一般属于三百篇的通解，往往能在随文释义中留意诸多名物的申说，屡有心得。其中如《毛诗故训传》（毛亨）、《毛诗传笺》（郑玄）等汉人古注，去古未远，所作申说更具有珍贵的学术参考价值。

其二，是被称为"雅学"的一批古代释辞的专书。辞书汇收经典中的各类词语，广泛涉及社会生活，自然不乏对各种名物的解诂。以产生较早的《尔雅》十九篇为例，全书不仅保存了宫室、器物、乐类、天文、地理、山水等方面的许多特定词汇，而且为"释草"、"释木"、"释虫"、"释鱼"、"释鸟"、"释兽"、"释畜"等一一列了专篇。晋郭璞说，"若乃可以博物不惑，多识于鸟兽草木之名者，莫近于《尔雅》"（《尔雅注·序》），正是强调了其书这一方面的特定价值。六朝以后，继续涌现的许多"雅学"著作，沿袭《尔雅》的传统，于"多识于鸟兽草木之名"的方面又不断取得了新的成绩。

其三，是专以考释《诗经》名物为全部内容的研究著作。三国吴陆玑撰《毛诗草木鸟兽虫鱼疏》，遍就三百篇中所见草、木、鸟、兽、虫、鱼加以疏解，总计多达一百五十余种，是迄今所见这类著作中最早、影响较大的一部。其后，诸如宋卞京有《毛诗名物解》、王应麟有《诗草木鸟兽虫鱼广疏》，明冯复京有《六家诗名物疏》、毛晋有《毛诗草木鸟兽虫鱼疏广要》，清陈大章有《诗传名物集览》、焦循有《陆氏草木鸟兽虫鱼疏疏》、丁晏有《校正陆玑毛诗草木鸟兽虫鱼疏》等，都在上承陆玑的基础上不断把《诗经》的"多识之学"更向前有所推进。应该说，此类著作既以《诗经》名物的研究为专务，所作申释往往多方参订，广证博验，因而在资料的丰富与论断的精审上，屡有超越一般传注和辞书之处。

清乾隆年间徐鼎所撰《毛诗名物图说》，也是一部专以考释《诗经》名物为旨意的著作。徐鼎习《诗》始自童年，而耽好"格致"、"多识"之学，他在全书《序》文（写于1771年）中称编纂此书历时二十年之久，可见其坚持不懈、花费精力之巨。他对于名物的博考，不仅注意"蒐罗典籍，往来书肆"，而且重视现实生活中的查证，"凡钓叟、村农、樵夫、猎户，下至舆台皂隶，有所闻，必加试验，而后图写"，这使得他的考释相当精详，时有补正或超越前人之处，殊为难得。

徐鼎认为，《诗经》物类的考释，应当兼顾"名"、"义"。他说："不辨名，胡知是义？不见物，胡知是名？"为此，他在著作中以"图、说二者，相为经纬"，采用了"置图于上"而"分列注释于下"的形式（参见《毛诗名物图说·发凡》）。这种形式，把文字考订与名物形状的再现结合起来，增加了阅读者的形象感与辨识力，应该说是一个颇具创意的有益尝试。特别值得注意的是，徐鼎本人是知名画家，书中为三百篇"鸟"、"兽"、"虫"、"鱼"、"草"、"木"所绘制的二百五十五幅画图，虽不能做到幅幅精美，却可以说大都运笔严谨，状物逼真，富于生活气息，多有可资观玩、欣赏之处。这也许是本书出版的又一价值了。

约两年前，王承略教授曾点校、解说过日人冈元凤的《毛诗品物图考》（山东画报出版社出版），现在又对《毛诗名物图说》做了认真的整理，都是很有意义的事。两书产生的年代相仿，内容也大体近似，然而，冈著专意于藉"图"以"考"，徐著则"图"、"说"兼重，略有不同。至于名物考释的见仁见智，画图风格的彼此差异等等，也许有兴趣的读者会从比较中得到各自的认知，这里就不强作赘语了。

董治安

二〇〇四年四月二十七日于山东大学

整理说明

　　《毛诗名物图说》是清乾隆年间学者、书画家徐鼎的代表作，今有两种版本传世。稿本存国家图书馆，卷首为凡例、目录，已残缺不可读。正文依鸟、兽、草、木、虫、鱼顺序排列，其后是礼器、乐器、杂器、兵器、冠服、衣裳、佩用、车制等图，皆绘图于上，图下做文字考释，全书圈点涂抹较为严重，显然是未定之本。特别是礼器以下诸图，往往有其名而无其图，或有图而无释，或仅做极简略的考释，明显处于草创阶段。残存的目录中提到的定星图、大东总星图、公刘相阴阳图、十五国风地理图等，皆未及措手。稿本而外，有乾隆三十六年坊刻本，首自序，次发凡，次总目，次正文，正文依鸟、兽、虫、鱼、草、木为序排列，顺序与稿本不同，且仅此六类而止，不及礼器以下诸图。惟文字较稿本做了较大的修订，内容更加丰富完整。据徐鼎自序云："其他礼乐冠裳车旂诸图，后续梓行。"可知徐鼎系将其稿本中初步定稿的部分，经再加工后率先寿诸梨枣，作为初编，而把稿本中尚属草创阶段的礼器等图视为续编，容日后续加整理刊行。但徐鼎是否重订过礼器以下诸图，是否将重订本付诸刊刻，今已不可考知。

此次整理，以刻本为底本。刻本间有误字，取稿本和所征引的原始文献加以校正。

整理时，先对原文进行点校，次对原文进行注释。注释的内容首标出处（底本亦有出处，多置于图之右侧，今不重出），然后针对本条所释名物做补充说明。原文中涉及的鲜为人知的书名、人名，一般加以解释。原文中征引的较偏僻的某些文献，尽量注明出处。原文中的疑难字、异体字，按原文顺序，注音释义。若徐鼎所释有误，则随文指出。

刻本的总目，仅举出卷数和大类。每卷卷前，却详列本卷所收物名。为方便读者使用，整理时将卷前细目提出，统移置于全书目录。

原书所引书名、篇名、某某曰，及徐鼎所加"愚按"二字，底本皆用大一号字体，类似于标题，颇为醒目。整理时不再以字号区分，而将中括号加于书名、篇名、某某曰、愚按之上，并加一空格，以便阅读。

本书原文部分由陈锦春同志誊录并做初步标点，又承蒙董治安先生赐序，特此说明，并致谢意。

目 录

原书自序............徐 鼎 001
毛诗名物图说发凡...徐 鼎 003

卷一 鸟

雎鸠......................002
黄鸟......................005
鹊........................007
鸠........................009
雀........................011
燕........................013
雉........................015
雊........................017
雁........................019
流离......................021
乌........................023
鹑........................025

鸠........................027
鸡........................029
凫........................031
鸤........................033
晨风......................035
鸮........................037
鹈........................039
鸠........................041
鸥鸮......................043
鹳........................045
雏........................047
脊令......................049
隼........................051
鹤........................053
桑扈......................055
鹡斯......................057
鹑........................059

鸢 ·························· 061

鸳鸯 ······················ 063

鸦 ·························· 065

鹜 ·························· 067

鹰 ·························· 069

鹭 ·························· 071

凤凰 ······················ 073

鹭 ·························· 075

桃虫 ······················ 077

卷二　兽

马 ·························· 080

麟 ·························· 082

鼠 ·························· 084

麕 ·························· 086

鹿 ·························· 088

龙 ·························· 090

驺虞 ······················ 092

羊 ·························· 095

牛 ·························· 097

兔 ·························· 099

虎 ·························· 101

狼 ·························· 103

卢 ·························· 105

貆 ·························· 107

硕鼠 ······················ 108

貉 ·························· 110

狐 ·························· 112

狸 ·························· 114

熏鼠 ······················ 116

兕 ·························· 117

熊 ·························· 119

罴 ·························· 121

豺 ·························· 123

猱 ·························· 125

豕 ·························· 127

猫 ·························· 129

貔 ·························· 130

豹 ·························· 132

象 ·························· 134

卷三　虫

螽斯 ······················ 138

草虫 ······················ 140

阜螽 ······················ 142

蜻蛚 ······················ 144

蝝 ·························· 146

蛾 ·························· 148

苍蝇 ………………… *150*

蟋蟀 ………………… *152*

蜉蝣 ………………… *154*

蚕 …………………… *156*

蜩 …………………… *158*

莎鸡 ………………… *160*

蠋 …………………… *162*

伊威 ………………… *164*

蟏蛸 ………………… *166*

宵行 ………………… *168*

蜴 …………………… *170*

螟蛉 ………………… *172*

蜾蠃 ………………… *173*

蜮 …………………… *175*

螟 …………………… *177*

螣 …………………… *179*

蟊 …………………… *181*

贼 …………………… *182*

青蝇 ………………… *184*

蛊 …………………… *186*

蜂 …………………… *187*

鳣 …………………… *192*

鲔 …………………… *194*

鲦 …………………… *196*

鲿 …………………… *198*

鲤 …………………… *200*

鳟 …………………… *202*

鲨 …………………… *204*

鲨 …………………… *206*

鳢 …………………… *208*

鳏 …………………… *210*

嘉鱼 ………………… *212*

鳖 …………………… *214*

鼍 …………………… *216*

蛇 …………………… *218*

龟 …………………… *220*

贝 …………………… *222*

鼌 …………………… *224*

鲦 …………………… *226*

卷四 鱼

鲂 …………………… *190*

卷五 草上

苄 …………………… *230*

葛 …………………… *232*

卷耳 ………………… *234*

蘦 …………………… *236*

苄苢 ············ 238
蒌 ············ 240
繁 ············ 241
蕨 ············ 243
薇 ············ 244
蘋 ············ 246
藻 ············ 248
茅 ············ 250
葭 ············ 252
蓬 ············ 254
匏 ············ 256
葑 ············ 258
菲 ············ 260
荼 ············ 262
荠 ············ 264
苓 ············ 265
茨 ············ 267
唐 ············ 269
麦 ············ 271
蝱 ············ 273
绿 ············ 275
竹 ············ 276
瓟 ············ 278
葵 ············ 280
芄兰 ············ 282

谖草 ············ 284
黍 ············ 286
稷 ············ 288
萑 ············ 290
萧 ············ 292
艾 ············ 293
麻 ············ 295

卷六　草中

荷 ············ 298
龙 ············ 300
茹藘 ············ 302
茶 ············ 304
茼 ············ 306
勺药 ············ 308
蒡 ············ 310
莫 ············ 312
葽 ············ 313
稻 ············ 315
粱 ············ 317
菽 ············ 319
蒹 ············ 320
葭 ············ 321
纻 ············ 323

菅 …………………………… 325
茆 …………………………… 327
鷂 …………………………… 328
蒲 …………………………… 329
苌楚 ………………………… 331
稂 …………………………… 332
蓍 …………………………… 334
蒌 …………………………… 335
奠 …………………………… 337
葵 …………………………… 338
菽 …………………………… 340
瓜 …………………………… 342
壶 …………………………… 344
苴 …………………………… 345
韭 …………………………… 346
果蠃 ………………………… 347

苬 …………………………… 360
蓫 …………………………… 361
蕾 …………………………… 363
莞 …………………………… 365
蔚 …………………………… 367
茑 …………………………… 368
女萝 ………………………… 370
芹 …………………………… 372
蓝 …………………………… 374
苕 …………………………… 376
堇 …………………………… 378
笋 …………………………… 380
荼 …………………………… 382
蓼 …………………………… 383
茆 …………………………… 385

卷七 草下

苹 …………………………… 350
蒿 …………………………… 352
芩 …………………………… 354
台 …………………………… 355
莱 …………………………… 357
莪 …………………………… 358

卷八 木上

桃 …………………………… 388
楚 …………………………… 390
甘棠 ………………………… 392
梅 …………………………… 394
唐棣 ………………………… 396
李 …………………………… 398
棘 …………………………… 400

榛……………………………… 402
栗……………………………… 404
椅……………………………… 406
桐……………………………… 408
梓……………………………… 410
漆……………………………… 412
桑……………………………… 414
桧……………………………… 416
松……………………………… 418
木瓜…………………………… 420
蒲……………………………… 422
杞……………………………… 424
檀……………………………… 426
舜……………………………… 428
柳……………………………… 430
棘……………………………… 432
枢……………………………… 434
栲……………………………… 435
杻……………………………… 436
椒……………………………… 438
栩……………………………… 440

卷九　木下

杨……………………………… 444

条……………………………… 446
梅……………………………… 448
駮……………………………… 450
檖……………………………… 452
枌……………………………… 453
郁……………………………… 455
枣……………………………… 456
樗……………………………… 458
杞……………………………… 460
常棣…………………………… 462
杞……………………………… 464
枸……………………………… 465
楰……………………………… 467
榖……………………………… 468
梿……………………………… 470
柞……………………………… 471
棫……………………………… 472
楛……………………………… 474
栵……………………………… 476
柽……………………………… 478
椐……………………………… 480
檿……………………………… 482
柘……………………………… 483
梧桐…………………………… 485
柏……………………………… 487

原书自序

　　古者龙马负图，虙牺则之以画八卦，图之所繇昉也。以故六经莫不有图，而仰观天文，俯察地理，下及飞潜动植，百千万状，靡不具举者，莫《诗》若矣。《大学》曰："致知在格物。"《论语》曰："多识鸟兽草木之名。"有物乃有名，有象乃知物。有以名名之，即可以象像之。诗人比兴，类取其义，如《关雎》之淑女，《鹿鸣》之嘉宾，《常棣》之兄弟，茑萝之亲戚，《螽斯》之子孙，《嘉鱼》之燕乐。不辨其象，何由知物？不审其名，何由知义？若株守一隅之见，东向而望，不见西墙，当前者失之，而欲求诗人类取之旨，罕矣，更何暇究星辰、岳渎、礼乐、车旂之大者哉！唐文宗命程修己仿晋卫协定本，重图物象，复命词臣作草木虫鱼图，卒不行世，罔所考据。先后诂训家雅俗各殊，弗多遗漏，即失支离，又安足怪。

　　先君子以经书遗子，易箦命之曰："愿尔曹作通儒足矣。"时年幼，谨佩之弗忘。长舅敬菴研究《易》理，多所阐明，裒然成集矣。余丁束发时，兄授以《毛诗》三百篇，辄遇耳目闻见之物，忻然有所得，乃欲博考名物，蒐罗典籍，往来书肆不惮烦，不揆梼昧，编而辑之，阅二十年矣，尤恐于格致、多识之说未精详也。凡钓叟、村农、樵夫、猎户，下至舆台皂隶，有所闻，必加试验，而后图写，即分注释于下。异同者一之，窒碍者通之，烦碎者削之，谬讹者正之，穿凿傅会者汰之，止欲于物辨其名，于名求其义，得诗人类取托咏之旨而后安。

比年来家居教授，从游者众，赖诸子相与赞成。时余在中丞幕府，忝居讲席，与同学究经义，出示斯编，则见卷首有归愚沈师手书"名物一书，传世之学"数语，即首肯曰："先生何不寿诸梨枣，以公同好？"嗣又为坊间请梓，因分为九卷，标之曰"名物图说"。其他礼乐冠裳车旂诸图，后续梓行。先之鸟兽虫鱼草木者，犹《诗》之始《国风》而终《雅》《颂》也欤？但闻见单浅，讵无挂漏，愿质诸博物君子，爰以五百九十八言弁诸简首。

时乾隆辛卯子月朔，吴中徐鼎序清德堂之西斋。

毛诗名物图说发凡

一、诗之为教，自兴观群怨君父外，而终之以多识鸟兽草木之名。顾不辨名，胡知是义？不见物，胡知是名？图、说二者，相为经纬。古人左图右书，良有以也。兹编所辑，置图于上，分列注释于下。

一、集中有一物重出者，不复图说。有同物异名者，如《葛覃》黄鸟，《东山》言仓庚；《周南》螽斯，《七月》言斯螽，无图而有说，即附其末。有同名异物者，如《鹊巢》之鸠为鸤鸠，《氓》之鸠为鹘鸼；《将仲子》之杞为杞柳，"南山有杞"、"在彼杞棘"为梓杞，"集于苞杞"、"言采其杞"、"隰有杞桋"为枸檵；与《泽陂》之蒲为蒲草，入草类，"不流束蒲"为蒲柳，入木类，各分图说。

一、物状难辨者，绘图以别之。名号难识者，荟说以参之。爰据《山经》暨唐宋《本草》，有或未备，考州郡县志，诹之土人，凡期信今传后云。

一、《齐》、《鲁》、《韩诗》既亡，毛《传》孤行。自汉唐诸子分道扬镳，泊乎紫阳，会萃群言。兹编博引经传子史外，有阐明经义者，悉捃拾其辞，他若谶纬诸书，概置不录。

一、貉不逾汶，鸜鸲不逾济，狐不渡江，而南橘不越江，而非地气使然也。先儒生长其间，各陈方土之言，不少异同之说。余厘订采诗之地，衷之土音，正其讹阙，其疑用"愚按"以备参考。

一、昌黎有云："句读之不知，惑之不解。"故集中详列某书某氏，俾读者知所渊源，用大字表章之。若说中更引某书某氏，仍依小注联贯之，则部分班列，便于观览成诵。

一、典册浩汗，古今体异，字迹相沿，不无谬讹，如"舄"三写而为"乌"，"虎"三写而为"帝"，故详加校雠，以期画一。

句

一

采

雎
鸠
①

【《尔雅·释鸟》】雎鸠，王雎。　【郭璞注】雕类，今江东呼之为鹗，好在江渚山边食鱼。　【师旷《禽经》】鱼鹰也，亦曰白鹭，亦名白鷢。　【陆玑《草木虫鱼疏》】②雎鸠，大小如鸱，深目，目上骨露，幽州人谓之鹫。扬雄、许慎皆曰白鹭，似鹰，尾上白。　【徐铉曰】③雎鸠常在河洲之上，为俦偶，更不移处。【严粲《诗缉》】《左传》郯子五鸠④，备见《诗经》。祝鸠氏司徒，鹁鸠也，《四牡》、《嘉鱼》之雏是也。雎鸠氏司马，《关雎》之鸠是也。鸤鸠氏司空，布谷也，《曹风》之鸤鸠是也。爽鸠氏司寇，《大明》之鹰是也。鹘鸠氏司事，鸴鸠也，非斑鸠，《小宛》之鸣鸠、《氓》食桑葚之鸠是也。　【杜预《左传注》】雎鸠挚而有别，故为司马，主法则。　【愚按】毛《传》"挚而有别"⑤，《列女传》云"未见乘居而匹处"，盖生有定偶，交则双翔，别则异处，好在洲渚。其色黄,其目深。云雕类如鸥似鹰者,皆谓挚鸟。挚鸟之性不淫,取以方淑女之德。又据《通志》云:"凫类,多在水边,尾有一点白,故扬雄谓白鷢。"但白鷢似鹰而非凫。《释鸟》"雎鸠,王雎"、"杨鸟,白鷢"各一种。朱《传》亦云水鸟⑥,状类凫鹥。若钱氏《诗诂》为杜鹃⑦,或谓似鸳鸯者,并谬。

【校注】

① 雎鸠,见《周南·关雎》,诗曰:"关关雎鸠,在河之洲。窈窕淑女,君子好逑。"雎鸠,王雎,今称为鱼鹰。

② 陆玑《草木虫鱼疏》,指三国吴陆玑的《毛诗草木鸟兽虫鱼疏》,此书是第一部专释《毛诗》名物的专著。徐鼎引陆玑云云,意在借陆玑之说,证明雎鸠就是幽州人所谓的鹫,而对扬雄、许慎"白鷢"之说提出怀疑,因为据《尔雅·释鸟》,明确区分雎鸠、白鷢为两种鸟。陆玑云云,一见于《周南·关雎》孔颖达《正义》,一见于《尔雅·释鸟》邢昺《疏》,二者文字基本相同。清段玉裁《说文解字注》认为陆《疏》原文至'幽州人谓之鹫'而止,非是。

③ 徐铉曰云云,见《埤雅》卷七引徐铉《草木虫鱼图》,此书今佚。

④《左传》郑子论五鸠,见《昭公十七年》。

⑤ 毛《传》,指汉初毛亨的《毛诗故训传》,此书是《毛诗》学派的奠基之作。

⑥ 朱《传》,指宋朱熹的《诗集传》,此书也是《诗经》学史上的经典之作。

⑦ 钱氏《诗诂》，指宋钱文子的《诗诂》三卷。其书已佚。杜鹃之说，见明冯复京《六家诗名物疏》卷一引。

黄
鸟
①

【尔雅】皇，黄鸟。仓庚，商庚。鵹黄，楚雀。仓庚，鵹黄也。
【陆玑《诗疏》】黄鸟，黄鹂留也，或谓之黄栗留，幽州人谓之黄鹭，
一名仓庚，一名商庚，一名鵹黄，一名楚雀。　【太平御览】简简
黄鸟，载好其音。　【格物总论】鵹黑尾，嘴尖红，脚青，遍身甘
草黄色，羽及尾有黑毛相间，三四月鸣，声音圆滑。　【愚按】黄
鸟不一名，五方异语耳。《月令》"仲春之月，仓庚鸣"，里语"黄栗
留，看我麦黄葚熟"，是应节趋时之鸟。黍登而声伏，故名搏黍。又
性好双飞，故罗愿云："鹂字从丽，鹂必匹飞，而《东山》诗所以兴
之子于归焉。"②《伐木》"鸟鸣嘤嘤"，《禽经》作"鹦鸣嘤嘤"，其
声嘤嘤，故名。然则《豳风》仓庚、《伐木》鸟嘤，即是黄鸟，不复图
说，下凡仿此。

【校注】

　　① 黄鸟，见《周南·葛覃》，诗曰："黄鸟于飞，集于灌木，其鸣喈喈。"黄鸟，毛《传》释为抟黍，徐鼎作搏黍，今名黄雀。除《葛覃》外，《邶风·凯风》、《秦风·黄鸟》、《小雅·黄鸟》、《小雅·绵蛮》中的黄鸟，皆指黄雀。徐鼎认为《豳风·东山》"仓庚于飞"、《小雅·伐木》"鸟鸣嘤嘤"都指黄鸟，实承陆玑之误。仓庚在《诗经》中凡三见，即《豳风·七月》、《东山》、《小雅·出车》。《七月》毛《传》释仓庚为离黄，则毛《传》并不认为仓庚是黄鸟。《尔雅》亦黄鸟、仓庚分释，则二者为不同之鸟无疑。仓庚即今之黄鹂，又名黄莺。陆玑合二者为一，非是。

　　② 罗愿云云，见《尔雅翼》卷十四。

鹊
①

【《礼·月令》】季冬之月,鹊始巢。 【周书】②小寒之日,雁北乡,又五日,鹊始巢。 【禽经】鹊以音感而孕,又鹊鸣喳喳。【淮南子】鹊识岁之多风,去乔木而巢扶枝。又云:太阴所建,鹊巢向而为户。 【陆贾曰】③干鹊噪而行人至。 【罗愿《尔雅翼》】鹊巢水大则高,水小则卑,傅枝而生子,春二月有乳鹊矣,已而舍去,他鸟居之,故《召南》称鸠居鹊巢。今乌之类亦逐鹊而居其巢。 【陆佃《埤雅》】鹊知人喜,作巢取在木杪枝,不取堕地者,皆傅枝受卵,故一曰"干鹊"。《庄子》云:"干鹊孺。"④以傅枝少欲,故曰孺也。《博物志》云:"鹊背太岁也。"⑤先儒以为鹊巢居而知风,蚁穴居而知雨。 【愚按】鹊巢背太岁,向太乙。北方喜鸦恶鹊,南方恶鸦喜鹊。不能高飞,故《尔雅》"鹊鵙丑,其飞也翪"⑥,注云:"竦翅上下而已。"

【校注】

　　① 鹊，见《召南·鹊巢》，诗曰："维鹊有巢，维鸠居之。"鹊，今称为喜鹊。

　　②《周书》，指《逸周书》。《周书》云云，见《逸周书·时训解》。

　　③ 陆贾曰云云，乃陆贾答樊哙语，见《西京杂记》卷三。

　　④《庄子·天命》曰："乌鹊孺，鱼傅沫。"字作"乌"，不作"干"，徐鼎稿本也作"乌"。孺，通"乳"，孵生。

　　⑤《博物志》云云，见该书卷二。

　　⑥ 鹃（音 jú），即鹈鸩，又名伯劳、子规、杜鹃。丑，类。鬷（音 zōng），鸟飞时振翅上下。

鸤
①

【毛《传》】鸤，鸤鸠，秸鞠也。　　【尔雅】鸤鸠，鸤鹪。
【郭璞注】今之布谷也，江东呼为获谷。　　【邢昺《疏》】《左传》
"鸤鸠氏司空"，《诗》"维鸠居之"，皆谓此也。《方言》云"戴
胜"，谢氏云"布谷类也"。陆玑云："今梁宋之间谓布谷为鸤鹪，
一名击谷。"案：戴胜自生穴中，不巢生，而《方言》云戴胜，非
也②。　　【禽经】鸠拙而安。注云：鸤鸠也。　　【埤雅】今之布谷，
江东呼为郭公。不自为巢，居鹊之成巢。有均一之德。盖其哺子，朝
自上而下，暮自下而上，均也。其子在梅、在棘、在榛，而已则常在
乎桑者，一也。　　【愚按】形如斑鸠而大，毛杂黄色，鸣时正值播
谷，故名布谷。里语云："阿公阿婆，割麦插禾，脱卸破裤。"因其
鸣时为农候故耳。《曹风·鸤鸠》即此鸠也。

【校注】

① 鸠，见《召南·鹊巢》，诗曰："维鹊有巢，维鸠居之。"鸠，鸤鸠，即布谷鸟。

② 《尔雅》邢《疏》认为戴胜穴生，鸤鸠巢生，是两种不同的鸟。《埤雅》卷九"戴胜"条云："《方言》曰：'鸤鸠，自关而东谓之戴鵀。'似误。盖鸤鸠，布谷也。按今男事兴而布谷鸣，女功兴而戴鵀鸣，则鸤鸠与戴胜异，雄之言非。"

雀
①

【许慎《说文》】雀，依人小鸟。　　【崔豹《古今注》】雀，一名嘉宾。言栖宿人家如宾客。　　【禽经】雀交不一，雉交不再。【埤雅】《雀赋》云："头如颗蒜，目如擘椒。"②雀，物之淫者；鼠，物之贪窃者。故《诗》言雀角鼠牙以譬强暴。又《禽经》云："雀以猜瞿。"今雀俯而啄，仰而四顾，所谓瞿也。　　【雅翼】③雀，小佳。其小者黄口，贪食易捕；老者黠，难取。号为宾雀。性极多欲。字通于爵，饮器以为名，象雀之形，取其鸣"节节""足足"也。【愚按】《本草》一名瓦雀，言其宿檐瓦间也。毛斑，嘴黑，尾长二寸许，爪距黄白色。跳跃不步，其视惊瞿，其目夜盲。俗呼老而斑者麻雀，小而黄口者黄雀。小鸟短尾，故字从小从佳。雀无角，故《笺》云："雀之穿屋，不以角，乃以味。"

【校注】

① 雀，见《召南·行露》，诗云："谁谓雀无角，何以穿我屋？"雀，家雀。

②《雀赋》，指三国魏曹植的《鹞雀赋》，见《艺文类聚》卷九十一。颗，《艺文类聚》作"菓"。

③《雅翼》，指《尔雅翼》，引文见该书卷十五。

【尔雅】燕燕，𪃟。　【郭璞注】一名玄鸟，齐人呼"𪃟"。
【邢昺《疏》】燕，即今之燕，古人重言之，《诗》"燕燕于飞"，《汉
书》童谣"燕燕尾涎涎"是也。　【月令】仲春玄鸟至，仲秋玄鸟
归。　【左传】②少皞氏鸟师而鸟名，玄鸟氏司分者也。　【禽
经】燕以狂䎑③。　【陶隐居《本草注》】燕有两种：紫胸轻小者，
越燕；有斑黑而声大者，胡燕。胡燕作窠，长能容二匹绢者，令人
家富。　【埤雅】燕，籋口④，布翅，枝尾。曰"天命玄鸟，降而生
商"，言简狄吞其卵而生契也。曰"差池其羽"，言其羽相与差池。
"颉之颃之"，言其飞一上而一下。"下上其音"，言其鸣一下而一
上。《禽经》："鸟向飞背栖，燕背飞向宿。"背飞，颉颃是也。
【愚按】燕字篆文象形。𪃟，其名自呼也。玄，其色也⑤。越燕营巢
上向，胡燕营巢旁向。旧说来去皆避社，又戊巳日不衔土。

【校注】

　　① 燕，见《邶风·燕燕》，诗曰："燕燕于飞，差池其羽。"燕，又称为鳦（音 yǐ）、玄鸟，今称为燕子。

　　②《左传》云云，见《昭公十七年》。

　　③ 晘（音 háng），同"颃"，鸟向下飞。

　　④ 籋（音 niè），镊子。

　　⑤ 徐鼎以为，燕像鸟形而得名，玄鸟因鸟色黑而得名，鳦因鸟声而得名。

雉
①

【韩诗章句】雉，耿介之鸟。　　【郭璞注《尔雅》曰】"鹞雉"，青质，五彩。"鹬雉"②，即鹬鸡也，长尾，走且鸣。"鳪雉"③，黄色，鸣自呼。"鷩雉"④，似山鸡而小，冠背毛黄，腹下赤，项绿色鲜明。"秩秩，海雉"，如雉而黑，在海中山上。"鸐⑤，山雉"，长尾者。"翰雉⑥，鹎雉"⑦，今白鹎也，江东呼白翰，亦名白雉。"雉绝有力，奋"，最健斗。"伊洛而南，素质五彩皆备成章，曰翚"⑧，翚亦雉属，言其毛色光鲜。"江淮而南，青质五彩皆备成章，曰鹞"，即鹞雉也。"南方曰翚⑨，东方曰鶅⑩，北方曰鹎，西方曰鷷"，说四方雉之名。　　【埤雅】《易》曰："离为雉。"⑪离，火也，其体文明，性复猋悍，故为雉。亦雉虽非辰属，而正是南方之物。陶氏所谓"丙午日不可食"者，明王于火也。　　【宋齐邱《化书》】⑫雉不再合，信也。
【愚按】雉俗呼为野鸡，其名昉于汉高，以吕太后名雉，故易名为野鸡。性好斗,飞若矢,一往而堕,故字从矢。不能远飞,崇不过丈,修不过三丈,所谓"雉高一丈,长三丈也",《斯干》云⑬:"如翚斯飞。"翚,雉也。郑《笺》云⑭:"伊洛而南,素质五色皆备成章,曰翚。"《尚书》谓之"华虫"⑮,《曲礼》谓之"疏趾"⑯。

【校注】

①雉,见《邶风·雄雉》,诗曰:"雄雉于飞,泄泄其羽。"雉,野鸡。

②鴢,音 jiāo。

③鸼,音 bǔ,刻本误作"鸼"。

④鷩,音 bì。

⑤鸐,音 dí。

⑥鷃,音 hàn。

⑦鸫,音 dào。

⑧翚,音 huī。

⑨翯,音 chóu。

⑩鹚,音 zī。

⑪《易》曰云云,出自《周易·说卦》。

⑫宋齐邱,南唐时人。

⑬《斯干》,《小雅》篇名。

⑭郑《笺》,指郑玄的《毛诗传笺》。

⑮《尚书·益稷》云:"山龙华虫作会。"《太平御览》卷九一七引古注云:"华虫,鷩雉也。五色,故谓华也。"

⑯《礼记·曲礼下》云:"凡祭宗庙之礼,雉曰疏趾。"《埤雅》卷六曰:"鸡雉丑指间无幕,其足疏,故曰疏趾。"

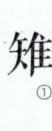

雉
①

【孔颖达《正义》】"雉鸣求其牡",则非雄雉,故知鷕,雌雉
声也。又《小弁》云:"雉之朝雊,尚求其雌。"则雄雉之鸣曰"雊"
也。　【张华《博物志》】雉长尾,雨雪,惜其尾,栖高树杪,不下
食,饿死。　【愚按】上雉是雄,此雉是雌。雄雉有冠,善斗,文
采而尾长。雌雉无冠,鷕鸣,文暗而尾短,其卵褐色。卵时雌避其
雄,而潜伏之,不则雄食其卵也。飞曰"雌雄",走曰"牝牡"。求其
雄,淫也;更求其牡,乱也。

【校注】

① 雉,见《邶风·匏有苦叶》,诗曰:"有渳济盈,有

鹭雉鸣。济盈不濡轨，雉鸣求其牡。"徐鼎以雌雉与雄雉
外貌不同，乃分别图说。鸟曰雌雄，兽曰牝牡，散文则通，
徐鼎区分求雄为淫，求牡为乱，可谓求之过深。

雁
①

【夏小正】正月，雁北乡②。九月，遰鸿雁③。　【禹贡】阳鸟攸居④。　【禽经】鸤以水，言自北而南；鹝以山，言自南而北。【张华注】鸤鹝并音雁，冬则适南，集于水干，故字从干。春则向北，集于山岸，故字从岸。小曰雁，大曰鸿。多集江渚，故字从江。【春秋繁露】凡贽，大夫用雁，有类长者在民上，必有先后，雁有行列，故以为贽。　【士昏礼】下达，纳采用雁。执雁，请问名。纳吉，用雁。请期，用雁。　【注】⑤用雁为贽者，取其顺阴阳往来。【愚按】雁去来以时，避寒就温，北不逾瀚海，南不逾衡山。雁有四德：寒则南，热则北，信也；飞则有序，前鸣后和，礼也；失偶不再匹，节也；夜则群宿，一雁巡防，飞则衔芦以避矰缴⑥，智也。昏礼用雁，郑《笺》云："以雁随阳而处，似妇人从夫。"程子明道⑦云："以其不再偶。"鸿、雁大略相类，《博物志》云："雁色苍而鸿色白。"惟此稍异耳。

【校注】

①雁，见《邶风·匏有苦叶》，诗云："雝雝鸣雁，旭日始旦。士如归妻，迨冰未泮。"鸿，见《邶风·新台》，诗云："鱼网之设，鸿则离之。燕婉之求，得此戚施。"

②乡，同"向"。

③逓（音 dì），去，往。

④《尚书·禹贡》曰："淮海惟扬州，彭蠡既豬，阳鸟攸居。"伪孔《传》："彭蠡，泽名。随阳之鸟，鸿雁之属，冬月所居于此泽。"

⑤注，指郑玄注。《仪礼·士昏礼》贾公彦《疏》："昏礼有六，五礼用雁，纳采、问名、纳吉、请期、亲迎是也，唯纳徵不用雁。"

⑥矰（音 zēng）缴，系有丝绳用以射鸟的短箭。

⑦程子明道，北宋程颢。

流离①

【毛《传》】琐尾，少好之貌。流离，鸟也，少好长丑。　【尔雅】鸟少美长丑为鹠鹠。　【郭璞注】鹠鹠犹流离，《诗》所谓"流离之子"。　【陆玑《疏》】流离，枭也。自关而西，谓枭为流离。其子适长大，还食其母，故张奂云"鹠鹠食母"。许慎云"枭，不孝鸟"，是也。　【埤雅】枭食母，破獍食父②，故曰至捕枭，磔之。字从鸟头在木上。《北山录》③曰："乌反哺，枭反噬。"　【愚按】朱子《集传》云："流离，漂散也。流离琐尾，若此可怜，以况黎君臣久寓于卫之苦。而汉唐诸儒皆训流离为鸟名。"《正义》曰："流与鹠盖古今之字，《尔雅》离或作栗。"又云："少而美好，长即丑恶，以兴卫之诸臣始而愉乐，终以微弱。"盖说《诗》者多宗毛《传》，似有确据，不得以朱《传》而少之。

【校注】

① 流离，见《邶风·旄丘》，诗曰："琐兮尾兮，流离之子。"流离，《尔雅》、毛《传》释为"少好长丑"之鸟，陆《疏》释为枭，朱熹《诗集传》释为漂散。马瑞辰《毛诗传笺通释》、胡承珙《毛诗后笺》、郝懿行《尔雅义疏》，皆同意《尔雅》、毛《传》之说，而反对陆、朱之说。

② 破獍（音 jìng），又名破镜，《汉书·郊祀志上》》"祠黄帝，用一枭破镜"，颜师古注："孟康曰：枭，鸟名，食母。破镜，兽名，食父。"后世因称不孝者为枭獍。

③《北山录》，唐神清撰，见《说郛》。

乌
①

【埤雅】乌，体全黑，一名鸦，其名自呼。《淮南子》云："乌之哑哑，鹊之唶唶。"《诗》曰"莫黑匪乌"，以况卫之君臣，其恶如一。曰"瞻乌爰止，于谁之屋"②，言富人之屋，利之所在，故乌集焉，民之从禄将如此矣。曰"具曰予圣，谁知乌之雌雄"，言幽王君臣俱自谓圣，如乌之黑，雌雄无以别也。乌见异则噪，今人闻噪则唾其凶也。　【愚按】纯黑者谓乌，即"莫黑匪乌"是也。小而腹下白者谓雅乌，《尔雅》云'鷐斯，鹎鶋'，郭璞云"雅乌即《小弁》之鷐斯"是也。又有一种白脰乌，即慈乌，是反哺孝乌也。以吴地所产验之，有此三种乌，即今呼谓老鸦也。

【校注】

①乌，见《邶风·北风》，诗云："莫赤匪狐，莫黑匪乌。"乌，乌鸦。朱熹《诗集传》曰："乌鸦黑色，皆不祥之物，人所恶见者也。"

②"瞻乌爰止，于谁之屋"，"具曰予圣，谁知乌之雌雄"，《小雅·正月》诗句。

鹑
①

【张揖《广雅》】雏②，鹑。鴽，鹑。　　【埤雅】鹑无常居而有常匹。《诗》曰："鹑之奔奔，鹊之彊彊。"奔奔，斗也。彊彊，刚也。言鹑能不乱其匹，鹊能不淫其匹，故《序》云："卫人以为宣姜鹑鹊之不若也。"曰："不狩不猎，胡瞻尔庭有县鹑兮。"③鹑，小物也，以言在位贪鄙，小禽尚公之如此。俗言此鸟性淳悫④，不越横草，所遇小草横其前即避，名之曰淳，以此。　　【愚按】形如鸡而小，毛斑色，短尾。雄者足高，雌者足卑。其性畏寒。其雄善斗。夜则群飞，昼则草伏。人能以声呼取之，畜令斗搏。今吴中呼为鹌鹑。

【校注】

① 鹑，见《鄘风·鹑之奔奔》，诗曰："鹑之奔奔，鹊之彊彊。"鹑，鹌鹑。古人认为鹌、鹑有别。《尔雅·释鸟》："鴽，鴾母。"郭注："鹌也，青州呼鴾母。"《释鸟》又云："鹌，鹑。其雄鹊，牝痺。"郭注："鹑，鹌属。"《释鸟》又云："鹑子，鳼。鴽子，鳺。"可见，鹌、鹑二鸟的雏名、别名皆不同。王念孙《广雅疏证》卷十下曰："鹑、鹌二鸟情状相似，故对文则鹑与鹌异，散文则通。"

② 雏，原作"隹"，据王念孙说改。

③ "不狩不猎，胡瞻尔庭有县鹑兮"，《魏风·伐檀》诗句。

④ 惷（音 chǔn），通"蠢"。

鸠
①

【尔雅】鹘鸠，鹘鵃。 【孙炎注】一名鸣鸠，《月令》云：
"鸣鸠拂其羽。" 【郭璞注】似山鹊而小，短尾，青黑色，多声。
今江东亦呼为鹘鵃。 【某氏曰】《春秋传》云："鹘鸠氏司事，春
来冬去。" 【广雅】鹘鸠，鹬鸠也。 【埤雅】鹘鸠性食桑葚，
然过则醉而伤其性，故《诗》云："于嗟鸠兮，无食桑葚。"而《序》
以为刺淫佚也。《诗》曰："宛彼鸣鸠，翰飞戾天。"②言鸣鸠小物，
决起而飞，抢榆枋时则不至，而控于地而已矣。此鸟喜朝鸣。凡鸟
朝鸣曰嘲，夜鸣曰咬。《禽经》云："林鸟以朝嘲，水马以夜咬。"今
林栖多朝鸣，水宿多夜叫。咬音夜，字见《龙龛手镜》③。 【愚
按】邢昺《疏》云："旧说皆云斑鸠，非也。盖斑鸠项有绣文斑然，
故曰斑鸠。与此鹘鸠全异。"《正义》曰："'宛彼鸣鸠'，亦此鸠
也。《尔雅》：'鸠类非一。'知此是鹘鸠者，以鹘鸠冬始去，今秋见

之，以为喻，故知非余鸠也。"《东都赋》云"鹠嘲春鸣"[4]，即此。

【校注】

① 鸠，见《卫风·氓》，诗云："于嗟鸠兮，无食桑葚。"鸠，毛《传》依《尔雅》释为鹘（音 gǔ）鸠，今人一般认为鹘鸠就是斑鸠，但邢昺《尔雅疏》明确指出二者是不同的。李时珍《本草纲目》曰："今夏月出一种糠鸠，微带红色，小而成群，好食桑椹及半夏苗，即此也。"

② "宛彼鸣鸠，翰飞戾天"，《小雅·小宛》诗句。

③ 《龙龛手镜》，字典，辽释行钧撰。

④ 《东都赋》，汉班固撰。

鸡①

【说卦】②巽为鸡。　　【疏】巽主号令，鸡知时，故为鸡也。

【韩诗外传】③田饶云："鸡有五德：头戴冠者，文也；足傅距者，武也；敌在前敢斗者，勇也；见食相呼者，仁也；守夜不失时者，信也。"　　【管辂列传】④鸡者，兑之畜，故太白扬辉则鸡鸣。

【古今注】⑤鸡，一名烛夜。　　【刘向曰】鸡者，主司时，起居人。

【埤雅】《盐铁论》曰："鸡廉狼吞。"鸡跑而食之，每有所择，故曰小廉如鸡。《尔雅》曰："鸡大者蜀，蜀子雓。"郭璞云："鸡大者蜀，今蜀鸡也。鸡有蜀、鲁、荆、越诸种。越鸡小，蜀鸡大，鲁鸡又其大者。"《说文》云："日在西方而鸟栖，因以为东西之西。"《诗》曰："鸡栖于埘，日之夕矣。"言鸡栖矣。日于是夕，夕于是月见，故象半月未有蟾桂之状。曰"鸡鸣偕喈"、"胶胶"、"不已"者⑥，言鸡之信度如此，君子不改其度之譬也。　　【愚按】鸡，稽也，能稽时也，人家畜之。夜群鸣谓之荒鸡，黄昏独啼谓之盗啼。荒鸡主不祥，盗啼主火患。

【校注】

①鸡，见《王风·君子于役》，诗云："鸡栖于埘，日之夕矣，羊牛下来。"鸡，《说文》释为知时畜，指公鸡。

②《说卦》，《周易》"十翼"之一。

③《韩诗外传》，西汉韩婴撰。

④《管辂列传》，见《三国志》卷二十九《方伎列传》。

⑤《古今注》，晋崔豹撰。

⑥《郑风·风雨》首章曰："风雨凄凄，鸡鸣喈喈。"二章曰："风雨潇潇，鸡鸣胶胶。"三章曰："风雨如晦，鸡鸣不已。"依毛《传》、郑《笺》之说，是赞美鸡在任何情况下皆能守时而鸣，以兴君子虽处乱世不改变其节度。

凫
①

【尔雅】鸱②，沉凫。　　【郭璞注】似鸭而小，长尾，背上有文。今江东呼之为鸱。　　【李巡注】野曰凫，家曰鹜。　　【陆玑《疏》】大小如鸭，青色，卑脚，短喙，水鸟之谨愿者也。　　【埤雅】《庄子》曰："凫胫虽短，续之则忧；鹤胫虽长，断之则悲。"此言生理至足，无欠无余，自长非所增，自短非所损也。《诗》曰"弋凫与雁"，盖凫雁常以晨飞，故相警以夙兴也。　　【雅翼】陆龟蒙称："夜闻有声类暴雨，一夕数四，明讯其甿，曰凫鹥也。其曹蔽天而来，必竭禾穗而去。江南不能弋罗，常药而得之。"③　　【愚按】《楚辞》云："宁昂昂若千里之驹乎？将氾氾若水中之凫乎？"④盖凫性沉没，与波上下。数百为群飞，声如风雨暴至。今俗呼为"野鸭阵"，以其状类鸭也。

【校注】

　　① 凫（音 fú），见《郑风·女曰鸡鸣》，诗云："将翱将翔，弋凫与雁。"凫，野鸭。

　　② 鸤，音 shī。

　　③《尔雅翼》引陆龟蒙云云，见《笠泽丛书》卷三《禽暴》，但罗愿乃节抄，非陆氏全文。

　　④《楚辞》云云，见《卜居》篇。

鸨
①

【毛《传》】鸨之性不树止。　　【陆玑《疏》】鸨鸟连蹄, 性不树止, 树止则为苦。　　【郭璞曰】②鸨似雁, 无后趾, 毛有豹文, 一名独豹。　　【酉阳杂俎】③鸨遇鸷鸟, 能激粪御之。粪著, 毛悉脱。　　【埤雅】鸨无舌, 连蹄, 性不木止。《说文》曰:"早, 相次也。从匕从十。"盖鸨性群居。如雁, 自然而有行列, 故从早。《诗》曰"鸨行", 以此故也。　　【《正义》曰】④鸨性不树止, 树止则为苦, 以喻君子从征役, 为危苦也。

【校注】

　　① 鸨, 见《唐风·鸨羽》, 诗云:"肃肃鸨羽, 集于苞栩。"

鸨，野雁。

　　②《尔雅》郭璞注、陆德明《经典释文》都指出鸨似雁而大，无后趾。因无后趾，故不能稳定地栖息在树上。诗人用鸨在树比喻君子从征之艰难困苦。

　　③《酉阳杂俎》，唐段成式撰。

　　④《正义》，指孔颖达的《毛诗正义》。

【尔雅】晨风，鸇。　　【陆玑《疏》】似鹞，黄色，燕颔，勾喙，向风摇翅，乃因风飞急，疾击鸠、鸽、燕、雀，食之。　　【列子】鹞之为鸇，鸇之为布谷，布谷久复为鹞也。　　【禽经】鹯曰鸇。【注】晨风也，状类鸡。　　【埤雅】《孟子》所谓"为丛驱爵者鹯"②，即此是也。《诗》曰："鴥彼晨风，郁彼北林。"言穆公能芘其所赖，而贤者赴之如此。且黄鸟仁，晨风义，而秦之良士以仁死，贤臣以义生。故《黄鸟》曰"哀三良也"，而《晨风》以刺其弃贤臣③。

【校注】

　　①晨风，见《秦风·晨风》，诗云："鴥彼晨风，郁彼北

林。"晨风，鹯（音 zhān），鸷鸟的一种，鹞属，常常袭击燕雀等小飞禽而食。

②《孟子·离娄上》曰："为渊驱鱼者獭也，为丛驱爵者鹯也，为汤、武驱民者桀与纣也。"赵岐注："鹯，土鹯。"

③《黄鸟》、《晨风》，皆《秦风》篇名，《诗小序》曰："《黄鸟》，哀三良也。国人刺穆公以人从死，而作是诗也。"又曰："《晨风》，刺康公也。忘穆公之业，始弃其贤臣焉。"

鹦
①

【毛《传》】鹦，恶声之鸟也。　　【陆玑《疏》】鹦大如斑鸠，绿色，入人家凶，贾谊所赋《鵩鸟》是也。其肉甚美，可为羹臛，又可为炙。汉供御物各随其时，唯鹦冬夏常施之，以其美故也。

【郭义恭《广志》】鹦，楚鸠所生。　　【埤雅】《诗》曰："翩彼飞鹦，集于泮林。食我桑葚，怀我好音。"②言鹦食桑黮，则变而美其色，好其音，以况德义能革小人之非如此。及其食梅，则不足以革其容色，变其声音，故"墓门有梅，有鹦萃止"，以刺陈陀无良师傅也③。　　【愚按】鹦，恶声之鸟。《尔雅》曰"枭鸱"，即此鹦也。枭与鹦音相近。《正义》曰："一名枭，一名鸱。《瞻卬》云'为枭为鹦'④，是也。俗说以为鹦即土枭，非也。"盖土枭，《尔雅》自谓之鸱鸺，即《诗》"流离之子"也。考《异物志》："有鸟如小鸡，体有文色，名之曰服。不能远飞，行不出域。"贾公彦曰："鹦、鵩二鸟，夜为恶鸣者也。"⑤然则枭也、鸮也、鸱也，一物也⑥。陆《疏》以鸮为鹏者，非。

【校注】

　　①底本图左有"枭鸱同"三字。鸮（音 xiāo），见《陈风·墓门》，诗曰："墓门有梅，有鸮萃止。"鸮，即鸱鸮，今名猫头鹰。

　　②"翩彼飞鸮，集于泮林。食我桑葚，怀我好音"，《鲁颂·泮水》诗句。

　　③"刺陈陀无良师傅"，《墓门》序之语。

　　④《瞻卬》，《大雅》篇名。

　　⑤徐鼎引《异物志》、贾公彦云云，并见《埤雅》卷九。

　　⑥徐鼎以为枭、鸮、鸱是一种鸟，但不是陆玑《疏》所说的鹏，也是因袭《埤雅》之说。胡承珙《毛诗后笺》卷十二经过仔细辨析后指出："《诗》或言鸱，或言鸮，或言鸱鸮，皆一物也。"与徐鼎的观点相同。贾谊《鹏鸟赋》序云："鹏似鸮，不祥鸟也。"言鹏似鸮，就是说鹏不是鸮。《史记·屈原贾生列传》集解引晋灼曰：《异物志》曰：有山鸮，体有文色，土俗因形名之曰服。不能远飞，行不出域。"则鹏，字或作"服"，指山鸮。

鹕①

【尔雅】鹕，鴮鸅②。　　【郭璞注】今之鹈鹕也，好群飞，沉水食鱼，故名洿泽，俗呼之为淘河。　　【陆玑《疏》】水鸟，形如鹗而大，喙长尺余，直而广，口中正赤，颔下胡大如数升囊。若小泽中有鱼，便群共抒水，满其胡而弃之，令水竭尽，鱼在陆地，乃共食之，故曰"淘河"。　　【淮南子】鹈鹕饮水数斗而不足。　　【山海经】洿水多鴞鹕，其鸣自叫。见则其国多土功③。　　【埤雅】《庄子》曰："鱼不畏网，而畏鹈鹕。"言鹈以智力取鱼，故畏之也。《诗》"维鹈在梁，不濡其翼"、"不濡其咮"者，鹈性沉水食鱼，则濡其咮、翼宜矣。今反取饱于梁，不濡其翼与咮，以刺小人不食其力，无功而受禄也。

【校注】

①鹈（音 tí），见《曹风·候人》，诗云："维鹈在梁，不濡其翼。"鹈，鹈鹕，又名洿泽、淘河。

②鴮，音 wū。鸅，音 zé。《尔雅翼》曰："洿，抒水也。又戽斗，亦抒水器也。鴮、洿、戽三字同音，其义一也。"则鹈鹕称鴮鸅、洿泽，是因其颔下有盛水囊而得名。

③《山海经·东次二经》："卢其之山，无草木，多沙石，沙水出焉，南流注于涔水，其中多鵹鹕，其状如鸳鸯而人足，其鸣自叫，见则其国多土功。"郝懿行注称，鵹（音 lí）鹕即是鹈鹕。

鵙
①

【月令】仲夏之月，鵙始鸣。　【尔雅】鵙，伯劳也。　【樊光注】《左传》："少皞氏以鸟名官，伯赵氏司至。"伯赵，鵙也，夏至来，冬至去。　【郭璞注】似鹖鹠而大。　【郑《笺》】伯劳鸣，将寒之候也。五月则鸣，幽地晚寒，鸟物之候从其气焉。　【《正义》曰】陈思王《恶鸟论》云② "伯劳以五月鸣，应阴气之动，阳为生仁养，阴为杀残贼。伯劳，残贼鸟也。其声鵙鵙，故以其音名"云。　【范处义《诗补传》】鵙仲夏始鸣，至七月则鸣之极，而将去矣。　【埤雅】《释鸟》云："鹊鵙丑，其飞也翪。"许慎《说文》以为："翪，敛足也。"今鹊鵙丑飞亦皆敛足腹下。曰"七月鸣鵙，八月载绩"，盖仓庚知分，鸣鵙知至。故阳气分而仓庚鸣，可蚕之候也；阴气至而鵙鸣，可绩之候也。　【愚按】《夏小正》谓伯鹩，《诗》谓鵙，《春秋传》谓伯赵，《诗疏》谓博劳，《释鸟》谓伯劳，

《孟子》谓鹍，皆指此鸟。今吴中呼为伯劳。

【校注】

① 鹍（音 jú），见《豳风·七月》，诗云："七月鸣鹍，八月载绩。"鹍，又称伯劳，古人认为是候鸟，夏至应阴而鸣，冬至而止，所以帝少皞为司至之官。徐鼎稿本引张华注《禽经》云："伯劳形似鹎鸰，鹎鸰喙黄，伯劳喙黑。"

② 陈思王，三国魏曹植，《太平御览》卷九百二十三载其《贪恶鸟论》全文，《诗正义》所引乃节抄，且文字有异。

鸱鸮
①

【尔雅】鸱鸮，鸋鴂。　【郭璞注】鸱类。　【埤雅】先儒以为鸱鸮即今巧妇，郭注独云"鸱类"，则璞与先儒异意。以《诗》与《尔雅》考之，宜如璞义。盖《尔雅》言："鸱鸮，鸋鴂。"继云："狂，茅鸱，怪鸱；枭，鸱。"则鸱鸮宜亦鸱类。贾谊所谓"鸾凤伏窜，鸱鸮翱翔"是也②。曰"鸱鸮鸱鸮，既取我子，无毁我室"，则其语似戒鸱鸮之词。正如宣王《黄鸟》之诗③，即非鸱鸮自道也。昔贤云鸱鸮恤功，爱子及室，误矣。　【朱《传》】鸱鸮，鹡鸰，恶鸟，攫鸟子而食者也。　【愚按】鸱鸮，一名鸋鴂。巧妇亦名鸋鴂。《方言》云："幽州以巧妇为鸋鴂。"故先儒误以鸱鸮为巧妇也。其实巧妇即《周颂》"桃虫"。若鸱鸮是鸱类，据《本草》"鸱鸮与枭鸱同"，非也。枭即"流离之子"，《尔雅》所谓土枭也。"有鸮萃止"之鸮，《尔雅》所谓枭鸱也。朱《传》云"鹡鸰"，《尔雅》

"鹘，鹊鸴"④，郭云"䳏鹎"，则䳏鹎又是一种，非即鸱鸮也。

【校注】

① 鸱鸮（音 chī xiāo），见《豳风·鸱鸮》，诗云："鸱鸮鸱鸮，既取我子，无毁我室。"鸱鸮，众说纷纭，今一般认为是猫头鹰一类的鸟。鸱鸮，《尔雅》、毛《传》均释为鸋鴂。陆玑《毛诗草木鸟兽虫鱼疏》云："鸱鸮似黄雀而小，其喙尖如锥。取茅莠为窠，以麻绂之，如刺袜然。县著树枝，或一房，或二房。幽州人谓之鸋鴂，或曰巧妇，或曰女匠。关东谓之工雀，或谓之过蠃。关西谓之桑飞，或谓之袜雀，或曰巧女。"依陆玑说，则鸱鸮为小鸟。郭璞注《尔雅》，言鸱鸮为鸮类，则鸱鸮为大鸟。是魏晋间人对鸱鸮的解释已有歧义。徐鼎以郭璞之说为是，且指出陆《疏》释鸱鸮为巧妇是错误的。他认为巧妇即《周颂·小毖》的"桃虫"，又名鹪鹩。《方言》云幽州以巧妇为鸋鴂，而幽州人又谓鸱鸮为鸋鴂，于是鸱鸮遂误有巧妇之名。朱熹解鸱鸮为䳏鹎，徐鼎认为也是错误的，他据《尔雅》及郭注，指出䳏鹎即鹘，又叫鹊鸴，与鸱鸮是两种鸟。

② 贾谊"鸾凤伏窜，鸱鸮翱翔"云云，《吊屈原赋》文，详见《汉书》本传。

③ 宣王《黄鸟》之诗，指《小雅·黄鸟》篇，《诗小序》云："《黄鸟》，刺宣王也。"

④ 鹘，音 gé。鹊，音 jì。鸴，音 qí。

鹳
①

　　【韩诗章句】②鹳，水鸟。巢居知风，穴居知雨。天将雨而蚁出壅土，鹳鸟见之，长鸣而喜。　　【郑《笺》】鹳，水鸟也，将阴雨则鸣。　　【陆玑《疏》】鹳，雀也，似鸿而大，长颈，赤喙，白身，黑尾翅。树上作巢，大如车轮。卵如三升杯。望见人，按其子令伏，径舍去。一名负釜，一名黑尻③，一名背灶，一名皂裙。又泥其巢一旁为池，含水满之，取鱼置池中，以食其雏。　　【寇宗奭《本草衍义》】④鹳，头无丹，项无乌带，身如鹤者，是。不善唳，但以喙相击而鸣。　　【陶隐居曰】⑤鹳有两种：似鹄而巢树者为白鹳，黑色曲颈者为乌鹳。　　【博物志】鹳伏卵时数入水，卵冷则不孵，取礜石周围绕卵⑥，以助暖气。　　【埤雅】曰"鹳鸣于垤，妇叹于室"，垤，蚁冢也。鹳知天将雨，有见于上；蚁知地将雨，有见于下。鸣于垤，将雨之候也。将雨，则征夫之至不如期，故妇叹于室也。　　【愚按】《杂俎》云⑦："群鹳旋飞为鹳井，则必有风雨。"

【校注】

① 鹳（音 guàn），见《豳风·东山》，诗云："鹳鸣于垤，妇叹于室。"鹳，水鸟，形似鹭，又似鹤。

②《韩诗章句》，东汉薛汉撰，今佚。徐鼎引《韩诗章句》云云，见《文选》张茂先《情诗》李善注。

③ 尻，音 kāo。

④ 寇宗奭，北宋政和间人，所著《本草衍义》今存。徐鼎所引，见本书卷十六。

⑤ 陶隐居，即陶弘景，南朝梁人，徐鼎所引，见其所著《本草注》。

⑥ 礜（音 yù）石，矿物名，生于山，草木不长，霜雪不积；生于水，水不冰冻，故鹳取以绕卵助暖。

⑦《杂俎》，指唐段成式《酉阳杂俎》。

雏
①

【毛《传》】雏，夫不也。　【《正义》曰】《释鸟》云："雏其，夫不。"舍人云："雏，名其夫不。"李巡云："夫不，一名雏，今楚鸠也。"某氏引《春秋》云②："'祝鸠氏，司徒。'祝鸠，雏，夫不，孝③，故为司徒。"郭璞云："今鵻鸠也。"④　【郑樵《通志》】⑤凡鸟之短尾者皆谓之佳，惟"夫不"专名焉。　【陆玑《疏》】今小鸠也。　【埤雅】今鹁鸠也，壹宿之鸟。壹宿，壹于所宿之木。《听声考详篇》曰："雀声惨毒，鸠声慈念。"而《诗》以为使臣贤者之况。曰"翩翩者雏，烝然来思"，言太平君子至诚，乐与贤者共之，烝然后得嘉鱼、壹鸟也。曰"翩翩者雏"，"集于苞栩"，"集于苞杞"，盖孝所以致私恩，谨所以致公义，故《四牡》劳使臣之诗，而其托况如此。　【愚按】尸鸠性壹而慈，祝鸠性壹而孝。盖飞、止不离于栩、杞，言其壹也。人臣一于王事，不得以养父母为念，故取雉之壹而孝以为喻。至雉名烦杂，不胜枚举，严粲云"一鸟有十四名"⑥，然于《方言》又多未备，概从其略。

【校注】

①雉（音 zhuī），见《小雅·四牡》，诗云："翩翩者雉，载飞载下，集于苞栩。"雉，鸽。又称夫不、勃姑，是因鸽鸣叫的谐音而得名。

②某氏引《春秋》云云，据《春秋左传疏》所引，乃樊光之说。

③孝，原作"者"，据《春秋左传正义》改。

④郝懿行《尔雅义疏》曰："《诗疏》引舍人曰：'雉，名其夫不。'（郝氏原注：《左传疏》引无"其"字）李巡曰：'夫不，一名雉，今楚鸠也。'又引郭曰：'今鵓鸠也。'《尔雅注》作鵓鸠。鵓，即夫不之合声也。鵓鸠声转为鹁鸠，又转为鸤鸠。"又云："隹其叠韵，夫不双声也。"

⑤郑樵《通志》云云，见《通志·昆虫草木略》禽类篇首。

⑥严粲云"一鸟有十四名"，见《诗缉》。

毛诗名物图说

脊
令
①

【尔雅】鹡鸰，雝渠。 【郭璞注】雀属也，飞则鸣，行则摇。 【陆玑《疏》】大如鹨雀，长脚，长尾，尖喙，背上青灰色，腹下白，颈下黑，如连线，故杜阳人谓之连线。 【禽经】鹡鸰友悌。 【张华注】鹡鸰共母者，飞鸣不相离，诗人取以喻兄弟相友之道。 【广雅】鶺鸰，雅也②。 【埤雅】脊令其鸣自呼。或曰首尾相应，飞且鸣者谓之雝渠。渠之言勤也。 【蔡元度《名物解》】③鹡鸰有所就，有所招。彼可即而即之，则无不亲。彼可令而令之，则无不从。如即令之尾应首也，以喻兄弟之无不亲、无不和也。

【校注】

①脊令，见《小雅·常棣》，诗云："脊令在原，兄弟急难。"脊令，水鸟，又写作鹡鸰、䳭鸰，又叫雝渠、雍渠。《汉书·东方朔传》云："日夜孳孳，敏行而不敢怠，辟若䳭鸰，飞且鸣矣。"颜师古注："䳭鸰，雍渠，小青雀，飞则鸣，行则摇，言其勤苦也。"孔颖达《毛诗正义》曰："脊令者，水鸟，当居于水，今乃在于高原之上，失其常处。然脊令既失其常处，飞则鸣，行则摇，不能自舍，此则天之性，以喻兄弟既在急难而相救，亦不能自舍，亦天之性。"

②雅，音 qiān。

③蔡元度《名物解》，指北宋蔡卞的《毛物名物解》。蔡卞，字元度。

隼①

【禽经】鹰好跱②，隼好翔。　【尔雅】鹰隼丑，其飞也翚。
【郭璞注】鼓翅翚翚然疾。　【陆玑《疏》】隼，鹞属也。齐人谓
之击征，或谓题肩，或谓雀鹰，春化为布谷者是也。　【扬雄《法
言》】麟之仪仪，凤之师师，其至矣乎！螭虎桓桓，鹰隼䫰䫰③，未
至也④。　【陆佃曰】言若鹰隼攫撮急疾，则是右武而已，非所以
语至也。《化书》曰："乌反哺，仁也；隼悯胎，义也。"盖隼之击物，
遇怀胎者，辄释不戮也。準于文从水从隼。今鹰之搏噬，不能无
失，独隼为有準，故其每发必中，而古之制字者以此。

【校注】

　　① 隼（音 sǔn），见《小雅·采芑》，诗云："鴥彼飞隼，其飞戾天，亦集爰止。"隼，一种猛禽，鹞属，善飞，袭击其他鸟类而食，每发必中，"准"字即由此鸟而得名。

　　② 跱（音 zhì），停止。

　　③ 戬（音 zhǎn），《广雅·释训》："戬戬，武也。"

　　④ 扬雄《法言》云云，《法言·孝至》篇文。

鹤^①

【《易》曰】鸣鹤在阴，其子和之^②。 【《通卦验》曰】^③立夏，清风至而鹤鸣。 【淮南子】鸡知将旦，鹤知夜半。 【浮丘公《相鹤经》】^④鹤，阳鸟而游于阴，因金气依火精以自养。火数七，金数九，故十六年小变，六十年大变，千六百年形定而色白。又云：二年落子毛，易黑点。三年头赤。七年飞薄云汉。又七年学舞。复三年应节，昼夜十二鸣。六十年大毛落，茸毛生，色雪白，泥水不能污。百六十年雄雌相见，目精不转而孕。千六百年饮而不食。食于水，故喙长。轩于前，故后短。栖于陆，故足高而尾凋。翔于云，故毛丰而肉疏。行必依洲屿，止必集林木。盖羽族之宗长，仙人之骐骥也。隆鼻短口则少眠，露眼赤精则视远，头锐身短则喜鸣，四翮亚膺则体轻，凤翼雀毛则善飞，龟背鳖腹则能产，轩前垂后则善舞，洪髀纤趾则能行。

【校注】

　　① 鹤，见《小雅·鹤鸣》，诗云："鹤鸣于九皋，声闻于野。"鹤，俗称仙鹤，有白、黄、灰诸色之分，世人以白鹤为最高贵。徐鼎稿本加按语云："鹤大于鹄，长三尺，高三尺余。喙长三四寸，丹顶，赤目，赤颊，青脚，修颈，凋尾，粗膝，纤指，白羽，黑翎，亦有灰色、苍色者。雄鸣上风，雌鸣下风。最有寿，故俗呼为仙鹤。"

　　②"鸣鹤在阴，其子和之"，《周易》中孚卦九二爻辞。

　　③《通卦验》，《易纬》之一。

　　④ 浮丘公，古代仙人，或说黄帝时人，或说周灵王时人，或说即荀卿的弟子浮丘伯。浮丘为姓，而失其名。

桑
扈
①

【尔雅】桑扈,窃脂②。　【郭璞注】俗呼青雀,嘴曲,食肉,喜盗脂膏食之,因以名云。　【陆玑《疏》】青雀也,好窃人脯肉脂及膏,故曰窃脂也。桑扈食肉之鸟而啄粟,求活不可得,以喻上为乱政而求下治,不可得也。　【淮南子】马不食脂,桑扈不食粟。　【名物解】性好集桑,故名。户所以闭,邑所以守,此鸟善自闭守,故名为扈。　【愚按】《释鸟》云:"春扈③,鳻鶞。夏扈,窃玄。秋扈,窃蓝。冬扈,窃黄。桑扈,窃脂。棘扈,窃丹。行扈,唶唶。宵扈,啧啧。"郭璞云:"皆因其毛色、音声以为名。窃蓝,青色。"而旧说窃,古浅字,则窃玄,浅黑也;窃蓝,浅青也;窃黄,浅黄也;窃丹,浅赤也。四色皆具,则窃脂为浅白也。以窃为浅,与郭氏"盗脂膏"为窃者异。然案《尔雅·释兽》云:"虎窃毛谓之虦猫。"④郭注:"窃,浅也。"则景纯亦以窃为浅者⑤。又据《本草》称:"蜡嘴雀,其嘴或淡白如脂,或凝黄如蜡,故古名窃脂,今名蜡嘴。"

【校注】

①桑扈,见《小雅·小宛》,诗云:"交交桑扈,率场啄粟。"桑扈,又名窃脂,俗呼青雀。

②窃,或释为盗窃,或释为浅色。与之相对应,脂,或释为脂膏,或释为白色。则桑扈称窃脂,或因其盗食脂膏而得名,或因其皮毛浅白而得名。陈子展《诗经直解》云:"桑扈虽食谷物果树嫩叶种子,而以肉食昆虫为主。"则古说似皆可从。

③扈(音 hù),"扈"的异体字。

④虥(音 zhàn),浅毛虎。

⑤景纯,郭璞字。

【尔雅】鸒斯，鹎鶋。　　【郭璞注】雅乌也，小而多群，腹下白，江东亦呼为鹎乌。　　【说文】雅，楚乌也。一名鸒，一名鹎居，秦谓之雅。　　【愚按】鸒斯，孔氏以"斯"字为语辞，而讥刘孝标《类苑》立"鸒斯"之目。然《尔雅》及扬雄《法言》、郑夹漈《通志》皆曰"鸒斯"②，何以"斯"之一字定为语辞耶？犹虫类所谓螽斯也。

【校注】

　　① 鸒（音 yù）斯，见《小雅·小弁》，诗云："弁彼鸒斯，归飞提提。"鸒斯，又叫鹎鶋、雅乌。《小尔雅》曰："纯

黑而反哺者,谓之慈乌。小而腹下白不反哺者,谓之雅乌。"
毛《传》:"鹙,卑居。卑居,雅乌也。"孔颖达《正义》:"此
鸟名鹙,而云'斯'者,语辞,犹'蓼彼萧斯'、'菀彼柳斯'。
《传》或有'斯'者,衍字。定本无'斯'字。以刘孝标之博学,
而《类苑·鸟部》立'鹙斯'之目,是不精也。"徐鼎不同
意孔颖达"语辞"之说,认为鹙斯是鸟名,犹虫类的螽斯。
按:"斯"字可视为名词词尾,徐说近是。

　　② 夹漈,郑樵的号。

鹑
①

　　【禽经】鹰以膺之，鹘以猾之，隼以尹之，雕以周之，鸷以就之，鹙以搏之②。　　【说文】鹙，雕也，从鸟，敦声。　　【埤雅】雕能食草，似鹰而大，黑色。俗呼皂雕，一名鹙。其飞上薄云汉。《诗》曰："匪鹑匪鸢，翰飞戾天。"今大雕翱翔水上，扇鱼令出沸波，攫而食之，一名沸河，《淮南子》所谓"鸟有沸波"者即此是也。《禽经》云："淘河在岸则鱼没，沸河在岸则鱼涌。"　　【愚按】鹑，尾长，翅短，土黄色，六翮乘风轻劲，其翮堪为箭羽。空中盘旋，无微不见，亦捉鸟兔食之。鹑音团，雕类也，与上"鹑之奔奔"之鹑异。

【校注】

① 鹑（音 chún），见《小雅·四月》，诗云："匪鹑匪鸢，翰飞戾天。"鹑，或写作"鹌"，俗称皂雕，一名沸河。

② 徐鼎稿本引《禽经》"鹰以膺之……鹌以搏之"后云："皆言其击搏之异也。"又引刘郁《西域记》云："皂雕一产三卵者，内有一卵化犬，短毛，灰色，与犬无异，但尾背有羽毛类茎耳。随母影而走，所逐无不获者，谓之鹰背狗。"

鸢
①

【仓颉解诂】^②鸢，鸱也。　【抱朴子】^③鸢飞，在下无力，及至乎上，耸翅直翅而已。　【说文】鸢，鸷鸟也。　【埤雅】《释鸟》云："鸢鸟丑，其飞也翔。"高飞曰翱，布翼不动曰翔。鸢，鸱也，摩风回翔。《曲礼》曰："前有尘埃则载鸣鸢。"^④鸢鸣则将风故也。昔墨子作木鸢，飞三日不集，《列子》所谓"班输之云梯，墨翟之飞鸢"是也^⑤。　【愚按】鸢性高翔，故《四月》云"翰飞戾天"，《旱麓》云"鸢飞戾天"^⑥，其性然也。曰"匪鹑匪鸢，翰飞戾天"者，喻君子遭祸，无所逃也。曰"鸢飞戾天，鱼跃于渊"者，以鸢鱼之得其性，喻君子作人，俾之各得其所也。

【校注】

　　① 鸢，见《小雅·四月》，诗云："匪鹑匪鸢，翰飞戾天。"鸢，俗称老鹰。

　　②《仓颉解诂》，晋郭璞撰。

　　③《抱朴子》，晋葛洪撰。

　　④《曲礼》曰云云，见《礼记·曲礼上》。

　　⑤《列子》云云，见《汤问》篇，张湛注曰："墨子作木鸢，飞三日不集。"班输，指公输般，公输般造云梯，见《墨子·公输》篇。

　　⑥《旱麓》，《大雅》篇名。

鸳
鸯
①

【毛《传》】鸳鸯,匹鸟。 【郑《笺》】言其止则相耦,飞则为双,性驯耦也。 【古今注】水鸟,凫类。雌雄未尝相离,人得其一,则一者相思死,故谓之匹鸟。 【孟诜《食疗本草》】^②食鸳肉令人美丽。夫妇不和,与食,立相怜爱。 【列异传】^③宋康王埋韩冯夫妻,宿夕,文梓生,有鸳鸯,雌雄各一,恒栖树上,晨夕交颈。 【愚按】雄鸣曰鸳,雌鸣曰鸯。其质黄色而有文彩,红头,翠鬣,黑翅,黑尾,红掌。头有白长毛,垂之至尾,交颈而卧。

【校注】

① 鸳鸯,见《小雅·鸳鸯》,诗云:"鸳鸯于飞,毕之罗之。"

鸳鸯，水鸟，雌雄常成双成对，故毛《传》释为匹鸟。

②孟诜，唐朝人。

③《列异传》，魏文帝曹丕撰。《列异传》久佚，今有鲁迅辑本，但徐鼎所引《列异传》文字，不见于鲁迅辑本。韩凭夫妻的故事，详干宝《搜神记》。《太平御览》卷九二五引《搜神记》曰："大夫韩凭，其妻美，宋康王夺之，凭怨，王囚之，凭遂自杀。妻乃阴腐其衣，王与之登台，自投台下。左右投衣，衣不胜手。遗书于带曰：'愿以尸还韩氏而合葬。'王怒，令埋之，二冢相对。经宿，忽有梓木生二冢之上，根交于枝，下连其上。有鸟如鸳鸯，雌雄各一，恒栖其树，朝暮悲鸣，音声感人。"

【尔雅】鷸，雉。 【郭璞注】即鷸鸡也，长尾，走且鸣。
【陆玑《疏》】鷸微小于雉，走而且鸣，色如雄雉，尾如雉尾而长，
其头上有肉冠，冠上长毛数寸。肉甚美，故林麓山人语云[2]："四
足之美有麕，两足之美有鷸。" 【说文】鷸走鸣，长尾雉也，乘
舆以尾为防釳，著马头上[3]。 【薛综集】[4]雉之健者为鷸，尾长
六尺。 【《正义》曰】以雉有耿介之性，喻硕女有贞专之德。

【校注】

①鷸（音 jiāo），见《小雅·车辖》，诗云："依彼平林，
有集维鷸。"鷸，野鸡的一种，尾长肉美。

②"林麓山人"，阮刻《毛诗正义》作"林麓山下人"，阮校云"麓"乃"虑"字之误。林虑山，即隆虑山，东汉避殇帝刘隆讳，改名林虑山，在河南林县西二十里。

③"乘舆以尾为防钑，著马头上"，《说文》通行本无"尾"字，《毛诗正义》所引无"以"字，段玉裁《说文解字注》从《正义》。防钑，也写作"方钑"，乘舆马头上插翟毛之具。《说文》第十四篇"钑"字下云："乘舆马头上防钑，插以翟尾铁翮，象角，所以防网罗钑去之。"钑，音 xì。

④薛综，三国吴人。"薛综集"，疑当作"薛综曰"。薛综曰云云，见《埤雅》卷八。

秋鸟 ①

【毛《传》】鹙，秃鹙也。　【古今注】扶老，秃秋也，状如鹤而大。大者高八尺，善与人斗，好啖蛇。　【埤雅】凫雁丑翁，鹙鹤丑鹙。鹙性贪恶，俗呼秃鹙。长颈，赤目，其毛辟水毒。曰"有鹙在梁，有鹤在林"，各有所宜也。刘桢《鲁都赋》曰"绿鹬葱鹙"②，鹙色盖青也。　【愚按】《书》曰："鸟兽毛毨。"③此鸟至秋头秃，故名鹙鸹，如老人头童及扶老之杖，故又名扶老。鹙贪残之性以喻褒姒，鹤性高洁以喻申后。

【校注】

　① 鹙（音 qiū），见《小雅·白华》，诗云："有鹙在梁，

有鹤在林。"鹥，秃鹥，水鸟。郑《笺》曰："鹥也、鹤也，皆以鱼为美食者也。鹥之性贪恶而今在梁，鹤洁白而反在林，兴王养褒姒而馁申后，近恶而远善。"

② 刘桢，建安七子之一。《鲁都赋》全文已佚，"绿鹍葱鹥"句见《太平御览》卷九百二十五。

③ "鸟兽毛毨"，见《尚书·尧典》。毨（音 xiǎn），毛整齐的样子。

鹰①

【月令】仲春，鹰化为鸠②。季夏，鹰乃学习。孟秋，鹰乃祭鸟③。　　【王制】鸠化为鹰，然后设罻罗。陈氏曰："仲秋也。"④【尔雅】鹰，鹞鸠。　　【樊光注】鹞鸠，鹞鸠也。《春秋》曰："鹞鸠氏司寇。"鹰鸷故为司寇。　　【郭璞注】鹞当为鹞，字之误耳，《左传》作"鹞鸠"是也。　　【左传】郯子曰⑤："少皞氏，鸟师而鸟名。爽鸠氏，司寇也。"　　【杜预注】爽鸠，鹰，鸷鸟也，故为司寇，主盗贼。　　【禽经】鹰不击伏，隼不击妊。　　【雅翼】在北为鹰，在南为鹞。一云大为鹰，小为鹞。　　【埤雅】顶有毛，角微起，今通谓之角鹰⑥。《诗》曰："维师尚父，时维鹰扬。"言其武之奋扬如此。　　【愚按】性勇猛，顶有毛，《本草》谓之角鹰，今俗呼"毛头鹰"者即此也。

【校注】

①鹰，见《大雅·大明》，诗云："维师尚父，时维鹰扬。"鹰，一名鹯鸠，亦称苍鹰。

②"鹰化为鸠"，高诱注《吕氏春秋》曰："鹰化为鸠，喙正直，不鸷击也。"《埤雅》曰："鹰感秋气，则喙钩，善搏攫；应阳而变，则喙柔，仁而不鸷矣。"

③"鹰乃祭鸟"，高诱曰："是月鹰鸷杀鸟，于大泽之中，四面陈之，世谓之祭鸟。"

④陈氏曰云云，不是《礼记·王制》本文，乃陈澔《礼记集说》中的注语。陈澔，元代人。

⑤郯子论五鸠，见《左传·昭公十七年》。

⑥鹰的头顶有毛角，故又名角鹰。徐鼎云角鹰即猫头鹰，非是。

【仓颉解诂】鹥，鸥也。　【禽经】鸥，信鸟也，信不知用。注云："潮至则翔，水向以为信，反为鸷鸟所击。是知信，而不知所以自害也。"　【风土记】②鹥，鹥𫛸也。以名自呼，大如鸡，生卵于荷叶之上。　【埤雅】鹥，凫属。凫好没③，鹥好浮，故鹥一名沤。凫鹥，安乐于水者也，故《诗》以为神祇祖考安乐之譬。　【愚按】鸥，其浮也；鹥，其声也。

【校注】

　　① 鹥（音 yī），见《大雅·凫鹥》，诗云："凫鹥在泾，公尸来燕来宁。"鹥，白鸥。稿本有徐鼎按语云："生南方

江海湖溪间，形色如小白鸡，群飞耀日。"

②《风土记》，晋周处撰。

③ 没，刻本误作"殁"，据《埤雅》及稿本改。

【尔雅】鶠，凤。其雌皇。　　【山海经】丹穴之山有鸟如鸡，五彩而文，名曰凤凰。首文曰德，翼文曰顺，背文曰义，膺文曰仁，腹文曰信。饮食自歌自舞，见则天下大安宁。　　【荀子】引逸诗云："凤凰秋秋，其翼若干，其声若箫。"②　　【广雅】雄鸣曰即即，雌鸣曰足足，昏鸣曰固常，晨鸣曰发明，昼鸣曰保长，举鸣曰上翔，集鸣曰归昌③。　　【郭璞曰】瑞应鸟，鸡头，蛇颈，燕颔，龟背，鱼尾。五彩色，高六尺许。　　【《正义》曰】《说文》云："神鸟也。天老曰④：五色备举。出于东方君子之国，翱翔四海之外，过崑崚，饮砥柱，濯羽弱水，暮宿风穴。字从鸟，凡声。凤飞，则群鸟从以万数，故凤古作朋字。"　　【埤雅】古文作扁，象形。盖四灵惟凤能鸠其类，故以为朋党之字。旧说不啄生虫，不折生草，不群居，不旅行，不罹罗网，非梧桐不栖，非竹实不食，非醴泉不饮。　　【名物解】

少昊以鸟名官，凤皇为历正，分至启闭之官皆有属焉，故《诗》以喻大臣。　【愚按】《大戴礼》云："羽虫三百六十，而凤皇为之长。"盖凤总凡鸟也。雄曰凤，雌曰皇，色备五彩，音中六律，天下文明之物也。

【校注】

①凤凰，见《大雅·卷阿》，诗云："凤皇于飞，翙翙其羽，亦集爰止。"凤凰，古代传说中的神鸟、瑞鸟，号称百鸟之王。

②《荀子·解蔽》篇引《诗》曰："凤凰秋秋，其翼若干，其声若箫。有凤有凰，乐帝之心。"不见于今本《诗经》，故称逸诗。

③王念孙《广雅疏证》曰："《御览》引《韩诗外传》云：'凤鸣，雄曰节节，雌曰足足；昏鸣曰固常，晨鸣曰发明，昼鸣曰保章，举鸣曰上翔，集鸣曰归昌。'《说苑·辨物》篇保章作保长。《毛诗义疏》则云：'朝鸣曰发明，昼鸣曰上翔，夕鸣曰满昌，昏鸣曰固常，夜鸣曰保长。'《初学记》引《论语摘衰圣》则云：'行鸣曰归嬉，止鸣曰提扶，夜鸣曰善哉，晨鸣曰贺世，飞鸣曰郎都。'此则一鸟之鸣耳，既以节足为异，又复数更其响，乃至应候而殊声，成文以协韵。语由增饰，事涉虚诬，识者所不取也。"

④天老，传说是黄帝的臣。

【尔雅】鹭，春锄②。　　【郭璞注】白鹭也，头、翅、背上皆有长翰毛。　　【陆玑《疏》】水鸟也，好而洁白，谓之白鸟。青脚，长高尺七八寸，短尾，喙长，头上有长毛十数茎，好取鱼食。　　【名物解】③作诗者，以其洁白不可污，喻君子之德；以常有振举之意，喻君子之威仪。　　【愚按】楚威王时，有朱鹭合沓飞翔而来舞，则复有赤者，旧鼓吹《朱鹭曲》是也④。鹭鸟之羽可为舞者之翳，故《陈风》云“值其鹭羽”⑤。值，持也。又鹳飞则霜，鹭飞则露，其名以此。步于浅水，好自低昂如春锄状，故名春锄。又常有振举之意，且甚洁白，故《诗》以况二王后。

【校注】

　　① 鹭，见《周颂·振鹭》，诗云："振鹭于飞，于彼西雝。"鹭，又名舂锄、白鹭，一种水鸟。

　　② 舂锄，音 chōng chú。

　　③《名物解》，指宋蔡卞的《毛诗名物解》。

　　④ 徐鼎以为朱鹭乃鹭之色红者，实则朱鹭与白鹭外形有较大差异。朱鹭嘴长而下曲，黑色，脚粗短，肉色，羽毛白，略带淡红，故又名红鹤。《朱鹭曲》，古乐曲名，汉《鼓吹铙歌》十八曲的第一曲。

　　宋本《太平御览》卷九二五引刘焯《毛诗义疏》曰："鹭，水鸟，好白而洁，故谓之白鸟。齐鲁之间谓之舂锄，辽东、乐浪、吴杨人皆云白鹭。大小如鸱，青脚，高尺七八寸。解指，尾如鹰尾，啄长三寸，顶上有毛十数枚，长尺余，毿毿然众毛异，甚好，将欲取鱼时弭之。今吴人亦养之，好群飞行。楚成王时有朱鹭合沓飞舞，则复有赤色。旧《鼓吹曲》有《朱鹭》是也。"宋本《艺文类聚》卷九十二所引略同。

　　⑤ "值其鹭羽"，见《陈风·宛丘》篇。

桃虫①

【尔雅】桃虫，鹪，其雌鸴。　　【郭璞注】桃雀也，俗呼为巧妇。　　【陆玑《疏》】今鹪鹩是也。　　【广雅】鹪鹩，鸋鴂。【埤雅】《说苑》曰："鹪鹩巢于苇苕，系之以发。"鸠性拙，鹪性巧，故俗呼巧妇。一名工雀，一名女匠。其喙尖利如锥，取茅秀为巢，巢至精密。以麻绁之，如刺袜然，故又名袜雀。其化辄为雕鹗②，盖鸟之始小终大者。《诗》曰："肇允彼桃虫，拚飞维鸟。"言成王惩管、蔡之乱，于是始信小物之能成大，不敢不愳也。　　【愚按】张茂生《鹪鹩赋》曰③："小鸟也，巢林不过一枝，每食不过数粒。"有以桃虫即指为鸥鸦者，是因鹪鹩亦有鸋鴂之名。又二诗皆指管、蔡而言④，故混为一也。其实大小各不相类。云"拚飞维鸟"者，言其始小终大，非即小即大也。

【校注】

① 桃虫，见《周颂·小毖》，诗云："肇允彼桃虫，拚飞维鸟。"桃虫，鹪鹩（音 jiāo liáo），微小于黄雀，羽毛淡棕色，有黑斑，俗称黄脰鸟。

② 鹪鹩生雕，出自《焦氏易林》，不足信，但《焦氏易林》之前，恐早有此说，故有"始小终大"的比喻。

③ 张茂先，晋张华，张华字茂先。《鹪鹩赋》见《艺文类聚》卷九十二。

④ 二诗，指《豳风·鸱鸮》和《周颂·小毖》。参"鸱鸮"条。

景
一
栗

马
①

【许慎《说文》】马，武也，其字象头、髦、尾、足之形。一岁曰𩦸②，二岁曰驹，三岁曰䮏，四岁曰䮤，八岁曰𩢷。高六尺曰骄，七尺曰騋，八尺曰龙。　【愚按】"既差我马"者③，宗庙齐，毫尚纯也；戎事齐，力尚强也；田猎齐，足尚疾也。马之名色备见于《诗》，如赤马黑鬣曰骝，白马黑鬣曰骆，黑马白鬣曰骓，骝马白腹曰騵。苍骐曰骐。骐者，黑色之名，谓青而微黑也。黄白曰皇，骝白曰駁，赤黄曰骍，并兼二色之别也。苍白杂者骓，彤白杂者騢，黄白杂者駓，阴白杂者骃，阴，浅黑也，此皆兼二色而复有杂毛者也。的颡白颠，的，白也，谓额有白毛者。黑喙者，骊也。纯黑者，骊也。膝上皆白者，騧也④。骊马白跨者，骄也。白跨，股脚白也。豪骭曰驔。骭，脚胫。谓毫毛在骭而白长为驔也。二目白曰鱼，谓如鱼目也。青骊驎曰驒，谓色有浅深如鱼鳞也。名义备详于此，余可类推。

【校注】

①马，见《周南·卷耳》，诗云："陟彼崔嵬，我马虺隤。"高亨先生《诗经今注》胪数不同毛色的马的得名，很有趣，特录存如下，以与徐鼎按语互相参照：

骃（yù）之名疑出于鹬，鹬即翡翠的别名，马的毛色似翡翠，所以名骃。皇之名疑出于蝗，蝗虫灰黄色，马的毛色似蝗，所以名皇。骓（zhuī）之名疑出于雏，雏即鸽子，色苍白，马的毛色似雏，所以名骓。骊之名疑出于黑，骊黑一声之转，黑黄白文，马的毛色似黑，所以名骊。骃之名出于鼍，《说文》："骃，青骊白鳞，文如鼍鱼。"骆之名出于鹭，马身的毛色白似鹭，所以名骆。骝之名出于榴，马身的毛色红似榴花，所以名骝。骡（luò）之名疑出于燕乌，《小尔雅·释鸟》："纯黑而反哺者谓之乌，白项而群飞者谓之燕乌。"燕乌合音为骡（古音），骡马的毛色似燕乌，所以名骡。骃之名出于羍，羍，黑羊，骃马黑色杂有白色，成浅黑色，似羍羊，所以名骃。骃之名出于霞，霞是赤色夹有白色，骃的毛色似霞，所以名骃。骃之名疑出于鲟（xún）。鲟，鲔也。鲔似鳣而青黑。盖鲔鱼颈上有鳍，黄色。骃的毛色似鲟，所以名骃。鱼，当是马灰白色而有鱼鳞文，所以名鱼。

②睪，音 huán。

③"既差我马"，出自《小雅·吉日》。

④骦，音 zhù。

麟①

【大戴礼】毛虫三百六十，而麟为之长。　　【郭璞云】角头有肉。《公羊传》曰："有麍而角。"　　【许慎曰】②麒，仁兽也。麍，牝麒也。　　【陆玑《诗疏》】麕身，牛尾，马足，圆蹄，一角。音中钟吕，行中规矩。游必择地，翔而后处。不履生虫，不践生草。不群居，不旅行。不入陷穽，不罹罗网。王者至仁则出。　　【范处义《补传》】③麟有趾而不踶，如公子之不妄动。有定而不抵，如公姓之不忤物。有角而不触，如公族之不好竞。　　【愚按】麟凤龟龙谓之四灵。旧说麟肉角，凤肉味，皆示有武而不用④。盖麟性仁厚，趾不践物，定不抵物，角不触物，皆言仁厚也，故《诗》以况之。

　　　　　　　　　　　　　　　　　　　　　毛诗名物图说

【校注】

①麟，见《周南·麟之趾》，诗云："麟之趾，振振公子，于嗟麟兮。"麟，我国古代传说中的仁兽。

②许慎曰云云，见《说文解字》。

③范处义《补传》，指南宋范处义的《诗补传》。

④郑玄《毛诗笺》曰："麟角之末有肉，示有武而不用。"

鼠
①

【邢昺《疏》】《尔雅》"鼢鼠"②，郭云"地中行者"，《方言》
云"犁鼠"，即此鼠也。鼸鼠者③，《大戴礼》云"田鼠也"，鼸是颊里
藏食之名。鼬鼠者④，郭云"有螫毒"，盖如今鼠狼，《成七年》"食
郊牛角"者是也⑤。鼫鼠者⑥，似鼬之鼠也，郭云"《夏小正》曰：鼫
鼬则穴"者，在九月也。鼬鼠者，郭云："似貂⑦，赤黄色，大尾，啖
鼠。江东呼为鼪。"即《庄子》云"骐骥骅骝，捕鼠不如狸鼪"是也。
鼩鼠者，小鼠也，亦名鼱鼩⑧。鼫鼠者⑨，孙炎曰"五技鼠"，《诗·硕
鼠》食人禾苗是也。豹文鼮鼠者⑩，郭云："文彩如豹者，汉武帝时
得此鼠，孝廉终军知之，赐绢百匹。"鼺鼠者⑪，郭云："今江东有鼺
鼠，状如鼠而大，苍色，在树木上。"　【愚按】此别鼠属也。其类
烦多，尚不止此。《本草》云："五脏皆全，有四齿而无牙。"盖雀，物
之淫者；鼠，物之贪窃者，故《诗》言"雀角""鼠牙"，以譬强暴。

【校注】

① 鼠，见《召南·行露》，诗云："谁谓鼠无牙，何以穿我墉？"鼠，俗称老鼠。

② 鼢，音 fén。

③ 鼸，音 xiàn。

④ 鼷，音 xī。

⑤《成七年》，指《左传·成公七年》。

⑥ 鼶（音 sī），原作"鼶"，据徐鼎稿本和阮刻《毛诗正义》改。鼶，也作"鼶"，指大田鼠。

⑦ 貂（音 diāo），即貂。

⑧ 鼱鼩，音 jīng qú。

⑨ 鼫（音 shí），郭璞注："形大如鼠，头似兔，尾有毛，青黄色，好在田中食粟豆。"许慎《说文解字》云："鼫，五技鼠也。能飞不能过屋，能缘不能穷木，能游不能渡谷，能穴不能掩身，能走不能先人。"

⑩ 鼮，音 tíng。

⑪ 鼰，音 jú。

麕
①

【《尔雅·释兽》】麕：牡，麜；牝，麀；其子，麆；其迹，解；绝有力，豜②。　【说文】麕，麞也。麕其总名也。　【崔豹《古今注》】鹿有角而不能触，麕有牙而不能噬。　【朱子《集传》】麕，獐也，鹿属，无角。　【陆佃《埤雅》】麕鹿皆健骇，而麕性胆尤怯，饮水见影辄奔，《道书》曰"麞鹿无魂"是也③。《诗》"野有死麕，白茅包之"，言昏礼不以死物，故其生挚用雁，而饰羔雁者以缋④。今以死麕，更以白茅包之，皆非其礼矣。然犹愈于无礼，故《序》云"恶无礼也"⑤。先曰死麕，后曰死鹿，先曰包，后曰束，言被文王之化，知恶无礼，其俗有隆而无杀。

【校注】

①麕（音 jūn），见《召南·野有死麕》，诗云："野有死麕，白茅包之。有女怀春，吉士诱之。"麕，獐，也写作"麇"，似鹿而小，无角，黄黑色。

②麌，音 yǔ。麗，音 lì。麆，音 zhù。豜，音 jiān。

③《道书》，道教经典之一。

④缋（音 huì），布帛的头尾。

⑤《序》，指《野有死麕》的《诗序》。

鹿①

【尔雅】鹿：牡，麚；牝，麀；其迹，速；绝有力，麉②。 【说文】鹿，解角兽，群萃善走者也。 【本草】山林有之，马身，羊尾，头侧而长，脚高而行速。牡者有角，夏至则解，黄质，白斑。牝者无角，黄白色，无斑，孕六月生子。鹿性淫，一牡常交数牝，谓之聚麀③。 【埤雅】鹿分背而食，食则相呼。群居，则环其角外向，以防物之害己，故《诗》以况君臣之义。而《草虫经》曰："鹿欲食，皆鸣相召，志不忌也。" 【愚按】"呦呦"④，言其声也。"麎麎"⑤，言其多也。"濯濯"⑥，言其肥泽也。鸟之所乳谓巢，鸡雉所乳谓窠，兔之所息谓窟，鹿之所息谓场。"町疃鹿场"者⑦，农师所谓町畦村疃之中无人焉，故鹿以为场也。

【校注】

① 麀，见《召南·野有死麕》，诗云："林有朴樕，野有死鹿。白茅纯束，有女如玉。"

② 麚（音 jiā），雄鹿。麀（音 yōu），雌鹿。麚，音 jiān。

③ 聚麀，指父子雄鹿共一母鹿，后借喻淫乱秽行。

④《小雅·鹿鸣》云："呦呦鹿鸣，食野之苹。"毛《传》："鹿得蓱，呦呦然鸣而相呼。"呦呦，指鹿的鸣叫声。

⑤《小雅·吉日》云："兽之所同，麀鹿麌麌。"毛《传》："麌麌，众多也。"

⑥《大雅·灵台》云："麀鹿濯濯，白鸟翯翯。"毛《传》："濯濯，娱游也。翯翯，肥泽也。"

⑦ "町疃鹿场"，见《豳风·东山》。朱熹《诗集传》："町疃，室旁隙地也。无人焉，故鹿以为场也。"町疃，音 tǐng tuǎn。

龙
①

【毛《传》】尨，狗也。非礼相陵则狗吠。　【孔颖达《正义》】李巡曰："尨，一名狗。"非礼相陵，主不迎客，则有狗吠。此女愿其礼来，不用惊狗。　【埤雅】狗善猜警，非礼相陵则警吠，故《诗》以"恶无礼"②。屈子曰："邑犬群吠，吠所怪也。"③　【说文】狗，叩也。叩气吠以守也。尨，犬之多毛者也。

【校注】

①尨（音 máng），见《召南·野有死麕》，诗云："舒而脱脱兮，无感我帨兮，无使尨也吠。"尨，长毛狗。

②《诗序》："《野有死麕》，恶无礼也。天下大乱，

强暴相陵。”

③ 屈子曰云云，《楚辞·九章·怀沙》中语。

騶虞①

　　【山海经】②騶虞五采毕具，尾长于身，乘之日行千里。
【毛《传》】义兽也。白虎黑文，不食生物，有至信之德则应之。
【相如《封禅书》】③囿騶虞之珍群。颂曰："般般之兽，乐我
君囿。白质黑章，其仪可喜。"　　【颜师古注】④谓騶虞也。
【郭璞赞曰】⑤怪兽五采，尾参于身，矫足千里，倏忽若神，是谓
騶虞，《诗》叹其仁。　　【埤雅】騶虞，西方之兽。而名之曰虎，
则宜以杀为事。今反不履生草，食自死之肉，盖仁之至也。故序
《诗》者曰："仁如騶虞，则王道成也。"　　【愚按】騶虞一说聚
讼纷纷。《齐诗章句》以騶虞为掌鸟兽官。《鲁诗传》谓天子之田
为梁騶。贾谊《新书》又分騶为囿，虞为司兽。嗣后诸家据《月
令》"七騶咸驾"，《左传·成十八年》"晋悼公使程郑为乘马御，
六騶属焉"，暨《周官》"山虞""泽虞"，以求合《齐诗》"掌鸟

兽官"之说。或谓驺名为囿，犹之后世阁以凤名、台以麟名，而虞为司兽，以求合贾氏之说。或引左太冲《魏都赋》云"迈良驺之所著"，张诜释之曰"梁驺，古天子田猎地名"⑥，以求合《鲁诗》"梁驺为田"之说。盖众说所起，皆由于《射义》"乐官备也"一语⑦。然所谓乐官备者，喻得贤人多则官备，非直驺御虞人不乏官之谓。如以驺虞为官，理犹可通。至分驺为囿，虞为司兽，殊属费解。昔文王果以驺名囿，何"灵台""灵囿"散见于《书》，而"驺囿"不并传耶？援后世凤阁麟台为证，不无臆说。虽驺虞之兽不见《尔雅》，而《太公六韬》、《淮南子》并称文王拘羑里，散宜生得驺虞献纣⑧。及按之《山经》，诸儒之说不为无据。《序》云⑨："《驺虞》，《鹊巢》之应也。"盖《召南》之始《鹊巢》而终《驺虞》，犹《周南》之始《关雎》而终《麟趾》也，又何疑哉？

【校注】

① 驺虞，见《召南·驺虞》，诗云："彼茁者葭，一发五豝，于嗟乎驺虞！"驺虞，或释为义兽，或释为虎，或释为天子掌马兽之官，或释为以掌马兽官指代猎人，说解不一。徐鼎经仔细地辨正，同意义兽之说。

②《山海经·海内北经》："林氏国有珍兽，大若虎，五采毕具，尾长于身，名曰驺吾，乘之日行千里。"驺吾，即驺虞。

③ 司马相如《封禅书》，见《汉书·司马相如传下》。

④ 颜师古注，指颜师古《汉书注》。颜注又云："殷字与斑同耳，从丹青之丹。"

⑤ 郭璞赞曰云云，见郭璞《山海经图赞》。

⑥《魏都赋》，见《昭明文选》。张铣，注《文选》五臣之一。

⑦《射义》，《礼记》篇名。

⑧ 散宜生，文王臣。

⑨《序》，指《诗小序》。

羊①

【说文】羊字象头、角、足、尾之形。　【陆德明《释文》】小曰羔，大曰羊。　【董仲舒《春秋繁露》】羔有角而不用，如好仁者。执之不鸣，杀之不嚎，类死义者。饮其母必跪，类知礼者。故以为贽。　【愚按】《尔雅》云"牝，牂"者，即《苕之华》"牂羊坟首"是也②。又云"未成羊，羜"者，即《伐木》"既有肥羜"是也③。毛有黑白，声似小儿呼阿婆④，孕四月生子。其目无神，其肠薄回。一名髯须主簿，见《古今注》。

【校注】

　　① 羊，见《王风·君子于役》，诗云："日之夕矣，羊牛

下来。"

②《苕之华》，《小雅》篇名。牂，音 zāng。

③《伐木》，《小雅》篇名。羜，音 zhù。

④ 麛，音 mí。

牛
①

【说文】②牛，大牲也。象角头三、封、尾之形。　【徐锴曰】③
封，高起也。　【柳宗元《牛赋》】牟然而鸣。　【埤雅】《诗》曰
"其耳湿湿"④，言润泽也。牛病则耳燥，安则温润而泽。《传》曰：
"禘郊之牛，角茧栗；宗庙之牛，角握；社稷之牛，角尺。"⑤《诗》
曰："有捄其角。"⑥捄，长貌。社稷之牛，角尺也。其耳无窍，以鼻
听。盟者听于神人，故执牛耳，而正以不听为戒。　【愚按】马属
阳，牛属阴，故乾为马，坤为牛。马病则卧，阴盛也；牛病则立，阳
胜也。马起先前足，卧先后足，从阳也；牛起先后足，卧先前足，从
阴也。《诗》不曰"牛羊"而曰"羊牛下来"者，盖羊性畏露，晚出而
早归，故羊先于牛也。

【校注】

　　① 牛，见《王风·君子于役》，诗云："日之夕矣，羊牛下来。"

　　② 据《说文》，牛的篆字作半，"象角头三、封、尾之形"，段玉裁注："角头三者，谓上三岐者，象两角与头为三也。封者，谓中画象封也。封者，肩甲坟起之处，字亦作犕。尾者，谓直画下垂象尾也。"

　　③ 徐锴，原作"徐谐"，误，注《说文》者为徐锴。

　　④《小雅·无羊》："尔牛来思，其耳湿湿。"

　　⑤"禘郊之牛，角茧栗"，指于国都之南郊举行祭天之礼时，祭品用牛犊。牛角初生，形状如茧如栗，故用茧栗借指小牛。古代祭礼用牛以小为贵。《礼记·王制》："祭天地之牛，角茧栗。"《国语·楚语下》："郊禘不过茧栗，烝尝不过把握。"

　　⑥《周颂·良耜》："杀时犉牡，有捄其角。"捄，音jiù。

兔
①

【尔雅】兔子，娩②；其迹，迒③；绝有力，欣。　　【古今注】兔口有缺，尻有九孔④。　　【王充《论衡》】兔舐毫而孕，及其生子，从口而出。　　【张华《博物志》】兔望月而孕，口中吐子，旧有此说。　　【陆佃曰】咀嚼者九窍而胎生，独兔雌雄八窍。故陶氏书云："兔舐雄毫而孕，五月而子。"里语又谓之"顾兔而感气"。故卜秋月之明暗，知兔之多寡也。今孔雀亦合，而先儒以孔雀闻雷而孕，则兔虽舐毫感孕，以月理或然也。月缺也，故兔口缺。　　【愚按】《说文》无兔字，以免为兔。盖生子从口出，自有留难，吐乃得免，故曰免，俗作兔字。大如狸而毛黑白，赤眼长须，足前短后长，故古诗云⑤："雄兔脚扑朔，雌兔眼迷离。"好食草，急则有声，窟地而居，其性阴狡。《正义》云："所无拘制，爰爰然而缓。"

【校注】

①兔，见《王风·兔爰》，诗云："有兔爰爰，雉离于罗。"

②嬎，音 fàn。

③迒，音 háng。

④尻（音 kāo），臀部。

⑤古诗云云，见《木兰词》。

虎^①

【尔雅】甝，白虎；虪，黑虎^②。　【易卦通验】立秋，虎始啸；仲冬，虎始交，孕七月而生。　【扬雄《方言》】陈、魏、楚、宋谓之李父，江、淮、南楚谓之李耳。　【格物论】虎，山兽之名也。黄质，黑章，锯身，钩爪。顺健而尖，舌大如掌，生倒刺。项短，鼻齆^③。声吼如雷，百兽震恐。　【埤雅】《简兮》云"有力如虎"^④，言其勇。《常武》云"阚如虓虎"^⑤，盖虎之自怒虓然，则以言将帅之勇发于忠毅，非激而怒之也。《何草不黄》云"匪兕匪虎"^⑥，先王驱而远之，则"率彼旷野"，兕虎之所宜，今征夫如此，则可哀矣。【愚按】"袒裼暴虎^⑦，献于公所"，则夸叔段之勇也。

【校注】

　　① 虎，见《郑风·大叔于田》，诗云："袒裼暴虎，献于公所。"虎，猛兽，猫科动物，体呈淡黄色或褐色，有黑色横纹。

　　② 虓，音 hán。䝏，音 shù。

　　③ 齆（音 wèng），鼻塞。

　　④《简兮》，《邶风》篇名。

　　⑤《常武》，《大雅》篇名。阚（音 hǎn）如，阚然，猛虎发怒的样子。虓（音 xiāo），虎叫。

　　⑥《何草不黄》，《小雅》篇名。

　　⑦ 袒裼（音 tǎn xī），毛《传》："肉袒也。"

狼
①

【尔雅】狼：牡，貛②；牝，狼；其子，獥③；绝有力，迅。　　【陆玑《疏》】④其鸣能大能小，善为小儿蹄声以诱人，去数十步，其猛健者，虽善用兵者不能免也。膏可煎和，皮可为裘，故《礼》云"狼臅膏"，又曰"君之右虎裘，厥左狼裘"是也⑤。　　【李奇曰】狼性怯，走喜还顾，故名狼顾。　　【愚按】狼大如狗，苍色，南人呼"毛狗"。锐头，尖喙，白颊，骈肋，高前广后。狈足前短，能知食所在，狼足后短，负之而行，故曰狼狈。又狼聚物不整，谓之狼籍。古者烽火取狼粪，盖骈肋直肠，取其粪烟直上也。老狼项下有袋，求食满腹，向前则触之，退后又自践踏，上毫其尾，故曰跋前毫后⑥。

【校注】

① 狼，见《齐风·还》，诗云："并驱从两狼兮，揖我谓我臧兮。"

② 貛，音 huān。

③ 獥，音 jiào。

④ 宋本《太平御览》卷九〇九引陆《疏》，与《毛诗正义》所引文字略有不同，其文曰："狼能为小儿蹄声以诱人，去数十步止，其猛健者人不能制，虽善用兵者，其不能克也。其膏可以煎和，其皮可以为裘。"

⑤《礼》，指《礼记》，《毛诗正义》有"记"字。《礼记·内则》云："小切狼臅膏，以与稻米为酏。"郑玄注："狼臅膏，臆中膏也，以煎稻米。"臅，音 chù。《礼记·玉藻》云："君之右虎裘，厥左狼裘。"右、左指护卫国君的人，虎裘、狼裘指他们的穿戴，以虎、狼象征威猛。右、左，徐鼎原误为左、后，据《礼记》、《毛诗正义》改。

⑥《豳风·狼跋》："狼跋其胡，载疐其尾。"跋，践踏。胡，老狼颔下垂着的肉袋。载，又。疐（音 zhì），脚踩。

卢
①

【毛《传》】卢，田犬。　【《正义》曰】犬有田犬，有守犬。

【战国策】②韩国卢，天下之骏犬也。东郭逡，海内之狡兔。韩卢逐东郭，绕山三，越冈五，兔极于前，犬疲于后，俱为田父之所获。

【愚按】韩有卢，宋有鹊，并良犬也。卢，黑色；鹊，黑白色。《秦风·驷骥》云："载猃歇骄。"③《尔雅》曰："长喙猃，短喙猲獢。"此别犬喙长短之名，则皆为田犬也。《韩诗》作"卢泠泠"④。令令者，犬颔下环声；重环者，大环贯一小环也；重铸者，一大环贯二小环也。

【校注】

①卢，见《齐风·卢令》，诗云："卢令令，其人美且仁。卢重环，其人美且鬈。卢重鋂，其人美且偲。"卢，黑色猎狗。

②《战国策》云云，见《毛诗正义》。其文亦见今本《战国策·齐策三·齐欲伐魏淳于髡谓齐王》章，二者之间文字略有不同。

③骥（音 tiě），原误作"铁"。猃，音 xiǎn。歇骄，又写作"獝猗"。

④《韩诗》，指西汉初年燕国韩婴所传的《诗经》，经本早已亡佚，今存《韩诗外传》。但"卢泠泠"不见于《韩诗外传》。《韩诗》作"泠泠"，乃南宋吕祖谦《吕氏家塾读诗记》引董逌之说。

貆
①

【尔雅】貈子②，貆。　　【郭璞注】其雌者名貎③。今江东呼貉
为狭狋④。　　【释文】貆，本亦作"狟"，音暄，貉子也。貉，依字作
"貈"。　　【吕忱《字林》】貈似狐，善睡。其子名貆。　　【愚按】貎，
乃老切，音恼。牝貈也，江东呼为狭狋。狭，音央；狋，音史，皆貈之
通名也。

【校注】

①貆(音 huán)，见《魏风·伐檀》，诗云："不狩不猎，
胡瞻尔庭有县貆兮？"貆，狗貛。

②貈(音 hé)，同"貉"。

③貎，音 nǎo。

④狭狋，音 yāng shǐ。狋，亦作"狋"。

硕鼠^①

【尔雅】鼫鼠^②。　【郭璞注】形大如鼠，头似兔，尾有毛，青黄色，好在田中食粟豆。关西呼为鼩鼠^③，见《广雅》。　【孙炎注】五技鼠。　【许慎曰】鼫鼠五技：能飞不能上屋，能游不能渡谷，能缘不能穷木，能走不能先人，能穴不能覆身。　【陆玑《疏》】今河东有大鼠，能人立，交前两足于颈上，号舞，善鸣，食人禾苗。　【罗愿《尔雅翼》】《诗》称"相鼠"^④，即河东大鼠。【文子】圣人师拱鼠制礼。　【录异记】^⑤拱鼠行田亩中，见人则拱手而立，捕之即跳跃走去。　【愚按】硕鼠，樊光谓即《尔雅》"鼫鼠"也。

【校注】

① 硕鼠，见《魏风·硕鼠》，诗云："硕鼠硕鼠，无食我黍。"硕，大。硕鼠，指大老鼠。徐鼎依《尔雅》樊光注，认为硕鼠就是《尔雅》中的鼫鼠。

② 鼫，音 shí。

③ 鼩，音 qú。

④《鄘风·相鼠》曰："相鼠有皮，人而无仪。"相，毛《传》释为视，则相鼠是一动宾结构词组，而不是一名词。

⑤《录异记》，前蜀杜光庭撰。

貉
①

【考工记】貉逾汶则死，此地气然也。　【刘桢《诗义问》】②狐之类，貉、貒、貍也。　【埤雅】貛貉同穴而异处。貛之出入以貉为导。《诗》曰："一之日于貉③，取彼狐狸。"言往祭表貉，因取狐狸之皮为裘，故《传》云："于貉，谓取狐狸皮也。"《周官》所谓"祭表貉"即此。　【愚按】《埤雅》云："貉似貍。"《字林》云："貈似狐。"朱《传》云："貉，狐貍也。"盖其形似狐貍，非即训狐貍也。生山野间，头锐，鼻尖，毛黄褐色，其皮温厚可为裘，故孔子"狐貉之厚以居"④。穴处，昼伏，夜出捕食。性嗜睡。人或畜之，以竹叩醒，已而复寐。今吴俗称人嗜睡者，谓之貉睡。

　　　　　　　　　　　　　　　　　　　　　　　　　　毛诗名物图说

【校注】

① 貉(音 hé)，见《豳风·七月》，诗云："一之日于貉，取彼狐狸，为公子裘。"貉，似狐而体较胖，尾短，毛深厚温暖。

② 刘桢，建安七子之一，著《毛诗义问》，早已亡佚，徐鼎所引，见《初学记》卷二十九。貒，音 tuān。

③ 于貉，《埤雅》以为是参加表貉之祭的意思，马端辰《毛诗传笺通释》也主此说。但陈启源《毛诗稽古编》释貉为兽名，非祭名，他认为毛《传》应该这样断句："于貉，谓取。狐狸，皮也。"两家皆言之成理。

④ "狐貉之厚以居"，《论语·乡党》篇之语。

狐
①

【说文】狐有三德：其色中和，小前大后，死者首邱。　【郦
道元《水经注》】狐性多疑，故俗有狐疑之说。　【北征记】②河
冰厚数丈，冰始合，车马未过，须狐先行。此物善听，听水无声乃
过。　【埤雅】狐之为物妖淫，又以刺恶，所谓"雄狐绥绥"是也③。
又曰："有狐绥绥，在彼淇梁。"④言狐在山，今在淇梁，则失其常居
矣。　【愚按】狐，孤也。善疑则不可合类，故字从孤。江东无狐，
狐出北方。皮可为裘，毛皮深黄近赤，故《北风》云："莫赤匪狐。"⑤
又有青白色，故《玉藻》"君衣狐白裘，君子狐青裘"是也⑥。昼伏
夜出，声如婴儿。或云先古淫妇名紫者所化，故能媚人，而其声自
呼阿紫。其尾长大，《易》曰："濡其尾。"里语云："狐欲渡河，无
如尾何！"

　　　　　　　　　　　　　　　　　　　　　　　毛诗名物图说

【校注】

①狐,见《豳风·七月》,诗云:"取彼狐狸,为公子裘。"狐,今称狐狸。

②《北征记》,晋伏滔撰。

③"雄狐绥绥",见《齐风·南山》。

④"有狐绥绥,在彼淇梁",见《卫风·有狐》。

⑤《北风》,《邶风》篇名。

⑥《玉藻》,《礼记》篇名。

貍
①

【尔雅】貍、狐、貒、貈，其足，蹯；其迹，厹②。　【郭璞注】皆有掌蹯，厹指头处。　【埤雅】貍之伺物，卑身而伏，以候敖者。似貙而小，文采斑然，异于貒貈。　【左传】定九年，齐大夫东郭书衣貍制。　【服虔注】③貍制，貍裘也。　【愚按】《本草》："貍似虎，而尾有黑白文相间者名九节貍，皮可制裘。"《宋史》安陆州贡野猫、花猫，即此二种也。

【校注】
　①貍，见《豳风·七月》。貍，《说文》："伏兽，似貙。"徐锴《说文解字系传》："貍善藏伏也。"段玉裁《说文解

字注》:"即俗所谓野猫。"

  ② 厹（音 róu），同"内"，皆是"蹂"的异体字。

  ③ 服虔注，见《毛诗正义》。

熏
鼠
①

【夏小正】鼷鼬则穴。　【博物志】鼷，鼠之最小者，或谓之耳鼠。

【愚按】熏鼠是鼠之小者，但能穴地，不能缘木。"穹窒熏鼠"，言穹塞其室之孔穴，熏鼠，令出其窟，以其穴处故也。今吴中呼为地鼠。

【校注】

　①熏鼠，见《豳风·七月》，诗云："穹窒熏鼠，塞向墐户。"高亨先生《诗经今注》曰："穹，借为烘。室，当作窒，形近而误。此句是说用火烘干屋子，同时烟气把老鼠熏走。"毛《传》释穹为穷，释窒为塞，而不释熏鼠二字，则亦以熏鼠为烟熏老鼠之义。徐鼎以熏鼠为名词，认为是老鼠中形体小的一种，不知何据。

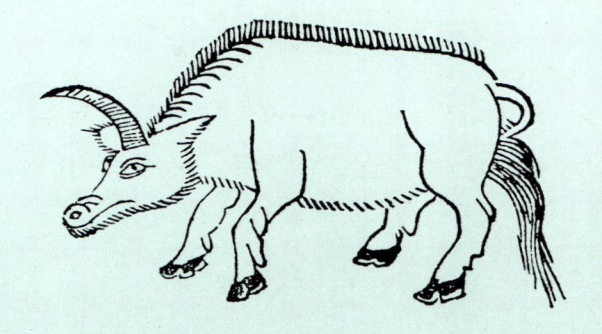

兕
①

　　【尔雅】兕似牛。　　【郭璞注】一角，青色，重千斤。
【邢昺《疏》】《说文》云："兕如野牛，青毛，其皮坚厚可制铠。"
《交州记》曰："兕出九德。有一角，角长三尺余，形如马鞭柄。"
【雅翼】《尔雅》："兕似牛，犀似豕。"郭氏称犀似水牛而豕首，
然则犀亦似牛，与兕同，但首如豕耳。兕青而犀黑，兕一角而犀
二角，以此为异。但古多言兕，今多言犀；北人多言兕，南人多言
犀。　　【埤雅】"发彼小豝，殪此大兕"，言能中微而制大也。
【愚按】角善抵触，故先王制罚爵，以兕角为之，《诗》"兕觥其觩"
是也②。

【校注】

① 兕（音 sì），见《小雅·吉日》，诗云："发彼小豝，殪此大兕。"兕，今称犀牛。一说兕是雌犀。发，射。豝，母猪。殪，死。

② "兕觥其觩"，见《小雅·桑扈》、《周颂·丝衣》。兕觥（音 gōng），形如卧兕的饮酒器。觩，弯曲的样子。

熊①

【说文】熊似豕，山居，冬蛰。　【诗义疏】熊攀援上高树，见人则颠倒投地而下。冬入穴蛰，始春而出。　【段成式《酉阳杂俎》】熊胆春在首，夏在腹，秋在左足，冬在古足。　【埤雅】当心有白脂如玉，味甚美，俗呼"熊白"。好举木而引气，谓之熊经，《庄子》所谓"熊经鸟伸"是也②。冬蛰不食，饥则自舐其掌，故其美在掌。　【愚按】形似豕，黑色，人足。于山中行数十里，悉有踪伏之所③。

【校注】

　① 熊，见《小雅·斯干》，诗云："吉梦维何？维熊维罴。"

②《庄子·刻意》篇："吹呴呼吸，吐故纳新，熊经鸟申，为寿而已矣。此道引之士，养形之人，彭祖寿考者之所好也。"申，同"伸"。熊经鸟伸，指导引养生之法，状如熊攀树而自经，类鸟飞空而伸脚。

③ 跧（音 quán）伏，蜷伏。

罴
①

【山海经】②嶓冢之山，其兽多罴。　【尔雅】罴如熊，黄白文。　【郭璞注】似熊而长头高脚，猛憨多力，能拔树木。关西呼曰猳熊。　【陆玑《疏》】有黄罴，有赤罴，大于熊。　【雅翼】猎者云："罴，熊之牝者，力尤猛。"柳宗元称③："鹿畏㺚，㺚畏虎，虎畏罴。"　【本草】熊、罴、魋④，一类也。如豕，黑色者熊也；大而黄色者罴；小而色黄赤者，魋也。《韩奕》"赤豹黄熊"是也⑤。　【愚按】熊罴皆壮毅之物，属阳，故《书》以喻不二心之臣⑥，《诗》以为男子之祥也。《周礼》："穴氏掌攻蛰兽，各以其物火之，以时献其皮革。"蛰兽，熊罴之属是也，皮可为裘，《大东》云⑦："舟人之子，熊罴是裘。"

【校注】

①罴(音 pí),见《小雅·斯干》。罴,熊的一种,比熊大。

②《山海经》云云,见《西山经》。

③柳宗元云云,见所著《罴说》。

④魋(音 tuí),《尔雅·释兽》:"魋,如小熊,窃毛而黄。"窃是浅的意思。

⑤《韩奕》,《大雅》篇名。

⑥《尚书·康王之诰》:"则亦有熊罴之士,不二心之臣,保乂王家。"以熊罴比喻勇士。

⑦《大东》,《小雅》篇名。

毛诗名物图说

豺
①

【尔雅】豺，狗足。　　【郭璞注】脚似狗。　　【说文】豺，狼属，狗声。　　【邢昺《疏》】贪残之兽。《左传》云："戎狄豺狼，不可厌也。"　　【雅翼】豺牙如锥，足前矮后高。世传狗为豺之舅，见狗辄跪，亦相制耳。　　【埤雅】似狗而长尾，白颊，高前广后，其色黄。季秋取兽，四面陈之以祀其先，世谓之豺祭兽。故先王候之以田，《礼记》所谓"豺祭兽，然后田猎"是也②。《诗》曰："取彼谮人，投畀豺虎。"豺虎以杀为性，今日不食，则恶之至也。

【校注】

① 豺（音 chái），见《小雅·巷伯》，诗云："取彼谮人，

投畀豺虎。豺虎不食，投畀有北。"豺，形似犬而残猛如狼，俗名豺狗。

②《礼记》云云，见《王制》篇。

猱
①

【毛《传》】猱，猿属。　　【郑《笺》】猱之性善登木。
【《正义》曰】猱则猿之辈属，非猨也。陆玑云："猱，猕猴也。楚
人谓之沐猴，老者为玃，长臂者为猨，猨之白腰者为獑胡。"②獑
胡猨骏捷于猕猴，然则猱猨其类大同。　　【埤雅】狖轻捷③，善缘
木，大小类猿，长尾，尾作金色，今俗谓之金线狖。生川峡深山中，
人以药矢射之，取其尾为卧褥、鞍背、坐毯。狖甚爱其尾，中矢毒，
即自啮断其尾以掷之，恶其为深患也。狖一名猱。《诗》："无教猱
升木。"颜氏以为其毛柔长可藉，制字从柔以此故也。　　【愚按】
《本草》："猱即狖，长尾猿，与猕猴相似而猿臂长。"

【校注】

① 猱（音 náo），见《小雅·角弓》，诗云："毋教猱升木，如涂涂附。"猱，猿猴一类的长臂动物。

② 獑，音 chán。

③ 狨（音 róng），今称金丝猴。《埤雅》、《本草》皆认为猱就是狨。

毛诗名物图说

豕
①

【尔雅】豕子，猪。　　【郭璞注】今亦曰彘，江东呼豨②，皆通名。　　【方言】猪，燕、朝鲜谓之豭③，关东西谓之彘，或谓之豕，南楚谓之豨。其子谓之豚，或谓䝏④，吴扬之间谓之猪子。　　【曲礼】⑤豕曰刚鬣，豚曰腯肥。　　【淮南子】豕四月而生。　　【愚按】豕，水畜也，故《易》曰"坎为豕"。《韩诗说》云："犬喜雪，马喜风，豕喜雨。"故天将久雨，则豕进涉水波，故曰："有豕白蹢，烝涉波矣。"《尔雅》云："四蹢皆白，豥。"又："豕牝曰豝，豕生三为豵。"⑥《诗》"壹发五豝"、"壹发五豵"是也⑦。在辰属亥，亥字象豕之形，故子夏之晋，过卫，有读史者曰："晋师三豕渡河。"子夏曰："非也，是己亥也。"⑧

【校注】

①豵，见《小雅·渐渐之石》，诗云："有豕白蹢，烝涉波矣。"豕，猪。

②麔，音 zhì。豨，音 xī。

③豭，音 jiā。

④豯，音 xī。

⑤《曲礼》云云，见《礼记·曲礼下》。

⑥蹢（音 dí），蹄。豥，音 gāi。豝，音 bā。豵，音 zōng。

⑦"壹发五豝"、"壹发五豵"，《召南·驺虞》文。

⑧子夏纠正"三豕"为"己亥"，见《吕氏春秋·察传》，后世因此称字形近似的错误为亥豕之误。

猫
①

【毛《传》】猫，似虎浅毛者也。 【埤雅】鼠善害苗，而猫能捕鼠，故猫字从苗。《诗》"有猫有虎"，猫食田鼠，虎食田豕，故《诗》以誉韩乐。而《记》曰②："迎猫为其食田鼠也，迎虎为其食田豕也。"旧传鼻端常冷，惟夏至一日暖，盖阴类也，故其应如此。 【愚按】有黄、白、黑、驳数色，狸身虎面，柔毛利齿。其睛可定时，子午卯酉如一线，寅申巳亥如满月，辰戌丑未如枣核。孕两月而生子。

【校注】

　　① 猫，见《大雅·韩奕》，诗云："有熊有罴，有猫有虎。"猫，指能吃田鼠的山猫。

　　②《记》曰云云，见《礼记·郊特性》篇。

貔
①

【尔雅】貔，白狐。其子，𧲺②。 　【郭璞注】一名执夷，虎豹之属。 　【陆玑《疏》】似虎，或曰似熊。一名执夷，一名白狐，辽东人谓之白罴。 　【说文】豹属，出貊国。 　【广雅】貔，貍猫也。 　【书传】③如虎如貔。貔，虎属也。 　【愚按】猛兽也，故兵车旌画貔貅，形象威猛，载旌使众知警备，《曲礼》云"前有挚兽，则载貔貅"是已④。

【校注】

① 貔（音 pí），见《大雅·韩奕》，诗云："献其貔皮，赤豹黄罴。"貔，猛兽，似虎。

② 𧲺，音 hù。

③《书传》，指《尚书》伪孔《传》，见《牧誓》篇。

④《曲礼》，《礼记》篇名。貅，音 xiū。

豹
①

【屈平《山鬼》篇】②乘赤豹兮从文狸。　【陆玑《疏》】毛赤而文黑，谓之赤豹。　【列子】程生马。　【埤雅】豹，一名程。古诗曰："饿狼食不足，饥豹食有余。"言狼贪豹廉，有所程度而食，故其字从勺。　【愚按】《诗》有赤豹，《山海经》幽都之山有玄豹③，《尔雅》有白豹，《洞冥记》有青豹④。《本草》云："文如钱者名金钱豹，如艾叶者名艾叶豹。"又西域有金线豹。此皆别毛色异其名也。豹性暴，谚云："豹跳如雷。"其性爱毛，《列女传》云"南山有豹，雾雨，七日不下食，欲泽其衣毛而成文采"是也，故语云："豹死留皮，人死留名。"

　　　　　　　　　　　　　　　　　　毛诗名物图说

【校注】

①豹，见《大雅·韩奕》，诗云："献其貔皮，赤豹黄罴。"此处赤豹，指红色的豹皮。

②屈平，指屈原。《山鬼》，《楚辞·九歌》之一。

③幽都之山有玄豹，见《山海经·海内经》。

④《洞冥记》，又名《汉武帝别国洞冥记》，汉郭宪撰。

象①

【说文】象，长鼻牙，南越之大兽，三岁一乳。　【岭表录异】②象肉有二十种。象胆不附肝，随月转在诸肉。楚越之间，象皆青黑，惟西方弗林、大食多白象。云南豪族多畜象，负重致远，若中国之牛马。　【沈怀远《南越志》】象牙长丈余，脱其牙则深藏之。削木代之可得。不尔，穷其土，得乃已。　【埤雅】其所食物皆以其鼻取之。盖其牙生花，必因雷声，故古者以为器饰。《左传》云："象有齿，以焚其身，贿也。"③

【校注】

　　①象，见《鲁颂·泮水》，诗云："元龟象齿，大赂

南金。"

　　②《岭表录异》，唐刘恂撰。

　　③《左传》云云，见《襄公二十四年》。《北堂书钞》
卷三十所引，"焚"作"樊"，于义较胜。

卷三

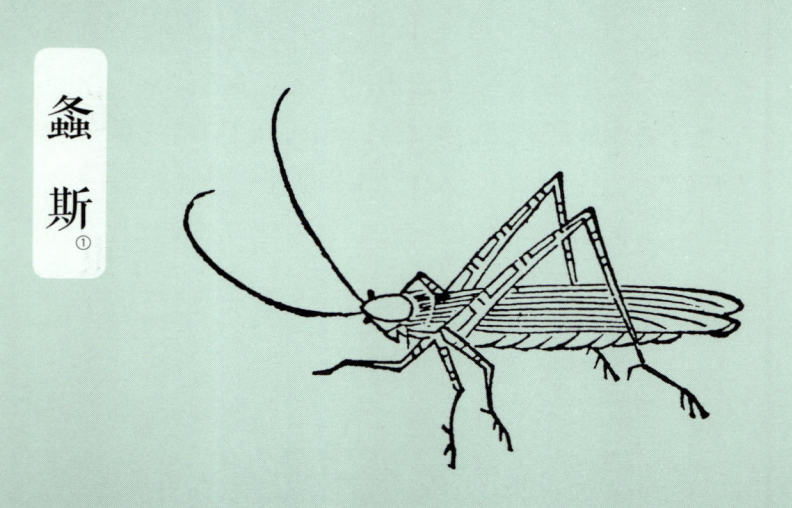

螽斯①

【《尔雅·释虫》】蜇螽，蚣蝑②。　【郭璞注】蚣蚾也。俗呼蝽蠓③。　【公羊传】螽何以书？记灾也。　【扬雄《方言》】春黍谓之蚣蝑。　【蔡邕《月令章句》】其类乳于土中，深埋其卵。江东谓之蚱蜢，害田稚。　【陆玑《草木虫鱼疏》】幽州人谓之春箕，即春黍，蝗类也。长而青，长角，长股，股鸣者也。或谓似蝗而小，斑黑，其股似瑇瑁。又五月中以两股相切作声，闻数十步是也。

【郑樵曰】④蚣蝑，即一种大青蚱蜢。股长，而鸣甚响。　【郑康成《笺》】⑤凡物有阴阳情欲者无不妒忌，维蚣蝑不耳。各得受气而生子，故能诜诜然众多。后妃之德能如是，则宜然。　【蔡元度《名物解》】⑥螽斯，虫之不妒忌，而一母百子，故《诗》以为子孙众多之说。"五月斯螽动股"⑦，言股成而奋迅之也。《尔雅》"螽丑奋"，盖于是时股成而奋迅之，方春尚弱也。字从冬，冬，终也，至冬至终，故谓螽也。　【愚按】螽斯，蝗属。大小不同，稻田中多有之，但生子之数未有明据。苏氏云："一生八十一子。"陆氏云："一生百子。"朱子云："一生九十九子。"其说不同，《序》但言"不妒忌"，生子之数亦未明言。大约《诗》咏文王维"百斯男"⑧，而螽斯以况后妃不妒忌，故陆氏、朱《传》为是说与？又《正义》云："此言螽斯，《七月》言斯螽，文虽颠倒，其实一也。"不复图说，下凡仿此。

【校注】

① 螽（音 zhōng）斯，见《周南·螽斯》，诗云："螽斯羽，诜诜兮。宜尔子孙，振振兮。"螽斯，蝗虫的一种，又名蜙蝑、斯螽，俗称蚂蚱。

② 蝍，音 sī。蜙，音 sōng。蝑，音 xū。

③ 蚣，音 zōng。蝩，音 chōng。蝯，音 shǔ。

④ 郑樵曰云云，见《通志·昆虫草木略》虫鱼类。

⑤ 郑康成，指郑玄。

⑥ 蔡元度，宋蔡卞。

⑦ "五月斯螽动股"，《豳风·七月》文。

⑧ "百斯男"，见《大雅·思齐》，诗云："大姒嗣徽音，则百斯男。"

草虫①

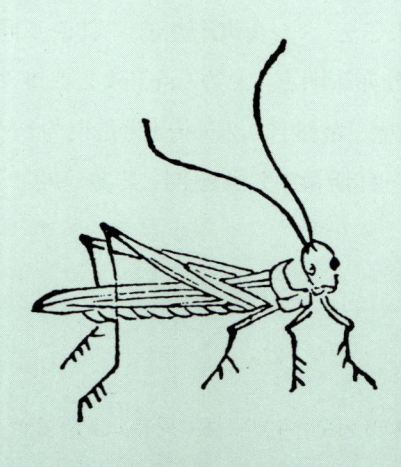

【尔雅】草虫，负蠜②。　【郭璞注】常羊也。　【陆玑《诗疏》】小大长短如蝗，奇音，青色，好在茅草中。　【陆佃《埤雅》】一云蚯蚓即负蠜，亦以类应，草虫鸣于上风，负蠜鸣于下风。【罗愿《尔雅翼》】《诗》草虫说多端。案张衡云："土蟺鸣则阜螽跳。"③是则蚓为草虫也。　【愚按】诸家说草虫纷纷，惟陆《疏》似蝗者为是。但非灾虫，不可谓蝗耳。若《埤雅》、《雅翼》并指为蚯蚓，殊不知《尔雅》释诸螽外，其释蚓曰："蟪，蚓，蟹蚕。"④则不得为草虫明矣。严粲《诗缉》又以螽斯、草虫、阜螽为一，是尤考之未精也。

【校注】

　　① 草虫，见《召南·草虫》，诗云："喓喓草虫，趯趯阜螽。"草虫，俗名蝈蝈。

　　② 鐢，音 fán。

　　③ 蟺，音 shàn。

　　④ 蝗（音 qǐn），即蚯蚓之合音。蝬，音 qiǎn。

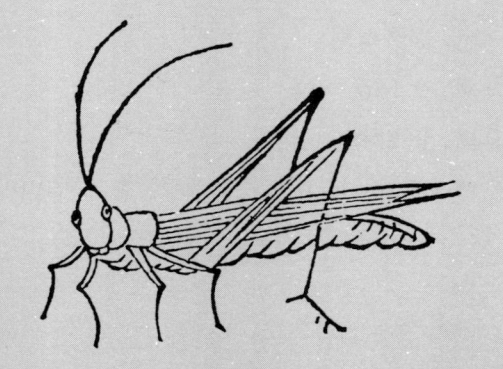

阜
螽
①

【尔雅】阜螽，蠜。　　【李巡注】蝗子也。　　【陆玑《疏》】今人谓蝗子为螽子，兖州人谓之螣②。　　【许慎《说文》】蝗，螽也。　　【蔡邕曰】螽，蝗也。　　【郑《笺》】草虫鸣，阜螽跃而从之，异种同类，犹男女嘉时，以礼相求呼。　　【埤雅】阜螽，今谓之蚱蜢③，亦跳亦飞，飞不能远，青色。草虫鸣，阜螽跃而从之，故阜螽曰蠜，草虫谓负蠜。　　【陈藏器《本草拾遗》】阜螽似蝗，东人呼为蚱蜢。　　【六书正讹】蚱蜢，草上虫也。　　【愚按】李氏、陆氏、许氏、蔡氏并指为蝗，然蝗是灾虫，非岁时恒有，凡经传直称"螽，蝗也"，如《公羊传》"螽何以书？记灾"是也。似蝗不为灾皆得螽名，如《尔雅》所云"阜螽"、"蜤螽"、"蟿螽"、"土螽"是也④。南方螽类甚多，大而青色者螳螂，小于螳螂而作声者如马轧、纺绩皆是。《笺》云"阜螽跃而从之"，则止于跳跃而不作声，明是蚱蜢无疑也。

【校注】

①阜螽，见《召南·草虫》，诗云："喓喓草虫，趯趯阜螽。"阜螽，今名蚱蜢。

②螣，音 tè。

③蚣，音 zōng。

④蜇，音 sī。螫，音 qì。

蝤蛴
①

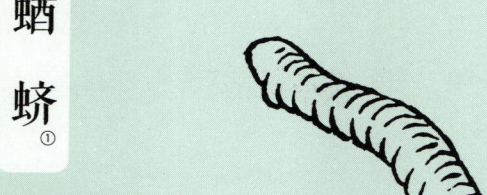

　　【尔雅】蝤蛴，蝎。　　【郭璞注】在木中。　　【扬雄《方言》】
蠀螬谓之蠢②。自关而东谓之蝤蛴，或谓之蚕蝎③，或谓之蝖毂④。
梁益之间谓蛒，或谓蝎，或谓蛭蛒⑤。秦晋之间谓蠹，或谓天蝼。四
方异语而通者也。　　【孔颖达《正义》】孙炎曰："关东谓之蝤蛴。
梁益之间谓之蝎。"以在木中，白而长，故以比颈也。　　【唐本草
注】此虫在腐柳树中，内外洁白。　　【陶隐居《本草注》】大者如
足大指，以背行，乃驶于脚。　　【埤雅】蝤蛴，一名蛣蜣。佶屈，曲
貌，以形举也。《诗》曰："领如蝤蛴。"盖蝤蛴之体有丰洁且白者，
故《诗》以况庄姜之领。《七辩》曰"蝤蛴之领，阿那宜顾"是也。
此即木中蠹虫，亦曰桑蠹。　　【名物解】蝤蛴，桑虫也。桑质柔腴
白，蝤蛴食桑之腴，故色白而体柔。　　【愚按】《释虫》："蝤蛴，
蝎。"又云："蝎，桑蠹⑥。"则蝤蛴也、蝎也、桑蠹也，其即一物

　　　　　　　　　　　　　　　　　　　　毛诗名物图说

也。或在柳中，或在桑中，故郭氏、孔氏止言在木中耳。

① 蝤蛴（音 qiú qí），见《卫风·硕人》，诗云："手如柔荑，肤如凝脂，领如蝤蛴，齿如瓠犀。"蝤蛴，天牛的幼虫，因其长、圆、白，故用以比作颈。

② 蟝，音 cī。螬，音 cáo。蟦，音 féi。

③ 蠢，音 juàn。蠋，音 shú。

④ 螎，音 xuān。蟹，音 hú。

⑤ 蛒，音 gé。蛭，音 zhì。

⑥ 蠹，原作"橐"，据上下文改。

蟓①

【毛《传》】蟓首，颡广而方②。　　【尔雅】蜩，蜻蜻③。　　【郭璞注】如蝉而小。《方言》云："有文者谓之蟓。"《夏小正》云："鸣蜩，虎悬。"④　　【邢昺《疏》】蜩，一名蜻蜻。如蝉而小，有文者也。《夏小正》云者，在四月，彼云："鸣蜩蜩者，虎悬也。"【埤雅】似蝉而小，绿色。北人谓之蟓，即《诗》所谓"蟓首"也。【愚按】《梦溪笔谈》云："蟪蛄之小而绿色者谓蟓。"盖此蟓额广而方，故以比庄姜之首。

【校注】

① 蟓（音 qín），见《卫风·硕人》，诗云："蟓首蛾眉，

毛诗名物图说

巧笑倩兮，美目盼兮。"蟓，蟭蟧中体形小、色泽绿的一种。

② 颡（音 sǎng），额。

③ 蚻，音 zhá。蟏，音 qīng。

④ 虎悬，《夏小正》本作"宁县"，未详其义。

蛾
①

【尔雅】蛾，罗。　【郭璞注】蚕蛾。　【邢昺《疏》】此即蚕蛹所变者也。　【张华《博物志》】食桑者有绪而蛾。蛾类者，先孕而后交。盖蛹者，蚕之所化；蛾者，蛹之所化。　【埤雅】茧生蛾，蛾生卵，《荀子》曰"蛹以为母，蛾以为父"是也②。蛹，一名魄③；蛾，一名罗。孙炎《尔雅正义》以为魄即是雄④，蛹即是雌，罗即是雄，蛾即是雌。蛾似黄蝶而小，其眉句曲如画，故《诗》以譬庄姜，《硕人》曰："蓁首蛾眉。"

【校注】

①蛾，见《卫风·硕人》，诗见前篇。蛾，蚕蛾，触须

细长弯曲。

②《荀子》曰云云，见《荀子·赋》篇。

③ 蜲，音 huǐ。

④ 孙炎，三国魏人，著《尔雅注》六卷。邢昺《尔雅疏叙》曰："其为义疏者，则俗间有孙炎、高琏，皆浅近俗儒，不经师匠。"可见，北宋时有所谓孙炎《尔雅正义》传世，故《埤雅》引以为说，然如邢昺所言，显系依托之书。

苍
蝇
①

【尔雅】蝇丑扇。　【邢昺《疏》】青蝇之类好摇翅自扇。
【方言】蝇，东齐谓之羊。　【韩子】以骨去蚁，蚁愈多；以鱼驱
蝇，蝇愈至。　【张敞书曰】②苍蝇之飞不过十步，托于骐骥之发
则致千里。　【埤雅】蝇好交其前足，有绞绳之象，故绳之为字
从蝇省。隼生于隹，绳生于蝇，其义一也。亦好交其后足，摇翅自
扇。段氏云③："苍蝇声雄壮，青蝇声清聒，其声在翼。"苍蝇善乱
声，故曰"匪鸡则鸣，苍蝇之声"也。　【名物解】一章言耳闻，疑
而起也；二章"月出之光"，言目见似而起也。苍蝇，其大者肌色正
苍，今俗谓之麻蝇。传曰以冰致蝇，盖蝇逐臭者，喜暖恶寒，故遇
冰辄侧翅远引，所谓"夏虫不可以语冰"者也④。　【愚按】苍蝇
乱声，是蝇之大者。《类从》曰："蝇生于灰。蝇堕水死，置灰中，
须臾即活。"《淮南子》以为"烂灰生蝇"是也。有说苍蝇比青蝇为

小，而以陆农师指为麻蝇为非⑤，是。盖蝇既小，则声必小，何以为善乱声耶？断以麻蝇为允。

【校注】

　　① 苍蝇，见《齐风·鸡鸣》，诗云："鸡既鸣矣，朝既盈矣。匪鸡则鸣，苍蝇之声。东方明矣，朝既昌矣。匪东方则明，月出之光。"

　　② 张敞书曰云云，见《艺文类聚》卷九十七。张敞，西汉昭帝、元帝时人。

　　③ 段氏，指唐段成式。

　　④ "夏虫不可以语冰"，《庄子·秋水》篇语。

　　⑤ 陆农师，指陆佃，《埤雅》的作者。

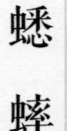

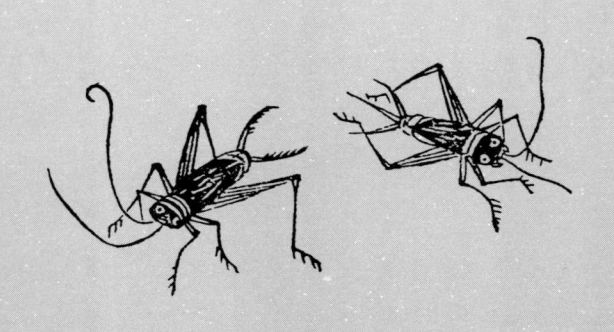

【月令】季夏，蟋蟀居壁。　【周书】小暑之日，温风至；又五日，蟋蟀居壁。　【尔雅】蟋蟀，蛬②。　【郭璞注】今促织也。亦名青蛚③。　【崔豹《古今注》】蟋蟀，一名吟蛩④。秋初得寒则鸣。一云济南呼为懒妇。　【陆玑《疏》】蟋蟀似蝗而小，正黑，有光泽如漆，有角翅。一名蛬，一名蜻蛚。楚人谓之王孙，幽州人谓之趋织，里语云"趋织鸣，懒妇惊"是也。　【埤雅】阴阳率万物以出入，至于悉蟹⑤，帅之为悉，蟋蟹能帅阴阳之悉者也。《诗》曰："蟋蟀在堂，岁聿其莫。"在堂，九月之时也，九月建戌。于文，"禾千"为"年"，"步戌"为"岁"，故步戌至戌谓之岁也。曰"九月，蟋蟀入我床下"，言蟋蟀微物犹知随时，可以人而不如乎？　【愚按】蟋蟀，夏生，秋始鸣，寒则渐近人。好吟于土石砖礕之下⑥，尤好斗胜。双尾者斗，雄也；三尾者不斗，雌也。又一种飞者较大。

【校注】

① 蟋蟀，见《唐风·蟋蟀》，诗云："蟋蟀在堂，岁聿其莫。"蟋蟀，一名促织，候虫，随着寒暑变化而迁居，故《豳风·七月》说："七月在野，八月在宇，九月在户，十月蟋蟀入我床下。"蟋蟀在堂，于夏历、齿历皆为九月，于十二地支皆在戌。

② 蛬（音 qióng），古同"蛩"，蟋蟀的别称。

③ 蛚，也写作"蜊"，音 liè。

④ 蛩，音 qióng。

⑤ 蟀（音 shuài），"蟀"的正字，《说文》："蟀，悉蟀也。从虫，帅声。"

⑥ 甓，音 pì。

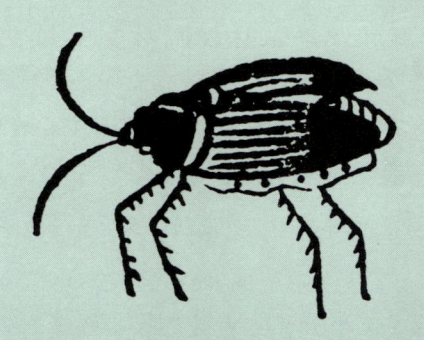

蜉蝣
①

【尔雅】蜉蝣，渠略。　　【孙炎注】《夏小正》："蜉蝣，渠略也。朝生而暮死。"　　【舍人曰】南阳以东曰蜉蝣，梁宋之间曰渠略。　　【郭璞注】似蛣蜣②，身狭而长，有角，黄黑色，丛生粪土中，朝生暮死。猪好啖之。　　【毛《传》】朝生夕死，犹有羽翼以自修饰。　　【陆玑《疏》】似甲虫，有角，大如指，长三四寸。甲下有翅，能飞。夏月阴雨时地中出。　　【名物解】蜉蝣，轻也。朝生暮死，故谓之渠略。生于夏月阴阳气之卑湿而浮游者，故其为物不实而小。曹君无笃厚之德而从其小体，若此刺其甚矣。　　【埤雅】唐，俭以勤；曹，奢而苟，故《诗》一以蟋蟀，一以蜉蝣刺之。又云丛生郁栖中③，朝生夕殒，有浮游之意。

【校注】

① 蜉蝣，见《曹风·蜉蝣》，诗云：“蜉蝣之羽，衣裳楚楚。”蜉蝣，又名渠略，体软弱，触角短，翅半透明，能飞，腹部末端有等于体长的尾须两条，常在夏天日落后成群飞舞，成虫寿命不长，一般都朝生暮死。

② 蛣，音 jié。蜣，音 qiāng。

③ 郁栖，粪壤。

蚕
①

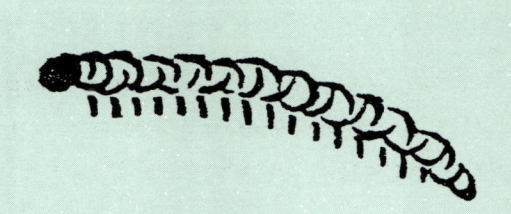

【尔雅】蠋，桑茧。雔由，樗茧，棘茧，栾茧。蚢，萧茧②。
【邢昺《疏》】此皆蚕类作茧者，因所食叶而异其名也。食桑叶
作茧者名蠋，即今蚕也。食樗叶、棘叶、栾叶者名雔由。食萧叶作
茧者名蚢也。　　【淮南子】黄帝元妃西陵氏始蚕③。　　【月令】
季春，天子乃荐鞠衣于先帝④，命野虞毋伐桑柘，具曲、植、篷、
筐⑤，后妃齐戒，亲东乡躬桑，禁妇女毋观，省妇使⑥，以劝蚕事。
蚕事既登⑦，分茧称丝受功，以供郊庙之服。孟夏，蚕事毕，后妃献
茧。乃收茧税，以桑为均，贵贱长幼如一，以给郊庙之服。　　【程
子曰】⑧蚕月，蚕长之月也。计岁气之早晚，不可指定几月也。
【刘瑾曰】⑨虽不可指定几月，然既条取大桑，复"猗彼女桑"，当
在建辰之月蚕盛之时。先儒疑此诗独缺三月，盖已具于蚕月之间
矣。　　【愚按】蚕喜燥恶湿，食而不饮，三眠三起，二十七日而老。

　　　　　　　　　　　　　　　　　　　　毛诗名物图说

自卵出而为蚪，自蚪蜕而为蚕，蚕而茧，茧而蛹，蛹而蛾，蛾而卵。旧说古者后妃享先蚕⑩。先蚕，天驷也⑪。《汉旧仪》曰："今蚕神曰苑窳妇人⑫、寓氏公主，凡二神焉。"

【校注】

① 蚕，见《豳风·七月》，诗云："春日载阳，有鸣仓庚。女执懿筐，遵彼微行，爰求柔桑。"又云："蚕月条桑，取彼斧斨，以伐远扬，猗彼女桑。"蚕月，即夏历三月，养蚕的月份，所以叫蚕月。

② 蠁，音 xiàng。雠，音 chóu。樗，音 chū。蚢，音 háng。

③ 元妃，嫡妻。

④ 鞠衣，黄桑之服。

⑤ 野虞，主管田地山林之官。毋伐桑拓，意指保护蚕食。曲、植、籧、筐，皆是养蚕的工具。

⑥ 齐，同"斋"。乡，同"向"。东乡，面朝东，向时气的意思。毋观，去掉容饰。妇使，缝线组纴之事。

⑦ 登，成。

⑧ 程子，北宋程颐。

⑨ 刘瑾，元人，著《诗传通释》。

⑩ 先蚕，蚕神名。

⑪ 天驷，星名。

⑫ 苑，或写作"菀"。窳，或写作"宨"。

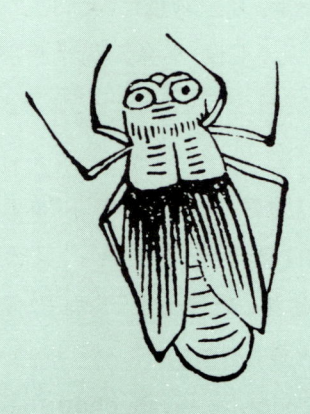

蜩
①

【毛《传》】蜩，蟧也。　　【孔《疏》】《释虫》云："蜩，蜋蜩②，蟧蜩。"舍人云："皆蝉。"《方言》曰："楚谓蝉为蜩，宋卫谓之蟧蜩，陈郑谓之蜋蜩，秦晋谓之蝉。"是蜩、蝉一物，方俗异名耳。《释虫》又曰："蜺③，寒蝉。"郭璞曰："寒螿也④。似蝉而小，青赤。"引《月令》"寒蝉鸣"，与此鸣蜩不同者。《夏小正》云："五月蟧蜩鸣，七月寒蝉鸣。"是其异也。　　【王充《论衡》】蝉生于复育⑤，开背而出。　　【陶隐居曰】蝉类甚多："鸣蜩嘒嘒"者，形大而黑，五月便鸣；四、五月鸣而小，紫青色者，蟪蛄也；九、十月鸣，声凄急者，寒螿也；七、八月鸣，而色青者，蛁蟟⑥；二月中便鸣者，蛉母⑦，似寒螿而小。　　【名物解】蜩有文，或谓之蜻；蟧无文，或谓之夷。《诗》"如蜩如螗"，蜩大而螗小。蜩，言其哗而无理；螗，言其夷而无文。

【校注】

① 蜩（音 tiáo），见《豳风·七月》，诗云："四月秀葽，五月鸣蜩。"又见《小雅·小弁》，诗云："菀彼柳斯，鸣蜩嘒嘒。"螗，见《大雅·荡》，诗云："文王曰咨，咨女殷商，如蜩如螗，如沸如羹。"蜩，蝉。

② 蜋，音 láng。

③ 蜺，音 ní。

④ 螀，音 jiāng。

⑤ 复育，蝉的幼虫，《论衡·论死》曰："蝉之未蜕也，为复育；已蜕也，去复育之体，更为蝉之形。"

⑥ 蛁，音 diāo。

⑦ 蟧，音 nǐng。

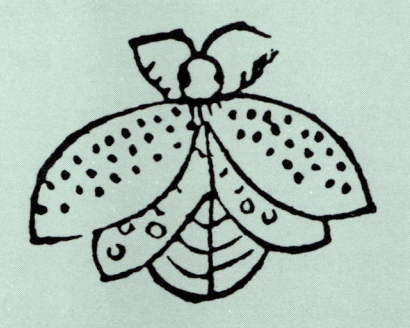

【尔雅】螒②，天鸡。　【樊光注】小虫，黑身，赤头。　【李巡注】一名酸鸡。　【郭璞注】一名莎鸡，一名樗鸡。　【陆玑《疏》】莎鸡，如蝗而斑色，毛翅数重，其翅正赤。六月中飞而振羽，索索作声，幽州人谓之蒲错。　【古今注】莎鸡，一曰纺纬，谓其鸣声如纺绩也。　【雅翼】头小而羽大，有青、褐两种。一名络纬，今人谓之络丝娘，似机杼声，可以趣妇功。一名马蠡③。
【埤雅】其鸣以时，故有鸡之号。俗云络纬，雄鸣于上风，雌鸣于下风，而风化。　【愚按】《本草》"在樗木上，头翅赤者，人呼红娘子"，非莎鸡也。莎鸡似蝗，毛翅数重，止而振羽，而作声有如纺纬，今吴人呼为纺绩娘。朱《传》谓："斯螽、莎鸡、蟋蟀一物，随时变化而异其名。"④然非一物也，自五月动股，六月振羽，至八九月间尚有声，未必随时速化。郑《笺》云："言此三物如此，著将

寒有渐。"则明是三物无疑矣。斯螽说见《周南·螽斯》，蟋蟀见《唐风》。

【校注】

　① 莎（音 shā）鸡，见《豳风·七月》，诗云："五月斯螽动股，六月莎鸡振羽。"莎鸡，又名络纬，俗称纺织娘。

　② 鞥，音 hàn。

　③ 蠽，音 jié，"蠽"的俗体字。

　④ 朱熹《诗集传》认为斯螽、莎鸡、蟋蟀是一物，随季节变化而名称不同，乃误承崔豹、程颐之说，见明冯复京《六家诗名物疏》。

蠋

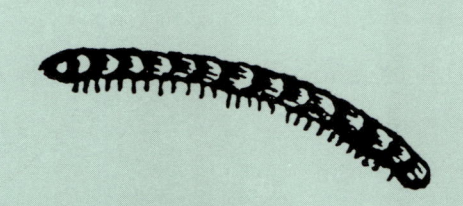

【毛《传》】蜎蜎②，蠋貌。桑虫也。　【《正义》曰】《释虫》云："蚅③，乌蠋。"樊光引此诗，郭璞曰："大虫如指，似蚕。"《韩子》云："虫似蠋。"言在桑野，知是桑虫。　【邢昺《疏》】形如蚕，大如指。《大雅·韩奕》云："鞗革金厄。"④毛亦云："厄，乌蠋。大如指，似蚕。"　【韩非子】鳣似蛇，蚕似蠋。人见蛇则惊骇，见蠋则毛起。然妇人拾蚕，渔者握鳣，利之所在，则忘其所恶，皆为贲、育⑤。　【埤雅】蠋以丝自裹，又久以桑野，惟独而已，然其自营也完矣，故《诗》以此托况。《序》曰："一章言其完也。"

　　　　　　　　　　　　　　　　毛诗名物图说

【校注】

①蠋（音 zhú），见《豳风·东山》，诗云："蜎蜎者蠋，蒸在桑野。"蠋，桑虫，蝴蝶等的幼虫，青色，形似蚕。

②蜎（音 yuān）蜎，软体动物蠕动的样子。

③蚅，音 è。

④条，音 tiáo。

⑤《韩非子》云云，见《韩非子·内储说上·七术》。贲指孟贲，育指夏育，皆古时勇士。

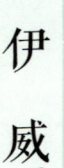

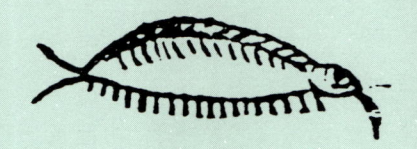

【尔雅】伊威，委黍；蟠[②]，鼠妇。　　【郭璞注】瓮器底虫。
【说文】鼠蝜也。　　【陆玑《疏》】在壁根下，甕器底[③]，土中生，似白
鱼。　　【埤雅】食之令人善淫，故名鼠妇。又名鼠姑。因湿化生，今俗
谓之湿生。　　【愚按】此虫湿生，多足，大者长半寸余，灰色，背有横
纹蹙起，常惹着地鼠背[④]，故有妇、姑诸名。室无人扫，多有之。

【校注】

　　① 伊威，见《豳风·东山》，诗云："伊威在室。"伊威，
又写作蚴蛾，又名委黍、鼠妇，今名地鳖虫。

　　② 蟠，音 pán。

③ 罋，吴 wèng。

④ 瓷器，沉埋。

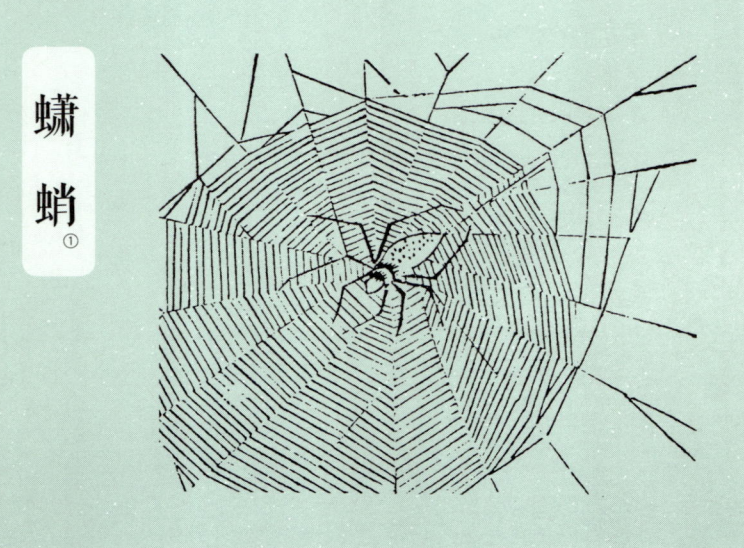

蟏蛸^①

【尔雅】蟏蛸，长踦^②。　【郭璞注】小鼅鼄^③，长脚者俗呼为喜子。　【陆玑《疏》】荆州、河内人谓之喜母。此虫来着人衣，当有亲客至，有喜也。亦如鼅鼄为网居之。　【古今注】身小足长，故谓长踦。　【愚按】王安石《字说》云："设一面之网，物触而后诛之，知乎诛义者，故曰蜘蛛。"而蟏蛸亦蜘蛛类，室无人扫，结网当户。

> 【校注】
>
> ① 蟏蛸（音 xiāo shāo），见《豳风·东山》，诗云："蟏蛸在户。"蟏蛸，一种长脚的小蜘蛛，俗称喜蛛。古人认为喜

蛛附着在人的衣服上，预示家中将有客人到来，故又称喜蛛为亲客、喜子。

　　② 踦（音 yǐ），足胫。

　　③ 鼄鼄，"蜘蛛"的异体字。

宵行①

【毛《传》】②熠燿，燐也；燐，萤火也。　【《正义》曰】萤火之虫飞而有光之貌。　【朱子《集传》】③宵行，虫名。如蚕，夜行，喉下有光如萤。　【愚按】毛《传》萤火为燐，孔氏既辨其非。但据《本草》"一名熠燿"，似以熠燿为虫矣。濮氏一之云："熠燿为虫，与下章'熠燿其羽'相戾，当知宵行乃虫名。"此说长也。孔氏云："熠燿，飞而有光之貌。"并不以萤火为熠燿。又《本草》："萤有三种：宵飞，腹下光者，《月令》所谓'腐草化为萤'是也；长如蛆蠋，尾后有光，无翼，不飞者，即宵行也，俗名萤蛆，《明堂月令》所谓'腐草化为蠋'是也；又一种水萤，居水中，唐李子卿《火萤赋》'彼何为而化草，此何为而居泉'是也。"则知宵行，虫名；熠燿，其光也。诸说纷纷，当以朱《传》为允。

【校注】

① 宵行，见《豳风·东山》，诗云："熠燿宵行。"

② 毛《传》释"熠燿"曰："燐也。燐，萤火也。"而不释"宵行"，则毛《传》的意思是指：夜晚萤火虫飞在路上。考张华《励志诗》有云："凉风振落，熠燿宵流。"亦以熠燿为萤火，则两汉魏晋时，以熠燿为萤火虫是较通行的说法。孔颖达《正义》认为燐是鬼火，不得释为萤火，而不知毛《传》中的"燐"，通作"蟒"，陆德明《释文》："燐，字又作蟒。"便是明证。

③ 朱《传》释"熠燿"曰"明不定貌"，释"宵行"曰"虫名"，则朱《传》的意思是指：爬走的宵行虫散发出明灭不定的微光。濮一之从篇章、语法结构分析"宵行"当为虫名，颇有见地，足可证成朱熹之说。

今按：毛《传》为古说，当有所本；朱《传》借自《正义》，立新说，似更合理。二家说不同，但皆读"行"为háng，以与"鹿场"协韵。

蜴
①

【尔雅】蝾螈，蜥蜴。蜥蜴，蝘蜓。蝘蜓，守宫也。　【孙炎注】别四名也。　【说文】在壁曰蝘蜓，在草曰蜥蜴。　【《正义》曰】陆玑《疏》云："虺蜴，一名蝾螈，蜴也。或谓之蛇医，如蜥蜴，青绿色。大如指，形状可恶。"如陆意，蜥蜴与螈形状相类，水陆异名耳。　【陶隐居曰】其类四种：大形，纯黄色，为蛇医；次似蛇医，小形，长尾，见人不动，名龙子；次有小形，五色尾，青碧可爱，名蜥蜴，不螫人；一种喜缘篱壁，名蝘蜓，形小而黑，乃言螫人必死，而未尝中人。　【东方朔传】②《射守宫》曰："以为龙又无角，谓为蛇又有足。跂跂脉脉善缘壁，若非守宫即蜥蜴。"
【愚按】诸说在草泽中者曰蝾螈、蜥蜴，在壁间者曰蝘蜓、守宫。《埤雅》云："易十二时变色，故曰易也。蜥蜴尾通于身，如蛇而加足，居草泽间。守宫四足，有尾，偃伏壁间，故名蝘蜓。"《博物志》

云："以器养之，食以朱砂，体尽赤，捣万杵，以点女人支体，终身不灭，偶则落③，故又有守宫之名。"《笺》云："虺蝎之性，见人则走。"蝎是蝾螈之类，非蝘蜓、守宫也，因说蝎而兼及之焉。

【校注】

① 蝎，见《小雅·正月》，诗云："哀今之人，胡为虺蝎？"对于虺蝎，古人有两种不同的解释。毛《传》释"蝎"为"螈"，于"虺"无释，则读"虺"为《小雅·斯干》"维虺维蛇"之虺，虺、蝎是两种动物。陆《疏》则认为虺蝎是一种动物之名，又名蝾螈，即水蝎。《正义》所引陆《疏》"一名蝾螈，蝎也"，据阮元《校勘记》，"蝎"前当有"水"字。

② 《东方朔传》，见《汉书》。

③ 偶，指男女交合。

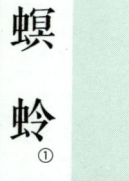

【尔雅】螟蛉，桑虫。　【郭璞注】俗谓之桑蟃，亦曰戎女。【陆玑《疏》】桑上小青虫也。似步屈，其色青而细小，或在草莱上。　【名物解】螟蛉，虫之感气而化者也。然所化必以类，故惟桑蟃为能取之以为己子。

【校注】

① 螟蛉（音 míng líng），见《小雅·小宛》，诗云："螟蛉有子，蜾蠃负之。"螟蛉，桑叶上的小青虫，即螟蛾的幼虫。

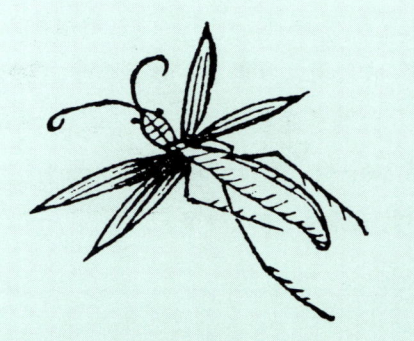

蜾
蠃^①

【尔雅】蜾蠃，蒲芦。　　【郭璞注】即细腰虫也，俗呼为蠮螉^②。　　【说文】细腰土蜂也。天地之性小腰，纯雄，无子。【扬雄《法言》】螟蛉之子殪，而逢果蠃，祝之曰："类我！类我！"久则肖之矣。　　【陆玑《疏》】似蜂而小腰，取桑虫，负之于木空中，七日而化为其子。　　【陶隐居曰】一种蜂，黑色，腰细，衔泥于人室及器物边作房，如并竹管者，生子如粟米大，捕取草上青蜘蛛，满中仍塞口，以拟其子大为粮。一种入芦竹管中者，亦取草上青虫。一名蜾蠃。若言教祝变为己子，斯为谬矣。　　【愚按】诸说不同，或谓捕虫为粮，或云祝为己子，盖物类变化不可度。蚱蝉生于转丸，衣鱼生于瓜子，则桑虫之化为蜂不足异也。宋齐邱谓^③："蠮螉之虫，负螟蛉之子。传其情，交其精，混其气，和其神，随物大小，皆得其真。蠢物无定精，万物无定形。"斯言得之。

【校注】

① 蜾蠃（音 guǒ luǒ），见《小雅·小宛》，诗云："螟蛉有子，蜾蠃负之。"蜾蠃，一种青黑色的细腰土蜂，常捕螟蛉以喂幼虫，古人误以为蜾蠃养螟蛉为子，因把"螟蛉"或"螟蛉子"作为养子的代称。

② 蠮，音 yē。螉，音 wēng。

③ 宋齐邱，南唐人，撰《化书》。

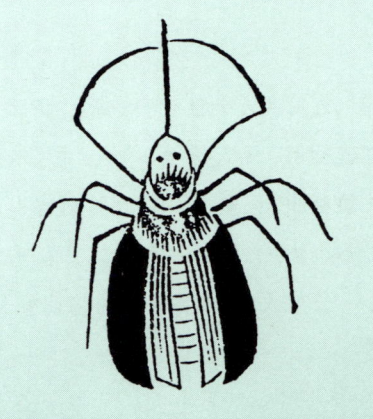

蜮
①

【公羊传】蜮何以书？记异也。　　【张揖《广雅》】射工，短狐，蜮也。　　【博物志】江南有射工，甲虫类也。一二寸，口中有弩形气，射人影，随所著处发疮，不治，即短蜮也。　　【酉阳杂俎】谓之抱枪。　　【陆玑《疏》】一名射影，江淮水皆有之。人在岸上，影见水中，投人影则杀之，故曰射影。南人将入水，先以瓦石投水中，令水浊，然后入。或曰：含沙射人皮肌，其疮如疥。　　【《正义》曰】《洪范五行传》云："生于南越，南越妇人多淫，故其地多蜮，淫女惑乱之气所生也。"　　【埤雅】俗呼水弩，鹅能食之。《禽经》所谓"鹅飞则蜮沉"。　　【愚按】前阔后狭，颇如蝉状，故《抱朴子》言"状如鸣蜩也"。腹软背硬有如鳖，故陆玑言"形如鳖也"。喙头有尖角如爪，有六足如蟹足，陆德明言"三足"，非也。《周礼》："壶涿氏掌除水虫，以抱土之鼓驱之，以禁石投之。"即此蜮也。

【校注】

①蜮（音 yù），见《小雅·何人斯》，诗云："为鬼为蜮，则不可得。有靦面目，视人罔极。"蜮，毛《传》释为短狐。《说文》："蜮，短狐也，似鳖，三足，以气射害人。"陆德明《经典释文》："状如鳖，三足。一名射工，俗呼之水弩，在水中含沙射人，一云射人影。"许慎、陆德明皆认为蜮三足，徐鼎以为六足。

螟
①

【尔雅】食苗心，螟。　【李巡注】言其奸冥冥难知也。
【陆玑《疏》】螟似蚼蝥而头不赤②。　【月令】仲春行夏令，虫螟
为害。　【淮南子】枉法令则多虫螟。　【京房易传】蔽恶生孽，
虫食心。　【吕氏春秋】蝗螟，农夫得而杀之，为其害稼也。
【雅翼】螟，无足小青虫。既食其叶，又以丝缠裹众叶，使穗不得
展。江东渭之蟥虫。孔臧《蓼虫赋》曰："爰有蠕虫，厥状如螟。"③
是螟为无足虫。　【愚按】今吴中呼为网虫，以其丝缠禾穗不得
长达，形如草上小青虫。

【校注】

① 螟（音 míng），见《小雅·大田》，诗云："去其螟螣，及其蟊贼。"螟，螟蛾的幼虫，一种蛀食稻心的害虫。

② 蚜蚄，黏虫的俗称。

③ 孔臧，西汉初期人。《蓼虫赋》，见《孔丛子·连丛上》，又见《艺文类聚》卷八十二、《太平御览》卷九百四十八。"厥状"原作"厥虫"，据《孔丛子》改。

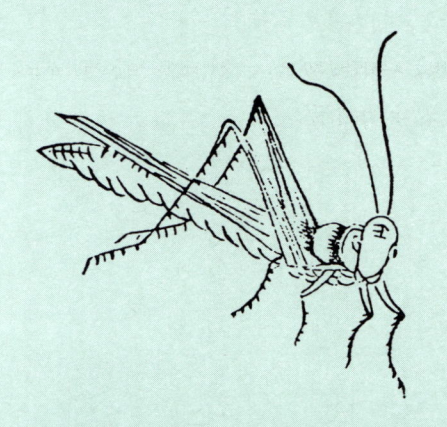

螣
①

【尔雅】食叶，蟘②。　【李巡注】言假贷无厌，故曰蟘也。
【月令】孟夏行春令，则蝗虫为灾；仲夏行春令，百螣时起。
【陆玑《疏》】螣，蝗也。　【易传】③德无常，兹谓烦，虫食叶。
【蔡氏伯喈曰】④当为灾，则生水处泽中，数百或数十里，一朝蔽地
而食禾粟，苗尽复移。云是鱼子水中化之。　【愚按】俗云蝗产子
于地中，至春夏而出地。若冬有雪，寒气逼之，深入于地，春夏不能
出矣。一雪入地三尺，三雪入地九尺，所谓三白为丰年之兆。

【校注】

　　① 螣（音 tè），见《小雅·大田》。螣，吃禾叶的青虫。

②蟘（音 tè），《说文》：“蟘，虫食苗叶者，吏乞贷则生蟘。”

③《易传》，指《京房易传》。

④蔡氏伯喈，指东汉蔡邕。蔡伯喈云云，见《艺文类聚》卷一百。马国翰《玉函山房辑佚书》取以入蔡邕著《月令章句》，当是。

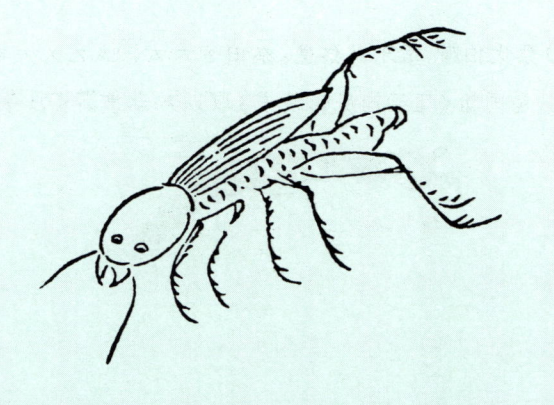

蟊
①

【尔雅】食根，蟊。　【李巡注】言其税取万民财货，故云蟊也。　【易传】②臣安禄，兹谓贪，厥灾虫食根。　【陆玑《疏》】或说云："蟊，蝼蛄也。食苗根，为人患。"

【校注】

　　① 蟊（音 máo），见《小雅·大田》。蟊，食根的虫，即蝼蛄。

　　②《易传》，指《京房易传》。

贼①

【尔雅】食节，贼。　　【李巡注】言贪狠，故曰贼也。　　【陆玑《疏》】贼，似桃李中蠹虫，身长而细耳。　　【易传】②与东作争，兹谓不时，虫食节。　　【愚按】今吴中呼为"蛀虫"是也。诸木有蠹，诸果有蟫，诸菽有蚄，麦朽蛾飞，草腐萤化，皆虫之败物者。螟、螣、蟊、贼，《释虫》分别虫啖禾所在之名。而李巡、孙炎及《京房易传》并因恶政所致。《正义》所谓："虽食所在为名，而所在之名缘政所致，理为兼通也。旧说四者一种虫也，如言寇贼奸宄，内外言之耳，故犍为文学曰③：'此四种虫皆蝗也。'实不同，故分别释之。"则孔氏之说必有确据，况《尔雅》分释，明是四种，形状各别，旧说特考之未精也。

　　　　　　　　　　　　　　　　毛诗名物图说

【校注】

①贼，见《小雅·大田》。贼，食节的虫，咬断庄稼枝节，使庄稼折断而死。

②《易传》，指《京房易传》。

③犍为文学，汉朝人，注《尔雅》，已佚，今有马国翰、黄奭辑本。

青蝇①

【郑《笺》】蝇之为虫，污白使黑，污黑使白，喻佞人变乱善恶。　【论衡】青蝇所污，常在练素。　【埤雅】青蝇首赤如火，背若负金。　【段成式曰】粪能败物，玉亦不免，所谓蝇矢点玉。【愚按】苍蝇乱声，青蝇乱色。许谦云②："营营其声，变黑白其性。"形似麻蝇而小，背有一点若金，自蛆虫所变。粪能败物，粪又生蛆。视烂灰生蝇者，异矣。互详"苍蝇"说中。

【校注】

①青蝇，见《小雅·青蝇》，诗云："营营青蝇，止于樊。岂弟君子，无信谗言。"青蝇，形大如麻蝇，色如金，首赤

如火。

　　② 许谦，元朝人，著《诗集传名物钞》。

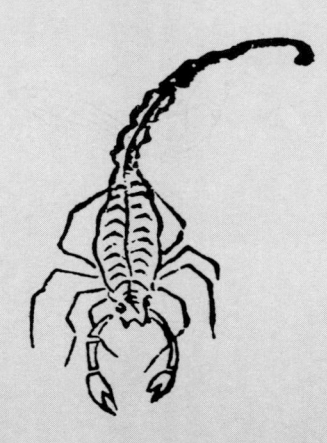

虿
①

【左传】蜂虿有毒。　【郑《笺》】虿，螫虫也。尾末捷然，似妇人发末曲上卷然。　【孝经纬】蜂虿垂芒，为其毒在后。【《魏志·华佗传》】②彭城夫人夜之厕，虿螫其手。伦令温汤渍其中。　【广雅】杜白，蝎也。　【陆玑《疏》】一名杜伯，幽州人谓之蝎。　【说文】蝎虿，尾虫也。长尾为虿，短尾为蝎。　【雅翼】虿字象形，盖象其螫曳尾之形。蜥蜴能食之。

> 【校注】
>
> ①虿（音 chài），见《小雅·都人士》，诗云："彼君子女，卷发如虿。"虿，蝎类。牟应震《毛诗物名考》以为虿、蝎本一字，古书作"虿"，今作"蝎"，误读为二音。
>
> ②《魏志》，在陈寿《三国志》中。

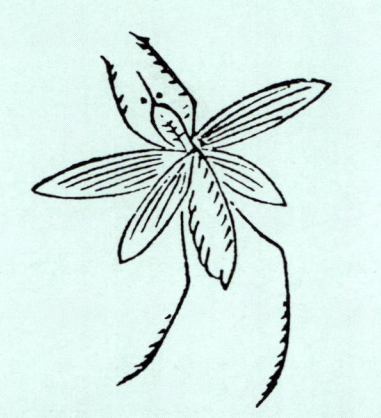

蜂①

【尔雅】土蜂;木蜂。 【郭璞注】今江东大蜂在地中作房者为土蜂,啖其子即马蜂。似土蜂而小,在树上作房,江东亦呼为木蜂,又食其子。 【埤雅】蜂有两衙应潮,其主之所在,众蜂为之旋绕如卫,有君臣之义。其毒在尾,垂颖如锋,故谓之蜂。《方言》曰:"大而蜜谓之壶蜂。"即今黑蜂。黄蜂亦其一种,无蜜,纤长,其窠仰缀于屋,衔漆以固其蒂。 【雅翼】细腰蜂作房在小树及檐下,房缀着处必以漆。其在大木上者,蜂与房皆大,谓之露蜂房。蜜蜂似蜂而小,人收而养之,一日两出聚鸣,号为两衙。采花须上粉置两髀。或采无所得,经宿不归房中。 【名物解】《化书》曰②:"蜂有君臣,其毒在尾。"《传》曰"蜂虿垂芒"是也。 【范处义《诗补传》】蜂螫人必辛,故曰辛螫。 【愚按】《秋林伐山》云:"'莫予荓蜂',荓,音烹,旧音甹。毛《传》以为摩曳。摩,音翅。孙炎作掔曳，谓相掔曳之于恶。《说文》：'甹，使也。'则甹读作甹，疑亦可也。"③蜂类甚多，一种黄蜂最易螫人，则举其一可以例凡。

【校注】

① 蜂，见《周颂·小毖》，诗云："莫予荓蜂，自求辛螫。"

②《名物解》，指宋蔡卞的《毛诗名物解》。《化书》，南唐宋齐邱撰。

③《秇林伐山》，明杨慎撰。甹，音 pīng。甹，音 pīng。荓蜂，毛《传》释为"掔曳"，其根据为《尔雅·释训》，《释训》曰："甹夆，掔曳也。"则毛亨以"荓蜂"为"甹夆"之通假。掔曳，孙毓理解为"牵引扶助"。"莫予荓蜂"，意思是说，没有人牵引扶助我。高亨先生《诗经今注》认为"荓"借为"抨"，击的意思，"莫予荓蜂"即"予莫荓蜂"，我不要去击蜂。从下文"自求辛螫"来看，高说为是。

卷四　鱼

【《尔雅·释鱼》】鲂，鮏。 【郭璞注】今江东呼鲂鱼为鳊，一名鮏。 【陆玑《草木虫鱼疏》】鲂，今伊、洛、济、颖鲂鱼也，广而薄，肥而少力，细鳞，鱼之美者。渔阳、泉州及辽东、梁水鲂肥厚尤美，故乡语云："居就粮，梁水鲂。" 【罗愿《尔雅翼》】缩头，穹脊，博腹，青白而味美，汉中者尤美。 【陆佃《埤雅》】其广方，其厚褊。故一曰鲂鱼，鲂，方也；一曰鳊鱼，鳊，褊也。"鲂鱼赪尾"②，譬君子劳于王事。《养生经》曰："鱼劳则尾赤，人劳则发白。" 【孔颖达《正义》】鲂鱼之尾不赤，故知劳则尾赤。【吕氏蓝田曰】③鲤尾赤，鲂尾白，赤则劳甚矣。 【蔡元度《名物解》】④鲂，寡力而易困者也，劳则尾赤。以寡力之性而又劳矣，其困尤甚易，故《汝坟》喻商余憔悴之民。 【愚按】鲂鱼所处有之，腹内有肪，味最腴，今吴中呼为鳊鱼。

【校注】

　　① 鲂（音 fáng），见《周南·汝坟》，诗云："鲂鱼赪尾，王室如燬。"鲂，鳊鱼，又称鲏鱼。鳊，音 biān。鲏，音 pí。

　　② 赪（音 chēng），红色。

　　③ 吕氏蓝田，指宋吕大防。

　　④ 蔡元度《名物解》，指宋蔡卞的《毛诗名物解》。

鱣
①

【陆玑《诗疏》】鱣鲔出江海。三月中，从河下头来上。鱣形似龙，锐头，口在颔下，背上腹下皆有甲，纵广四五尺。今于盟津东石磺上钓取之，大者千余斤。　　【郭璞注】鱣，大鱼，似鱏而短鼻，口在颔下。体有邪行甲，无鳞，肉黄，大者长二三丈，今江东呼为黄鱼。　　【埤雅】鱣鱼软骨，俗谓之玉板。　　【淮南子】鹈鹕饮水数斗而不足，鱣鲔销入口若露而死。　　【郦道元《水经注》】鱣、鲔、鲤出巩穴，三月则上度龙门，得度为龙矣。否则点额而还。　　【颜氏家训】鱣鱼，纯灰色，无文。　　【愚按】毛《传》："鱣，鲤也。"舍人曰："鲤，一名鱣。"而郭氏云"鲤，今赤鲤鱼"，"鱣"乃"大鱼"，明是各为一鱼。且《潜》诗云："有鱣有鲔，鰷鲿鰋鲤。"既言鱣，又言鲤，则鱣、鲤异鱼，有明征矣。鱣不善游，有遭如之象，背腹有甲，肉黄色。颜氏云"灰色"，就皮言也。今吴中呼为着甲。

【校注】

① 鳣(音 zhān），见《卫风·硕人》，诗云："鳣鲔发发。"
鳣，毛《传》、《说文》释为鲤，《周颂·潜》郑《笺》释为大鲤，
《尔雅》郭璞注所释，则是指鳇鱼。徐鼎赞同郭璞的解释。

鲔[1]

【毛《传》】鲔，鮥[2]。　【尔雅】鮥，鮛鲔[3]。　【郭璞注】鲔，鳣属。大者名王鲔，小者名鮛鲔。　【陆玑《疏》】鲔形似鳣而青黑，头小而尖似铁兜鍪[4]，口亦在颔下。大者止七八尺，肉色白，味不如鳣。今东莱、辽东人谓之尉鱼，或谓之仲明。仲明者，乐浪尉也，溺死海中，化为此鱼。又河南巩县东北崖二山腹有穴，旧说此穴与江湖通，鲔从此穴而来，北入河，西上龙门，入漆沮。故张衡赋云："王鲔岫居。"[5]山穴为岫，谓此穴也。　【埤雅】鲔长鼻，体无鳞甲，岫居。至春始出而浮阳，北入河，西上龙门，入漆沮，见日而目眩。故诗人言漆沮及河通道此鱼。《礼》曰："龙以为畜，故鱼鲔不淰。"[6]　【愚按】《夏小正》："二月祭鲔。"《月令》："季春荐鲔。"《天官·䱷人》："春献王鲔。"[7]盖岫居春出，鱼之先至也。曰"发发"者，如陆农师云："鳣鲔健鱼，故其跳跃发发然，不丽于罟。"⑧

【校注】

① 鲔（音 wěi），见《卫风·硕人》，诗云："鳣鲔发发。"鲔，鲟鱼。

② 鮥（音 luò），较小的鲟类鱼。

③ 鯵，音 shū。

④ 兜鍪（音 dōu móu），古代战士戴的头盔。

⑤ 岫，音 xiù。

⑥《礼》，指《礼记》，引语见《礼运》篇。渗（音 shěn），水动鱼骇的样子。

⑦《天官》，《周礼》的一篇。歔（音 yú），捕鱼。

⑧ 陆农师，指陆佃。罟（音 gū），大鱼网。

鲲
①

【毛《传》】鲲，大鱼。　　【《孔丛子·抗志》篇】卫人钓于河，得鲲鱼焉。其大盈车，子思问曰：“如何得之？”对曰：“吾下钓，垂一鲂之饵，鲲过而不视。又以豚之半，鲲则吞矣。”　　【刘熙《释名》】鲲，昆也。昆，明也。愁悒不寐，目恒鲲鲲然，故其字从鱼，鱼目恒不闭者也。　　【白虎通】鲲之言鲲鲲无所亲也。

【郑康成《笺》】鲲，鱼子。　　【正义】“鲲，鱼子”，《释鱼》文。李巡曰：“凡鱼之子，总名鲲也②。鲲、鲲字异，古字通用。”或郑本作鲲也。《鲁语》里革曰：“鱼禁鲲鲕，鸟翼鷇卵，蕃庶物也。”③是亦以鲲为鱼子。毛以鲲为大鱼，郑以鲲为鱼子，而与鲂相配，则鲂之为鱼，中鱼也，故可以为大，亦可为小。《笺》以一鲲若大鱼，则强筍亦不能制，不当以敝败为喻。言小鱼易制，喻文姜易制。

【愚按】鲲，特鲂鲔之类，不必大如盈车。若郑云“鱼子”，则尚未成鱼,何可制以笥耶? 王肃云:"鲁桓不能制文姜,犹敝笱不能制大鱼。"

【校注】

① 鳏(音 guān),见《齐风·敝笱》,诗云:"敝笱在梁,其鱼鲂鳏。"鳏,鳡鱼,性喜独行,因以得名。鳏,毛《传》释为大鱼,郑《笺》释为鱼子,王肃非郑而申毛,徐鼎以毛、王二家之说为是。

② 鲲(音 kūn),鱼苗的总称。

③《鲁语》,《国语》的一篇。鲕(音 ér),小鱼。鷇(音 kòu),待母哺食的幼鸟。

鲂
①

　　【郑《笺》】鲂，似鲂而弱鳞。　　【陆玑《疏》】鲂似鲂厚而头大，鱼之不美者，故里语曰："网鱼得鲂，不如喻茹。"②其头尤大而肥者，徐州人谓之鲢，或谓之鳙，幽州人谓之鸦鹮③，或谓之胡鳙。　　【埤雅】鲂色白，北土皆呼白鲂。《西征赋》云："华鲂跃鳞，素鲂扬鬐。"④性亦旅行，故其制字从与。失水则死，弱鱼也。今吴越呼为鳙、鲢鱼。《六韬》曰："缗隆饵重⑤，则嘉鱼食之；缗调饵芳，则庸鱼食也。"鳙，庸鱼也，故其字从庸。　　【愚按】鲂好旅行，相与游曰与，相连属曰连，今吴中呼为白鲢。鱼味不美。《雅翼》云："鱼虽同类，所食不同。鲩食草，鳟食螺蚌，鲂乃食鲩矢，宜其味之不美也。"

【校注】

①鲂（音 xù），见《齐风·敝笱》，诗云：“敝笱在梁，其鱼鲂鲂。”鲂，鲢鱼。

②啗（音 dàn），同“啖”，“啖”与“啖”意同，吃。茹（音 rú），蔬菜的总称。

③鲘，音 hòu。

④《西征赋》，晋潘岳撰。鬐（音 qí），同“鬐”，字也写作“鳍”。

⑤缗（音 mín），钓丝。

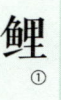

鲤
①

【神农书】鲤最为鱼之主。 【养鱼经】所以养鲤者，鲤不相食，易长又贵。 【陶隐居《本草注》】鲤为诸鱼之长，形既可爱，又能神变，飞越江湖。 【埤雅】今之赪鲤也，一名鳣鲤，脊中鳞一道，每鳞上有小黑点文，大小皆三十六鳞，鱼之贵者，故《释鱼》以鲤冠篇②。又里语："洛鲤伊鲂，贵于牛羊。"言洛以浑深，宜鲤；伊以清浅，宜鲂。 【名物解】③鲤，易得之鱼，甘而无毒，足以养人，故字从里。《衡门》先鲂后鲤，先其至美者。《鱼丽》言万物盛多④，故自其多得言之，先鳢、鲨，次鲂、鲤。《潜》言备飨献之物⑤，自其大者言之，先鳣、鲔，次鲦、鳢，次鰋、鲤，大而至于鳣，小而至于鲤，此《潜》之所以多鱼也。 【愚按】大至于鳣，信矣；小至于鲤，非也。盖鲤之大不亚鳣、鲔，鲤过龙门便化为龙。若鲦、鳢，鱼之小者。

　　　　　　　　　　　　　　　　　　　毛诗名物图说

【校注】

① 鲤，见《陈风·衡门》，诗云："岂其食鱼，必河之鲤？"
鲤，鲤鱼。

②《释鱼》，《尔雅》之一篇。

③《名物解》，指蔡卞的《毛诗名物解》。

④《鱼丽》，《小雅》篇名。

⑤《潜》，《周颂》篇名。

鳟
①

【尔雅】鮂②，鳟。 【郭璞注】鲗子③，赤眼。 【陆玑《疏》】似鲗而鳞细于鲗，赤眼是也。 【孙炎注】鳟好独行，尊而必者，故从尊从必。 【尔雅翼】鳟鱼，目中赤色一道横贯瞳，鱼之美者，今俗谓之赤眼。食螺蚌，多独行，亦有两三头同行者。极难取，见网辄避。 【埤雅】鳟鱼圆，鲂鱼方。君子道以圆内，义以方外，而周公之德具焉。 【名物解】鳟，鮂也。人能以鲂节而必取之也，不以法度则不足以得之，故必以缓细之数，《九罭》是也④。

【校注】

① 鳟（音 zūn），见《豳风·九罭》，诗云："九罭之鱼，

鳟鲂。"鳟，赤眼鳟，又称红眼鱼。

　　② 鲏，音 bì。

　　③ 鲩（音 huàn），同"鲩"，草鱼。

　　④ 罭（音 yù），鱼网。

鲿
①

【毛《传》】鲿，扬也。　　【陆玑《疏》】鲿，一名黄颊鱼。似燕头鱼身，形厚而长大，颊骨正黄，鱼之大而有力解飞者。徐州人谓之扬。黄颊，通语也。　　【陆德明《音义》】江东呼黄鲿鱼，尾微黄，大者尺七八寸许。　　【埤雅】今黄鲿鱼是也，性浮而善飞跃，故一曰扬也。旧说鱼胆春夏近下，秋冬近上。　　【名物解】鲿、鲨固美矣，而不可多得，故美不足言，而以多为贵，曰"旨且多"，言旨而又多也。鲂、鳢固多矣，而阴物有一暴戾之气则不美矣，故多不足言，而以美为贵，曰"多且旨"，言多而又旨也。鰋、鲤固多矣②，而又美，取之易，食之甘，旨也，多也，皆不足言，而以时取为贵，曰"旨且有"，盖不时不足以为有也。　　【愚按】鲿腮下有二横骨，两须，有胃，群游作声如轧轧，故一名鮚鱽，性最难死，今吴中呼为刚腮鱼。

【校注】

　　① 鲿（音 cháng），见《小雅·鱼丽》，诗云："鱼丽于罶，鲿鲨。君子有酒，旨且多。鱼丽于罶，鲂鳢。君子有酒，多且旨。鱼丽于罶，鰋鲤。君子有酒，旨且有。物其多矣，维其嘉矣。物其旨矣，维其偕矣。物其时矣，维其时矣。"鲿，黄鲿鱼，又名黄颊鱼，又名鮠鮚。鮠，音 yáng。鮚，音 yà。

　　② 鳢，据《小雅·鱼丽》，应作"鲤"。

鲨
①

【尔雅】鲨，鮀②。　【郭璞注】今吹沙小鱼，体圆而有点文。

【陆玑《疏》】鱼狭而小，常张口吹沙，故名吹沙。　【郭义恭《广志》】吹沙大如指，沙中行。　【晋安《海物异名记》】鲨似鲫而狭小。　【雅翼】鲨非特吹沙，亦止食细沙。味甚美，大者不过二斤，然不若小者之佳。今人呼为重唇，唇厚特甚，有若蛙黾③，故名。今江东小溪中每春极多，土人珍之，夏则随水下，是后罕矣。大约正月先至，次则鲤至，次则鳜至④。桃花水至而鳜肥，则三月矣。

【埤雅】鲨性善沉，常沙中行，亦于沙中乳子。鳡、鲂、鲤性浮，鲨、鳢、鳜性沉。　【愚按】或问于余："旧说鲨有二种。海中鲨，一名虎头，形大，鳖足，皮可为刀剑鞘。《鱼丽》之鲨，乃南方溪水中吹沙小鱼。同名异物乎？"曰："然。《鱼丽》之鲨从沙从鱼，连文；海中，直名沙鱼也。"

【校注】

　　① 鲨，见《小雅·鱼丽》。诗云："鱼丽于罶，鲿鲨。"鲨，一种黄皮黑斑的小鱼，常张口吹沙，故又名吹沙。

　　② 鮀，音 tuó。

　　③ 蛙黾（音 měng），蛙。

　　④ 鳜，音 guì。

鳢
①

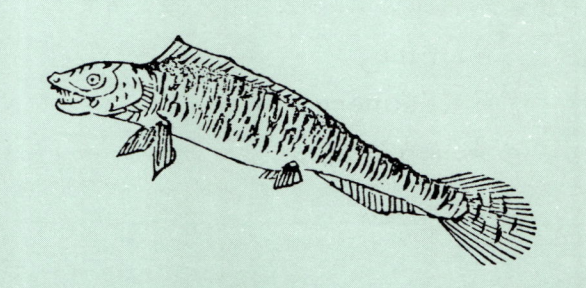

【毛《传》】鳢，鲖也②。　【尔雅】鳢。　【郭璞注】鲖也。

【埤雅】今玄鳢是也。诸鱼中惟鳢鱼胆甘可食，有舌，鳞细，有花文，一名文鱼。与蛇通气，其首戴星，夜则北向，盖北方之鱼也。旧说鳢是公蛎蛇所化，至难死，犹有蛇性故。或谓之鲩也③，《尔雅》曰："鲩，大鲖，小者鮵。"④　【《正义》曰】舍人云："鳢名鮵。"⑤郭璞云："鳢，鲖。"遍检诸本，或作"鳢，鲤"⑥，或作"鳢，鮵"，或有本作"鳢，鯶"者⑦，定本"鳢，鲖"，鲖与鲤音同。　【愚按】鲤鳢鳏鲇鳢鮵六鱼，舍人以鲤名鳢，鳢名鮵，孙炎以鳏为鲇，则是统六者为三鱼。惟郭注《尔雅》别为六鱼，当矣。盖鳢之非鲤，说见"鳢"注。鳢，鲖也，大者鲩，小者鮵，即吴中呼为黑鱼也。若鮵又是一鱼，吴中呼为鮮鱼。鮮与鮵同音混，明是鳢之非鮵也。鳏鲇详下。

【校注】

　　① 鳢（音 lǐ），见《小雅·鱼丽》，诗云："鱼丽于罶，鲂鳢。"鳢，古称为鲖鱼，今名鳢鱼，又名黑鱼、乌鳢。

　　② 鲖，音 tóng。

　　③ 鲣，音 jiān。

　　④ 鲩，音 duó。

　　⑤ 鲩，音 huàn。

　　⑥ 鯶，音 zhòng。

　　⑦ 鱯，音 huà。

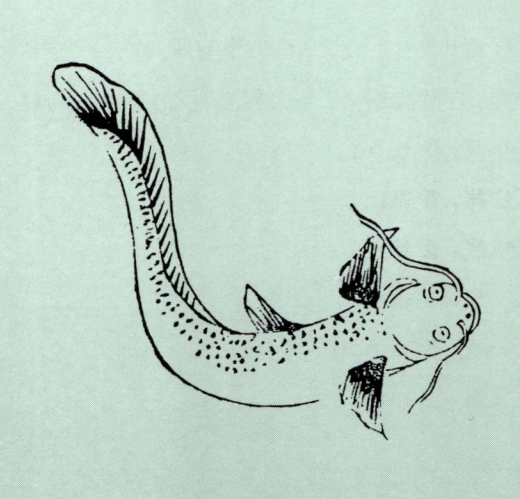

鳛
①

【毛《传》】鳛，鲇也②。　【尔雅】鳛。　【孙炎注】鳛，一名
鲇。　【郭璞注】鳛，今鳛额白鱼。鲇别名鳀③，江东呼鲇为鮧④。
【张揖《广雅》】鳀，鲇也。　【埤雅】今鳛额白鱼也，一名鲇。
鳛鱼偃，鲤鱼俯，鳢鱼圆，鲂鱼方。《鱼丽》之诗曰"鲿鲨""鲂
鳢""鳛鲤"，盖鲿鲨长鱼也，鲂鳢则言其鱼一圆一方，鳛鲤则言
其鱼一偃一俯，又以著万物众多也。　【愚按】⑤《释鱼》鳛鲇并
举，郭氏分释之，而邢昺谓"其目验言之也"，不为无据。诸家皆以
鲇为鳛，相沿既久，并蹈此误。旧说鳛鱼身圆、白额、腹平著地，故
名鳛。苏颂《图经》云："背青口小名鲇。"据此，明是两物，无缘
强合，说《尔雅》"鲤鳢鳛鲇鳢鲩"六鱼，鲤之不为鳢，则知鳛之不
为鲇，鳢之不为鲩矣。

【校注】

①鳀（音 yǎn），见《小雅·鱼丽》，诗云："鱼丽于罶，鳣鲤。"鳣，鲇鱼，即现在的鲶鱼，色灰白，无鳞，黏滑。

②鲇，音 nián。

③鳀，音 tí。

④鲕，音 tǐ。

⑤徐鼎以为鳀、鲇是两种鱼，但旧说和字书往往鳀、鲇互释。姑存异义，更俟考究。

嘉鱼①

【左思《蜀都赋》】嘉鱼出于丙穴。　　【李善注】鱼以丙日出穴。　　【水经注】褒水又东南得丙水口，水上承丙穴，穴出嘉鱼。常以三月出，十月入，穴口广五六尺，去平地七八尺，泉县注，鱼自穴下透入水。穴口向丙，故曰丙穴。　　【任豫《益州记》】似鳟，蜀中谓之拙鱼。蜀郡山处处有之，从石孔出。　　【云南记】雅州丙穴出嘉鱼。　　【虞衡志】嘉鱼出梧火山下丙穴，如小鲫鱼②，多脂。蜀中丙穴亦出。　　【埤雅】鲤质鳟鳞，肌肉甚美。食乳泉，出于丙穴。先儒言丙穴在汉中沔南县北，有乳穴二，常以三月取之。穴口向丙，故曰丙也。　　【朱子《集传》】出于沔南之丙穴。　　【愚按】嘉鱼产不一处，皆云出于丙穴。李善以丙日出为丙穴。然鱼之出入止有时候，不闻以日也。或以鱼尾谓丙作丙穴，则不特嘉鱼为然。郦氏、陆氏以穴口向丙谓丙穴，近似有理。曰"南有嘉鱼"，谓之南者，则在江汉之间。即今陕西汉中沔县北有二所，三、八月取之。

【校注】

① 嘉鱼，见《小雅·南有嘉鱼》，诗云："南有嘉鱼，烝然罩罩。"嘉鱼，从诗义看，泛指美鱼、好鱼而已，故毛《传》无释，而郑《笺》云："言南方水中有善鱼。"严粲《诗缉》曰："下文樛木非木名，则嘉鱼亦非鱼名。"其说甚是。徐鼎信从传说，似显迂腐。

② 鲥，音 shí。

鳖
①

【周礼】鳖人掌取互物②，春献鳖蜃，秋献龟鱼。　【礼记】
水潦降，不献鱼鳖。　【尔雅】鳖三足，能③；龟三足，贲。　【淮
南子】鳖无耳而目不可以瞥，精于明也。　【张华《博物志》】九
窍者，胎生；八窍者，卵生。龟、鳖、鼋，此诸类皆卵生而影伏。
【雅翼】《易》"离为鳖、为蟹、为龟"，以其骨在外，肉在内也。至
《考工记》则以外骨为龟属，内骨为鳖属，以鳖外有肉缘，比龟为
内骨耳。　【埤雅】鳖以眼听，穹脊连肋甲虫也。水居陆生。《诗》
曰："炰鳖鲜鱼。"鲜鱼，中脍者也。又曰："炰鳖脍鲤。"言熟则
炰鳖，腥则有脍鲤也。　【愚按】《尔雅疏》云："鱼，水虫也。
至龟、蛇、贝、鳖之类，以其皆有鳞甲，亦鱼之类，总以《释鱼》名
篇。"余宗此旨，亦附于鱼类。

【校注】

①鳖，见《小雅·六月》，诗云："饮御诸友，炰鳖脍鲤。"又见《大雅·韩奕》，诗云："其殽维何？炰鳖鲜鱼。"鳖，甲鱼。

②互物，介类动物。《周礼》云云，见《天官·鳖人》。

③"鳖三足，能"，意思是说，三足的鳖又称为能。

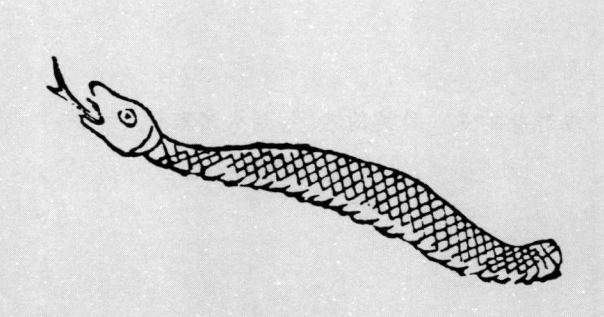

虺
①

【尔雅】蝮虺，博三寸，首大如擘。　【舍人曰】蝮，一名虺。江淮以南曰蝮，江淮以北曰虺。　【孙炎注】有牙，最毒。　【郭璞注】此自一种蛇，名为蝮虺。　【陶隐居曰】蝮形短而扁。【陈藏器《本草拾遗》】蝮著足断足，著手断手，啮树则树死。【蜀本《图经》】蝮蛇黄黑色，黄颔，尖头。　【埤雅】虺状似蛇而小。铭曰："为虺弗摧，为蛇奈何？"以此故也。《正月》诗云②："哀今之人，胡为虺蜴。"虺，一名蝮，蛇之尤毒烈者。一曰蝮与虺异，虺如土色，所在有之。蝮蛇鼻反其上，有针锦文，众蛇之中此独胎产，生辄坼副母腹，亦有与地同色者。　【逸斋《诗补传》】③虺蛇在穴，且柔弱隐伏，故为女子之祥。

【校注】

① 虺（huī），见《小雅·斯干》，诗云："维虺维蛇，女子之祥。"虺，又叫蝮，一种毒蛇。《尔雅》"蝮虺"，舍人注以为当断句，用虺来解释蝮；郭璞注以为不当断句，蝮虺指的是一种蛇的名字。后人多取舍人之说。

②《正月》，《小雅》篇名。

③ 逸斋，宋范处义。

蛇①

【尔雅】螣，螣蛇②。蟒，王蛇。　【周易】③龙蛇之蛰，以存身也。　【左传】④深山大泽实生龙蛇。　【雅翼】蛇草居，常饥，得食稍饱辄蜕壳。冬含土入蛰，及春出蛰吐之，谓之蛇黄。【埤雅】鱼属连行，蛇属纡行，《诗》曰"委蛇"⑤，盖取诸此。旧说蛇盘常向壬地。壬，北方也。蛇以眼听。

【校注】

　① 蛇，见《小雅·斯干》，诗云："维虺维蛇，女子之祥。"

　② 螣（音 téng）蛇，也写作"腾蛇"，传说中一种能飞的蛇。

③《周易》云云,《系辞下》文。

④《左传》云云,《襄公二十一年》文。

⑤ 委蛇,见《召南·羔羊》,诗云:"退食自公,委蛇委蛇。"委蛇,《韩诗》作"逶迤",叠韵词,形容悠闲得意、走路邪曲摇摆的样子。高亨先生《诗经今注》则认为委借为虵,委蛇即虵蛇。

龟
①

【大戴礼】甲虫三百六十，而龟为之长。　【月令】季冬，命太史衅龟策②。　【尔雅】一曰神龟，二曰灵龟，三曰摄龟，四曰宝龟，五曰文龟，六曰筮龟，七曰山龟，八曰泽龟，九曰水龟，十曰火龟。　【逸礼】③天子，龟尺二寸。诸侯，八寸。大夫，六寸。士民，四寸。　【龟经】一千二百岁可卜天地之终始。又云：甲黄、足赤、眼白、尾青、腹黑者，禀受五行之粹也。　【埤雅】龟，旧也。外骨，内肉，肠属于首，广肩。无雄，与蛇为匹，故龟与蛇合谓之玄武。《易》曰④："定天下之吉凶，成天下之亹亹者，莫大乎蓍龟。"盖蓍老龟旧，故古以龟卜蓍筮。《玉藻》云⑤："卜人定龟，史定墨，君定体。"墨，谓以墨画龟，占其食否。《洛诰》所谓"我卜涧水东，瀍水西，惟洛食"⑥。《传》曰⑦："卜必先墨画龟，然后灼之，兆顺食墨。"故《卜师》云⑧："扬火以作龟，致其墨也。" 　【补传】⑨曰"我龟既厌，不我告犹"，言卜筮既数而渎，亦不复告以所谋之吉凶。

【校注】

　　① 龟，见《小雅·小旻》，诗云："我龟既厌，不我告犹。"龟，乌龟。

　　② 衅（音 xìn），用牲血涂器祭祀。

　　③《逸礼》，指《仪礼》十七篇之外的古文礼经。

　　④《易》曰云云，《系辞》文。

　　⑤《玉藻》，《礼记》篇名。

　　⑥《洛诰》，《尚书》篇名。

　　⑦《传》，指伪孔《传》。

　　⑧《卜师》，见《周礼·春官》。

　　⑨《补传》，指范处义《诗补传》。

贝

【《书·禹贡》】扬州，厥篚织贝[2]。　【尔雅】贝，居陆赎[3]，在水者蜬。大者魧[4]，小者鲼[5]。玄贝，贻贝。余貾[6]，黄白文。余泉，白黄文。蚆[7]，博而頯[8]。蜠[9]，大而险[10]。蜠，小而椭。　【舍人曰】贝，水中虫也。　【李巡注】余貾，贝甲黄为质，白为文彩。余泉，贝甲白为质，黄为文彩。　【邢昺《疏》】古者货贝，周有泉贝。至秦，废贝行泉。在陆名赎，在水名蜬，至大名魧，至小名鲼，黑色之贝名贻，黄质白文名余貾，白质黄文名余泉，中央广、两头锐名蚆，大而污薄名蜠，小而狭长名蜠。　【相贝经】盈尺，如赤电黑云谓紫贝，素质红黑谓珠贝，青地绿文谓绶贝，黑文黄画谓霞贝。　【埤雅】兽二为友，贝二为朋。《诗》曰："锡我百朋。"[11]言锡贝之多也。又曰："萋兮斐兮，成是贝锦。"锦文如贝，谓之贝锦。言谗人因寺人之近嫌而成其罪，犹是因萋斐之形而文致之，则成

　　　　　　　　　　　　毛诗名物图说

是贝锦也。贝中肉如科斗而有首尾，以其背用，故谓之贝。

【校注】

　　① 贝，见《小雅·巷伯》，诗云："萋兮斐兮，成是贝锦。"贝，水中生物，其壳色泽光亮，有多种花纹。

　　② 篚（音 fěi），圆形的竹器。

　　③ 鯾，音 biāo。

　　④ 魟，音 háng。

　　⑤ 鱭，音 jì。

　　⑥ 鯳，音 chí。

　　⑦ 蚆，音 bā。

　　⑧ 頯，音 kuí。

　　⑨ 蝹，音 jùn。

　　⑩ 蟣，音 jī。

　　⑪ "锡我百朋"，出自《小雅·菁菁者莪》。

鼍
①

　　【月令】季夏之月，命渔师伐蛟取鼍。　　【注】皮可冒鼓。
【陆玑《疏》】鼍形似水蜥蜴，四足，长丈余。生卵大如鹅卵，甲如
铠甲，皮坚可冒鼓。　　【晋安《海物记》】鼍宵鸣如桴鼓。　　【本
草图经】长一丈者能吐气成雾致雨，力猛能攻陷江岸。性嗜睡，但
目闭。声甚可畏。人于穴掘之，百人掘须百人牵，一人掘须一人牵，
不然，终不可出。　　【埤雅】蚗将风则踊②，鼍将雨则鸣。《诗》曰：
"鼍鼓逢逢。"先儒以为取皮冒鼓，故曰鼍鼓。盖鼍鼓非特有取于
皮，亦其鼓声逢逢然，象鼍之鸣也。又善夜鸣，其数应更，故又谓
之鼍更。　　【愚按】《夏小正》云："剥鼍以为鼓。"说者谓取皮冒
鼓多矣。范逸斋谓乐作而鼍鸣③，援后世"瓠巴鼓瑟，流鱼出听；
伯牙鼓琴，六马仰秣"为证④，且以诗人两言鼓钟不应复言鼓，而
以皮冒鼓为非。其论可谓凿空。然虎为帐，鲨为鞘，则鼍何不可冒

鼓？至不应复言鼓者，试以经解经，如《那》诗两言鞉鼓⑤，又言奏鼓，又言庸鼓。盖古人立言质实，不嫌复也。

【校注】

① 鼍（音 tuó），见《大雅·灵台》，诗云："鼍鼓逢逢，矇瞍奏公。"鼍，一名鼍龙，又名猪婆龙，即扬子鳄，其皮坚厚，可以蒙鼓。鼍鼓，指用鼍皮蒙的鼓。

② 独（音 tún），同"豚"，小猪。

③ 范逸斋，范处义。

④ 瓠（音 hù）巴，楚人，善鼓瑟，《荀子·劝学》篇云："昔者瓠巴鼓瑟，而流鱼出听。"伯牙，春秋时人，善鼓琴，《荀子·劝学》篇云："伯牙鼓琴，而六马仰秣。"

⑤ 《那》，《商颂》篇名。

鲦
①

【尔雅】鮂，黑鰦②。　【郭璞注】即白鯈③。江东呼为鲏者④。
【埤雅】鱼形狭而长，若条然，故曰鲦也。今江淮之间谓之鳊鱼⑤。
性浮，似鳝而白。盖鳝从尝，鳊谓之殰，其义一也。　【雅翼】纤
长而白，故曰白鲦。又谓白鯈好游水上，故《庄子》称"鯈鱼出游从
容"，以为鱼乐⑥。　【愚按】《本草》："生江湖中，长数寸，形狭
而扁，状如柳叶，鳞细而整，洁白可爱，好群游。一名白鯈，一名鳊
鱼。"鳊音餐，今吴中呼为鳊鲦鱼。

【校注】

① 鲦（音 tiáo），见《周颂·潜》，诗云："猗与漆沮，

潜有多鱼，有鳣有鲔，鲦鲿鰋鲤。"鲦，白条鱼，又叫鲦鱼。

② 鮂，音 qiú。，鰦，音 zī。

③ 鲦，音 tiáo。

④ 鲉，音 qiū。

⑤ 鲦，正字作"鲦"，音 cān。

⑥《庄子·秋水》篇云："鲦鱼出游从容，是鱼之乐也。"

卷五　草上

荇
①

【《尔雅·释草》】莕，接余。其叶，苻。　【郭璞注】丛生水中。叶圆，在茎端。长短随水深浅。江东食之，亦呼莕。　【陆玑《草木虫鱼疏》】接余，白茎，叶紫赤色，正圆，径寸余。浮在水上，根在水底，与水深浅等。大如钗股，上青下白。鬻其白茎，以苦酒浸之，肥美可案酒②。　【苏恭《唐本草》】凫葵即莕菜也，生水中。　【罗愿《尔雅翼》】荇菜，今陂泽多有。叶卷，渐开，虽圆而稍羡，不若蓴之极圆也③。随水平浮，花则出水，黄色，六出。今宛陵陂湖中弥覆顷亩，日出照之如金，俗名金莲子。　【严粲《诗缉》】"参差"训不齐，今池州人称荇为莕公须，盖细荇乱生，有若须然。　【愚按】荇似蓴菜而非蓴，盖蓴菜比荇而叶圆。《诗》"薄采其茆"④，即蓴也。陆氏德明云："荇，亦作莕，接余也。"则荇与莕同，俗呼为荇丝菜。许氏《说文》谓之"蘩"⑤，《楚辞》谓之"屏风”，云"紫茎屏风文绿波"⑥，皆指此也。

【校注】

① 荇（音 xìng），见《周南·关雎》，诗云："参差荇菜，左右流之。"荇菜，即莕菜，龙胆科，多年生水生草本。茎细长，节上生根，沉没水中。叶对生，漂浮水面。夏秋开黄花。嫩茎可食，全草入药。

② 案酒，下酒。

③ 蒪（音 chún），"莼"的俗体字，莼菜即水葵。

④ "薄采其茆"，出自《鲁颂·泮水》，毛《传》："茆，凫葵也。"茆，音 mǎo。

⑤ 蕶（音 luán），即莼菜，《说文》："蕶，凫葵也。"《广雅·释草》："蕶、茆，凫葵也。"

⑥ "紫茎屏风文绿波"，《楚辞》宋玉《招魂》文。王逸注："屏风，水葵也。"洪兴祖《补注》："凫葵即莕菜，生水中，俗名水葵。"按：古人对荇菜、莼菜区分较严，但二者皆可称为凫葵、水葵。

葛
①

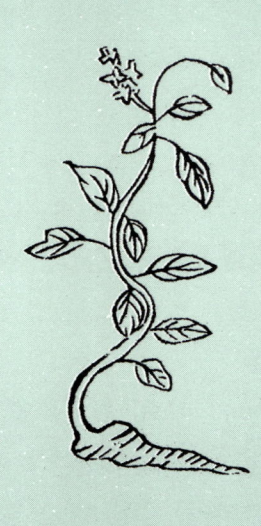

【毛《传》】葛所以为绤绤②，女功之事烦二者③。 【《周官·掌葛》】掌以时征绤绤之材于山农。凡葛征，征草贡之材于泽农。【周书】葛，小人得其叶以为羹，君子得其材以为绤绤，以为君子朝廷夏服。 【尔雅翼】葛生山泽间，其蔓延盛者，牵其首以至根，可二十步。又一种鹿藿，其生蔓延，生食甜脆，亦可蒸食，有粉。今之食葛，非为绤绤者也。 【愚按】葛根外白内紫，其叶三尖，其花累累成穗，红紫色，其子色绿。绩其皮以为布。《小尔雅》曰："葛之精者曰绤，粗者曰绤。"

毛诗名物图说

【校注】

　　① 葛（音 gé），见《周南·葛覃》，诗云："葛之覃兮，施于中谷。"葛，豆科植物，藤本，有块根。茎皮纤维可织布。根富淀粉，供食用和入药。

　　② 绤（音 chī），细葛布。绤（音 xì），粗葛布。

　　③ 二，毛《传》通行本作"辱"。

卷耳①

【尔雅】卷耳，苓耳②。　【郭璞注】《广雅》"枲耳"③，亦云胡枲，江东呼常枲。或曰苓耳形似鼠耳，丛生如盘。　【陆玑《疏》】叶青白色，似胡荽④。白花，细茎，蔓生。可煮为茹，滑而少味。四月中生子，如妇人耳中珰，或谓之耳珰，幽州人谓之爵耳。【张华《博物志》】洛中人驱羊入蜀，胡枲子多刺，黏缀羊毛，遂至中国，故名羊负来。　【雅翼】幽、冀谓之襢菜⑤，其实如鼠耳而苍色，上多刺，着人衣，一名葹。《离骚》以喻小人，所谓"薋菉葹以盈室"是也⑥。　【愚按】陶隐居谓"常思菜"，盖以《诗》因怀人赋《卷耳》，故得此名。朱子《集传》云："据《本草》即今苍耳，俗呼其子为苍耳子。"

　　　　　　　　　　　　　　　　毛诗名物图说

【校注】

　　① 卷耳,见《周南·卷耳》,诗云:"采采卷耳,不盈顷筐。"卷耳,一年生草本植物,今名苍耳,嫩苗可食,籽可入药。

　　② 苓,音 líng。

　　③ 枲,音 xǐ。

　　④ 荽,音 suī。

　　⑤ 蘸,音 zhàn。

　　⑥ 薋(音 cí),草众多的样子,此处用作动词,表示堆积。菉(音 lù),王刍。葹(音 shī),枲耳。

蘽
①

【张揖《广雅》】蘽，藤也。　【郭璞曰】今江东呼蘽为藤，似葛而麄大②。　【陆玑《疏》】一名巨苽③，似燕薁④，亦延蔓生，叶似艾，白色，其子赤，可食，酢而不美。　【陆德明《释文》】蘽本亦作蘽，似葛之草也。　【孔颖达《正义》】蘽与葛异，亦葛之类也。　【苏颂《图经》】蔓延木上，叶似葡萄而小，五月开花，七月结实，青黑微赤，冬惟凋叶，即《诗》云"蘽"也。此藤大小盘薄，又名千岁蘽。　【愚按】樛木下垂，故葛蘽得以附而生，以况后妃下逮，故众妾得以附而进。《左传》云"葛蘽犹能庇其本根"⑤，以其藤蔓盘薄故。累也、荒也、萦也，皆言茂盛之貌。

【校注】

　　① 虆（音 lěi），见《周南·樛木》，诗云："南有樛木，葛虆累之。"虆，一种枝形似葛而较葛粗大的蔓生植物。

　　② 麤，"粗"的异体字。

　　③ 苽（音 gū），本亦作"瓜"。

　　④ 奠，音 yù。

　　⑤《左传》云云，见《文公七年》。

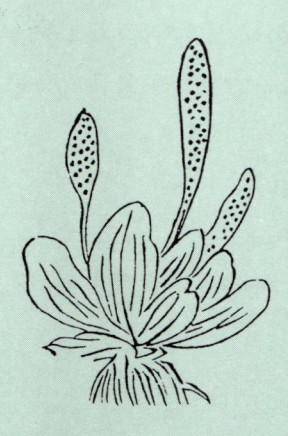

芣苢①

【尔雅】芣苢，马舄。马舄，车前。 　【郭璞注】今车前草，大叶，长穗，好生道边，江东呼为虾蟆衣。 　【陆玑《疏》】马舄喜在牛迹中生，故云车前当道。幽州人谓之牛舌草，可煮作茹，大滑，其子治妇人难产。王肃引《周书·王会》云："芣苢如李，出于西戎。"王基驳云："《王会》所记杂物奇兽，皆四夷远国各赍土地异物以为贡赞，非《周南》妇人所得采。是芣苢为马舄之草，非西戎之木也。" 　【图经】春初生苗叶，布地如匙面。累年者长及尺余，如鼠尾。花甚细，青色微赤。结实如葶苈，赤黑色。今人五月采苗，七八月采实。 　【愚按】《韩诗说》云②："芣苢，木名，实似李。直曰车前，翟曰芣苢。"又云："芣苢，泽写也，臭恶之菜，我犹采取不已者，以兴君子虽有恶疾，我犹守而不离去也。"以芣苢为木，亦如《王会》所说，不免王基之驳矣。郭璞《芣苢赞》云："车前之草，别名苯苢。”陆德明云："其子治妇人生难。"邢昺云："药草也。"今医方剂多用之，不闻臭恶，况泽泻别是一物，无缘强合。而《序》云："后妃之美也，和平则妇人乐有子矣。"味诗人语气，何尝刺君子之恶疾？则韩氏之说非是。

【校注】

　① 苯苢（音 fú yǐ），见《周南·苯苢》，诗云："采采苯苢，薄言采之。"苯苢，即车前草，古人以为其籽可以治妇女不孕和难产。王肃、《韩诗》以为木名，非是。

　②《韩诗说》云云，见《经典释文》、《文选》刘孝标《辨命论》李善注引《韩诗薛君章名》。

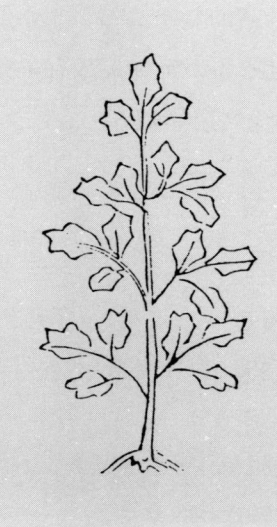

【毛《传》】蒌，草中之翘翘然。　　【释草】购，商蒌。　　【郭璞注】商蒌，蒌蒿也。生下田，初生可啖，江东用羹鱼。　　【陆玑《疏》】其叶似艾，白色，长数寸，高丈余，好生水边及泽中。正月根芽生旁茎，正白，生食之，香而脆美，其叶又可蒸为茹。

【校注】

　　① 蒌（音 lóu），见《周南·汉广》，诗云："翘翘错薪，言刈其蒌。"蒌，菊科植物，多年生草本。叶互生，羽状分裂，背面密生灰白色细毛。花淡黄色。嫩茎可吃。

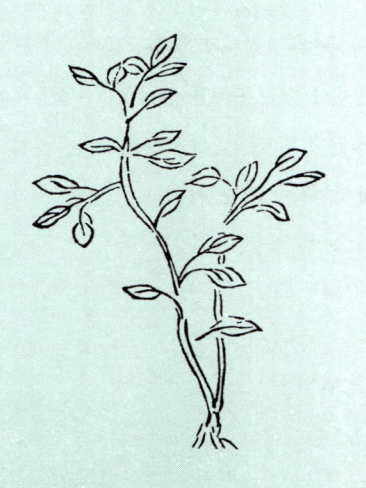

繁
①

【毛《传》】蘩，皤蒿也。　【《正义》曰】孙炎曰："白蒿也。"然则非水菜。此言沼、沚者，谓于其旁采之也。下"于涧之中"，亦谓于曲内，非水中也。　【陆玑《疏》】凡艾白色为皤蒿。今白蒿，春始生，及秋，香美，可生食，又可蒸。　【邢昺《疏》】《本草注》云："此蒿叶粗于青蒿，从初生至枯，白于众蒿。"又云："叶似艾叶，上有白毛，粗涩，俗呼蓬蒿。可以为菹。"故《诗笺》云："以豆荐蘩菹。"　【陆佃《埤雅》】蒿青而高，蘩白而繁。《诗》："采蘩祁祁。"今覆蚕种尚用白蒿。

【校注】

　　① 蘩，见《召南·采蘩》，诗云："于以采蘩，于沼于沚。"又云："于以采蘩，于涧之中。"蘩，毛《传》释为皤蒿，邢昺《尔雅疏》以为："皤，犹白也。"《豳风·七月》："春日迟迟，采蘩祁祁。"毛《传》："蘩，白蒿也，所以生蚕。"白蒿可用来制作养蚕的工具"箔"。

蕨

【尔雅】蕨，虌。　【郭璞注】初生无叶，可食，江西谓之虌。
【陆玑《疏》】山菜也。周秦曰蕨，齐鲁曰虌，初生似蒜，茎紫黑
色，可食，如葵。　【陆德明曰】俗云初生似鳖脚，故名虌。　【埤
雅】状如大雀拳足，又如其足之蹑，故谓之蕨。俗云初生亦类鳖
脚，故曰虌也。　【愚按】今吴人呼之为鳖脚菜。

【校注】

　　① 蕨（音 jué），见《召南·草虫》，诗云："陟彼南山，
言采其蕨。"蕨，野生植物，又叫蕨萁。嫩叶可食，称蕨菜。
根状茎含淀粉，可供食用。蕨，又称虌（音 biē），因初生
状如鳖脚，故名。虌，或写作"蘩"。

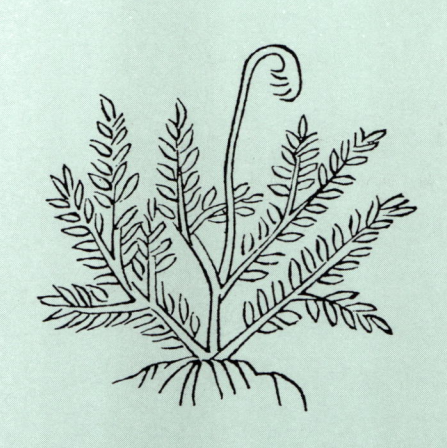

薇①

【毛《传》】薇，菜也。　【陆玑《疏》】山菜也，茎叶皆似小豆，蔓生。其味亦如小豆。藿可作羹，亦可生食。今官园种之，以供宗庙祭祀。　【朱子《集传》】薇似蕨而差大，有芒而味苦，山间人食之，谓之迷蕨。　【三秦记】夷、齐食之三年②，颜色不变。武王戒之，不食而死。　【胡明仲曰】野人呼为迷阳，疑《庄子》所为“迷阳迷阳，无伤吾行”即此也③。　【雅冀】文王之时，歌《采薇》以遣戍役④，一章“作止”，二章“柔止”，三章“刚止”，故先儒以为所遣有先、中、后辈。首章则二月中旬遣之，次章则三月上旬遣之，三章则三月中旬遣之。　【愚按】《释草》云：“薇，垂水。”郭注云：“生于水边。”据《本草》，薇有二种：生平原、川谷者为白薇，生水旁者为薇。《诗》陟山采薇，山有蕨、薇，则明是山菜，非《尔雅》所谓“垂水”者。“采薇采薇”，先儒皆云菜也，并未明言水陆所产。然按《采薇》之诗，曰"彼路斯何"，曰"戎车既驾"，应从陆路采以为食，亦非垂水者也，并详于此，不复图说。

【校注】

① 薇，见《召南·草虫》，诗云："陟彼南山，言采其薇。"薇，野豌豆，嫩茎、叶可食。

② 夷、齐，指伯夷、叔齐，商朝时孤竹君的两个儿子，周武王灭商后，二人耻食周粟，逃到首阳山，采薇而食。

③ 胡明仲，宋胡寅。"迷阳迷阳，无伤吾行"，见《庄子·人间世》篇。

④《采薇》，《小雅》篇名，《诗序》云："文王之时，西有昆夷之患，北有猃狁之难，以天子之命，命将率，遣戍役，以守卫中国，故歌《采薇》以遣之。"诗一章曰："采薇采薇，薇亦作止。"二章曰："采薇采薇，薇亦柔止。"三章曰："采薇采薇，薇亦刚止。"

蘋①

【尔雅】萍，荓②。其大者，蘋。　　【郭璞注】水中浮萍，江东谓之藻③。　　【陆玑《疏》】今水上浮萍也，其粗大者谓之蘋。季春始生，可糁蒸为茹。　　【吴普《本草》】生池泽，叶圆，一茎一叶，根入水底，五月白花。　　【陶隐居曰】水中大萍，五月有花，白色。非沟渠所生之萍，乃楚王渡江所得，即斯实也。　　【苏恭曰】萍有三种：大者蘋，中者荇菜，小者即水上浮萍也。

【校注】

　　① 蘋（音 pín），见《召南·采蘋》，诗云：“于以采蘋，南涧之滨。”蘋，大萍。一般认为蘋即四叶菜、田字草，但

日本汉学家冈元凤《毛诗品物图考》认为："蘋浮生水上者，四叶菜托根水底，非萍之属。陈藏器云：'蘋叶圆，阔寸许，叶下有一点如水沫，一名苹菜。'此说为得。"

②　萍，音 píng。

③　藻，音 piáo。

藻①

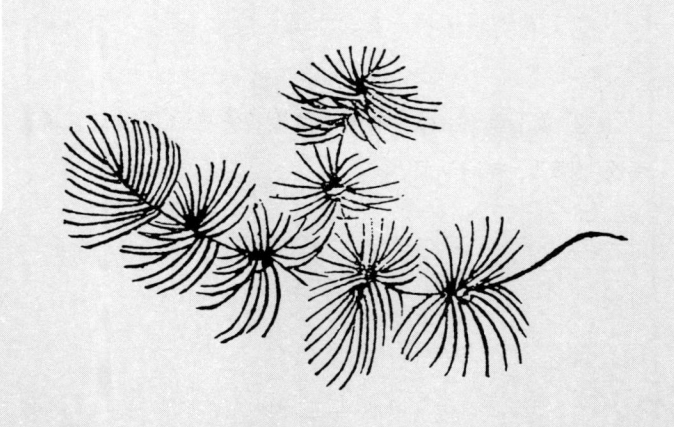

【左传】蘋、蘩、蕰、藻之菜②。　【杜预注】蕰，聚也。
【毛《传》】藻，聚藻也。　【陆玑《疏》】藻，水草也，生水底。
有二种：其一种叶如鸡苏，茎大如箸，长四五尺；其一种茎大如钗
股，叶如蓬蒿，谓之聚藻。二藻皆可食，米面糁蒸为茹，荆、扬人
饥荒以当谷粮。　【雅冀】藻横陈于水，如自澡濯。若流水之中，
随波衍漾，茎叶条畅，尤为可喜，故采藻于行潦也。　【愚按】叶
生于茎，一二寸，两两对生，即郭璞云"马藻"，陆玑所谓"叶如鸡
苏"者是也。叶细，节节相生，即《传》云"聚藻"、"于以采藻"
是也。

【校注】

① 藻,见《召南·采蘋》,诗云:"于以采藻,于彼行潦。"藻,水藻。

② 蕰(音 yùn),聚积。蕰藻,藻草之聚积者。藻,亦写作"薻",音同义同。

茅①

【《易·大过》】藉用白茅②。　　【毛《传》】白茅，取洁清也。
【陆玑《疏》】茅之白者，古用包裹礼物以充祭祀，缩酒用之③。
【《正义》曰】《传》曰④："尔贡包茅不入，王祭不供，无以缩酒。"
以供祭祀，明其洁清。　　【埤雅】茅体柔而理直，又洁白，故先王
用之以藉，亦以缩酒。　　【图经】处处有之。春生茅，布地如针，俗
谓之茅针。夏生白华，其根洁白。又有菅⑤，亦茅类。　　【愚按】取
洁白之茅，以包束之，犹可以为礼。又茅之始生者曰"荑"⑥，《静
女》云"自牧归荑"是也⑦。

【校注】

①茅，见《召南·野有死麕》，诗云："野有死麕，白茅包之。"茅，茅草。

②藉，古代祭祀朝聘时陈列礼物的垫物。

③缩酒，古代祭祀，束茅立于祭前，沃酒于茅上，酒渗而下，如神饮酒。

④《传》云云，《左传·僖公四年》文。

⑤菅，音 jiān。

⑥荑，音 tí。

⑦《静女》，《邶风》篇名。

葭
①

【尔雅】葭,芦②。　　【郭璞注】即今芦也。　　【毛《传》】芦
之初生曰葭,未秀曰芦,长成曰苇。　　【郑康成《笺》】葭,记芦始
出者。　　【苏恭《本草》】根生下湿地,茎叶似竹,花名蓬蕽③。
【图经】葭即芦,苇即芦之成者,葭蓲似苇而小④。或谓之薍,即获
也,至秋坚成谓萑。蒹似萑而细长⑤,高数尺。　　【愚按】葭类不
一,其实三种:中空、皮薄、色白者,葭也,芦也,苇也,因其始生、
未秀、长成,故异其名,一也;似苇而小、中空、皮厚、色苍者,葭
也,萑也,薍也,获也,可为曲薄者,一也;似苇而细,高数尺,而
中实者,蒹也,今以之作蕉箔,一也。其茎皆如竹,其叶皆如箬,其
华皆名芀⑥,《本草》一名蓬蕽,其萌皆名蕍⑦,郭氏云"笋为蕍"。
《诗》中所称有五:葭与苇也,蒹也,葭与萑也。读者不辨,何怪
舛讹!

【校注】

　　① 葭（音 jiā），见《召南·驺虞》，诗云："彼茁者葭，壹发五犯。"葭，初生的芦苇。

　　② 苇，原作"华"，据《尔雅》改。

　　③ 蕽，音 nóng。

　　④ 菼（音 tǎn），荻。薍（音 wàn），初生的荻。

　　⑤ 萑（音 huán），长成的荻。蒹（音 jiān），未长秀的萑。

　　⑥ 芀（音 tiáo），同"苕"，芦苇的花穗。

　　⑦ 虇（音 quǎn），芦苇嫩芽。

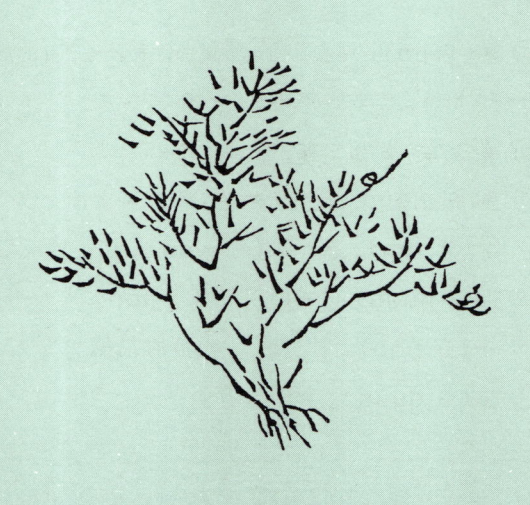

蓬①

【毛《传》】蓬，草名也。　【《荀子·劝学》篇】蓬生麻中，不扶自直。　【许慎《说文》】蓬，蒿也，草之不理者也。　【刘向《说苑》】秋蓬恶于根本而美于枝叶，秋风一起，根且拔矣。【埤雅】其叶散生，末大于本，故遇风辄拔而旋。虽转徙无常，其相遇往往而有，故其字从逢。　【愚按】《说文》云："蓬，蒿。"盖言蓬者，蒿也，非如繁，邢氏谓"蓬蒿可以为菹"者②。此草乱生，遇风则飞，故曰"自伯之东，首如飞蓬"，有发乱如飞蓬之喻。《释草》云："啮凋蓬，荐黍蓬。"此别蓬之种类耳。

【校注】

①　蓬，见《召南·驺虞》，诗云："彼茁者蓬，壹发五豵。"蓬，状如白蒿，其花至秋随风飘扬，称为飞蓬。《卫风·伯兮》云："自伯之东，首如飞蓬。"

②　邢氏云云，指邢昺《尔雅·释草》注疏。

匏
①

【《外传·鲁语》】②叔向曰："苦叶不材于人，供济而已。"

【韦昭注】不材于人，言不可食。供济而已，佩匏可以渡水也。

【说文】匏，瓠也。　　【崔豹《古今注》】匏，瓠也。壶芦，瓠之无柄者；瓠，有柄者。　　【埤雅】长而瘦上曰瓠，短颈大腹曰匏。《传》云"匏谓之瓠"③，误矣。盖匏苦瓠甘，复有长短之殊，定非一物也。子曰④："吾岂匏瓜也哉，焉能系而不食？"以苦故也。　　【诗缉】匏经霜，其叶枯落，然后干之，腰以渡水。《鹖冠子》云："中流失船，一壶千金。"　　【愚按】毛《传》止言叶苦不可食，而不言匏可供济者，恐与厉、揭相戾故耳⑤，实则佩匏可以渡也。匏、瓠形各不同，诚如农师所说⑥。匏之用不特渡水，漆之可为乐器，《诗》"吹笙鼓簧"⑦，八音中有匏是也；可为酒器，《笃公刘》云"酌之用匏"⑧，以匏为爵是也。互详瓠注。

【校注】

① 匏（音 páo），见《邶风·匏有苦叶》，诗云："匏有苦叶，济有深涉。深则厉，浅则揭。"匏，葫芦。《说文》匏、瓠互训，不言以形别、以味别。

②《外传》，指《春秋外传》，即《国语》。

③《传》，指毛《传》

④ 子曰云云，《论语·阳货》文。

⑤ 厉，裸，脱下衣裳渡水。揭（音 qì），举，提起衣裳渡水。

⑥ 农师，指《埤雅》的作者陆佃。

⑦"吹笙鼓簧"，《小雅·鹿鸣》文。

⑧《笃公刘》，即《大雅》篇名《公刘》。

葑
①

【毛《传》】菲，须也。　【《正义》曰】《释草》云："须，葑
苁。"②孙炎曰："须，一名葑苁。"《坊记》注云："葑，蔓菁也。陈
宋之间谓之葑。"陆玑云："葑，芜菁。幽州人或谓之芥。"《方言》
云："蕦蓯，芜菁也。陈、楚谓之葑，齐、鲁谓之蕦，关西谓之芜菁，
赵魏之部谓之大芥。"蕦与葑字虽异，音实同。即葑也，须也，芜菁
也，蔓菁也，葑苁也，蓯也，芥也，七者一物也。　【诗缉】江南有
菘③，江北有蔓菁，相似而异。　【埤雅】梗长叶瘦，高者为菘；叶
阔厚，短者为芜菁。

　毛诗名物图说

【校注】

① 葑（音 fēng），见《邶风·谷风》，诗云："采葑采菲，无以下体。"葑，又名芜菁、蔓菁。直根肥大，质较萝卜致密，有甜味。根和叶可作蔬菜。

② 苁，音 cōng。

③ 菘，音 sōng。

菲
①

【毛《传》】菲，芴也②。　【郑《笺》】此二菜者，蔓菁与蒚之类也，皆上下可食，然而其根有美时有恶时，采之者不可以根恶时并弃其叶。　【《正义》曰】《释草》云："菲，芴也。"郭璞曰："土瓜也。"孙炎曰："蒚类也。"《释草》又云："菲，蒠菜。"③郭璞曰："菲，草。生下湿地，似芜菁，华紫赤色，可食。"陆玑云："菲似蒚，茎粗，叶厚而长，有毛。三月中蒸鬻为茹，滑美可作羹。幽州人谓之芴，《尔雅》谓之蒠菜，今河内人谓之宿菜。"《尔雅》菲芴与蒠菜异释，郭注似是别草。如陆玑之言，又是一物。某氏注《尔雅》二处引此《诗》。即菲也，芴也，蒠菜也，土瓜也，宿菜也，五者一物也。其状似蒚而非蒚，故云蒚类也。

【校注】

　　① 菲（音 fěi），见《邶风·谷风》，诗云："采葑采菲，无以下体。"菲，蕮菜，初夏开淡紫色花，嫩叶茎可作蔬菜，种子可榨油。极似萝卜，野地自生，宿根不断，冬春皆可采食，故云蕮菜。

　　② 芴，音 wù。

　　③ 蕮，音 xī。

茶
①

【尔雅】茶，苦菜。　　【郭璞注】《诗》曰："谁谓茶苦？"苦
菜可食。　　【陆玑《疏》】苦菜生山田及泽中，得霜甜脆而美，所谓
"菫茶如饴"。　　【颜之推曰】《易通卦验》云："苦菜生于寒秋，
更冬历春，得夏乃成，花黄似菊。"　　【邢昺《疏》】《本草》："一
名茶草，一名选，一名游冬，叶似苦苣而细，断之有白汁，堪食，但
苦耳。"　　【诗缉】经有三茶：一曰苦菜，二曰委叶，三曰英茶。此
诗"谁谓茶苦"及《唐·采苓》篇"采苦采苦"、《绵》"菫茶如饴"
之茶②，皆苦菜也。《良耜》"以薅茶蓼"之茶③，委叶也。《郑·出
其东门》"有女如茶"，英茶也。《鸱鸮》"予所捋茶"④，《传》云
"茶苕"，《疏》云"藡之秀穗"⑤，亦英茶之类。　　【愚按】分释
茶类，严坦叔辨之详矣⑥。而《集传》云："茶，苦菜，蓼属也。详
见《良耜》。"按《良耜》注云："茶，陆草。"则菜与草不同。朱子

本意，原不定指一物。"以薅荼蓼"之荼，孙炎曰："秽草，非苦菜也。"王肃曰："陆秽。"明是与"苦茶"之茶异也。

【校注】

　　①荼，见《邶风·谷风》，诗云："谁谓荼苦？其甘如荠。"荼，苦菜。

　　②《绵》，《大雅》篇名。

　　③《良耜》，《周颂》篇名。

　　④《鸱鸮》，《豳风》篇名。

　　⑤荧、苕、蘵，见"葰"条。

　　⑥严坦叔，指《诗缉》的作者严粲。

荠①

【尔雅】蒫②，荠实。　【郭璞注】荠子味甘。　【邢昺《疏》】《本草》云："荠味甘。人取其叶作菹及羹③，亦佳。其子别名蒫。"【春秋繁露】荠以冬美。冬，水气也；荠，甘味也。乘水气而美者，甘胜寒也。　【陶隐居曰】荠类多，此是今人可食者，叶作菹、羹，亦佳。

【校注】

　　① 荠（音 jì），见《邶风·谷风》，诗云："谁谓荼苦？其甘如荠。"荠，一种有甜味的菜，花小，白色，嫩叶可食。

　　② 蒫（音 cuó），荠菜籽。

　　③ 菹（音 zū），腌菜。

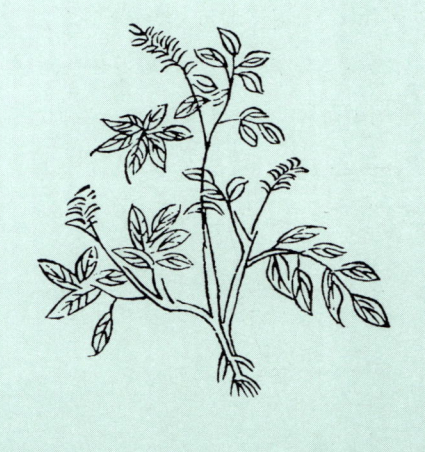

苓
①

【毛《传》】苓，大苦。　【《正文》曰】《释草》云："蘦②，大苦。"孙炎曰："《本草》云'蘦，今甘草'，是也。蔓延生。叶似荷，青黄。其茎赤，有节，节有枝相当。或云蘦似地黄。"　【图经】甘草，河西川谷积沙山及上郡，今陕西河东州郡皆有之。春生青苗，高一二尺。叶如槐叶。七月开紫花。冬结实，作角子，如毕豆。《诗》"采苓"、"首阳"③，首阳山在河东蒲坂县，今甘草所生处相近。而先儒说苗叶与今全别，岂种类有不同者乎？　【愚按】《尔雅》、毛《传》皆谓"大苦"，疑是味苦者，故沈括以"大苦"为黄药。然《本草》诸说并指"甘草"，朱子《集传》亦从之。盖古人语倒，"蘦，甘草"而云"大苦"，犹之"堇葵"味甘而《释草》乃谓之"苦堇"也。

【校注】

①苓（音 líng），见《邶风·简兮》，诗云："山有榛，隰有苓。"苓，药草名，即大苦，又称为甘草。

②蘦，音 líng。

③《唐风·采苓》曰："采苓采苓，首阳之巅。"毛《传》："苓，大苦也。"

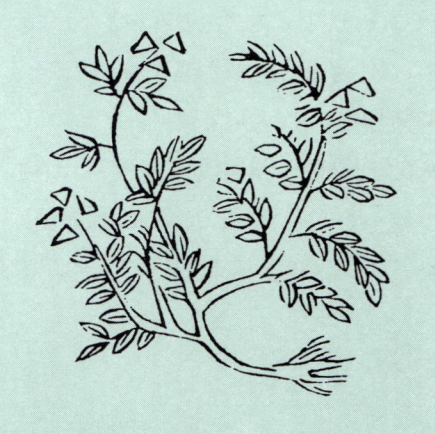

茨
①

【尔雅】茨，蒺藜。　　【郭璞注】布地蔓生，细叶，子有三角，刺人。　　【韩诗外传】春植蒺藜，夏不得采其叶，秋得其刺焉。

【陶隐居曰】多生道上，叶布地，子有刺如菱而小。长安最饶，人行多着木履。今军家铸铁作之，以布敌路，名铁蒺藜。《易》云"据于蒺藜"②，言其凶伤。《诗》"墙有茨，不可扫"，以刺梗秽也。

【寇宗奭《衍义》】③蒺藜有二种：一种杜蒺藜，即今道旁布地而生，或生墙上，开小黄花，结芒刺；一种白蒺藜，出同州沙苑牧马处，黄紫花，作荚，结子如羊内肾，大如黍粒。　　【愚按】茨生于墙，不可扫者，恐坏墙也。又《博雅》云："茨，积也，聚也。"《诗》"曾孙之稼，如茨如梁"④，训积聚也。

【校注】

①茨（音 cí），见《鄘风·墙有茨》，诗云："墙有茨，不可扫也。"茨，蒺藜，这里指杜蒺藜。

②"据于蒺藜"，《易·困卦》爻辞。

③《衍义》，指《本草衍义》。

④《小雅·甫田》："曾孙之稼，如茨如梁。"毛《传》："茨，积也。"然郑《笺》释为"屋盖"，更合诗义。

【毛《传》】唐，蒙，菜名。　【《正义》曰】《释草》云："唐、蒙，女萝；女萝，菟丝。"②舍人曰："唐蒙名女萝，女萝又名菟丝。"孙炎曰："别三名。"郭璞曰："别四名。"则唐与蒙或并或别，故三、四异也。以经直言唐，而《传》言："唐，蒙也。"《颀弁》传曰③："女萝，菟丝，松萝也。"则又名松萝矣。《释草》又云："蒙，玉女。"孙炎曰："蒙，唐也，一名菟丝，一名玉女。"则通松萝、玉女为六名。　【图经】《本草》菟丝无女萝之名，惟松萝一名女萝。【愚按】女萝、菟丝是二物，唐乃菟丝，非女萝也。《埤雅》云："在草为菟丝，在木为女萝。"二物殊别，皆由《释草》误为一物故也。又据《古乐府》云："南山窨窨菟丝花，北陵青青女萝树。由来花叶同一心，今日枝条分两处。"盖蔓延树上，故曰女萝树也。李白《乐府》云："菟丝故无情，随风任颠倒。谁使女萝枝，而来强萦抱。"

则明是二物无疑。或菟丝蔓延，上施于木，故有同心萦抱之说。互详"女萝"注。

【校注】

　　①唐，见《鄘风·桑中》，诗云："爰采唐矣，沬之乡矣。"唐，徐鼎释为菟丝，并认为菟丝与女萝有别。

　　②菟（音 tù）丝，一年生缠绕性寄生草本，茎细柔，成丝状，常缠绕在豆科等植物上。

　　③《颊弁》，《小雅》篇名。

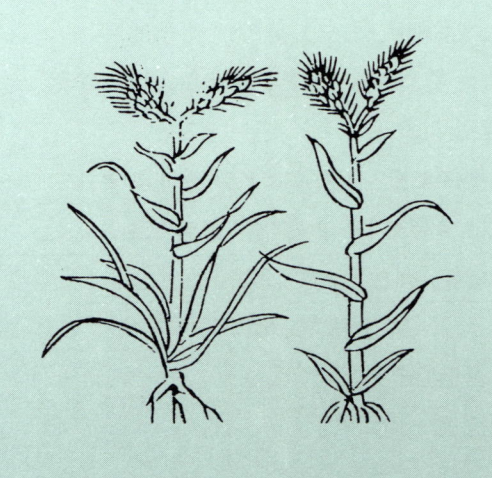

麦①

【月令】孟夏，麦秋至。　【蔡邕曰】②百谷各以初生为春，熟为秋。麦以初夏熟，故四月于麦为秋。　【《汉·武帝纪》】③劝民种宿麦。　【颜师古曰】④岁冬种之，经岁乃熟，故云宿麦。【说文】麦，金也。金王而生，火王而死。　【广雅】麰，大麦；䴬，小麦⑤。　【苏恭《本草》】麰形似小麦而大，谓之大麦。【图经】大小麦秋种，冬长，春秀，夏实，具四时中和之气，故为五谷之长。地暖处亦可春种，至夏便收。　【愚按】䴬、麰统名曰麦，故《说文》云："来、牟，麦也。"本作来、牟，一作麳、麰，故刘向引《周颂》曰"饴我麳麰"⑥。《雅翼》云："大麦宜为饭，又可为酢，其蘖可为饴。"故《说命》云⑦："若作酒醴。"《尔雅》："麴，蘖。"汉光武谓冯异曰："芜蒌亭豆粥，滹沱河麦饭。"⑧

【校注】

①麦，见《鄘风·桑中》，诗云："爰采麦矣，沫之北矣。"麦，种类有大麦、小麦、燕麦、黑麦等，尤以小麦、大麦自古至今栽培最为普遍。

②蔡邕曰云云，见所著《月令章句》。

③《汉·武帝纪》，指《汉书·武帝纪》。

④颜师古，唐初人，注《汉书》。

⑤麰，音 móu。棶，音 lái。

⑥刘向引《周颂》云云，见《汉书·楚元王传》刘向上封事，所引见《周颂·思文》篇。

⑦《说命》，《尚书》篇名。

⑧滹，音 hū。《后汉书》卷十七《冯异传》载：光武帝刘秀称帝前，以行大司马定河北，自蓟东南驰，至饶阳无蒌亭，众皆饥疲，冯异上豆粥。及至南宫，遇大风雨，异又进麦饭，因复渡滹沱河至信都。后来刘秀即位，赐冯异诏曰："仓卒，无蒌亭豆粥，滹沱河麦饭，厚意久不报。"

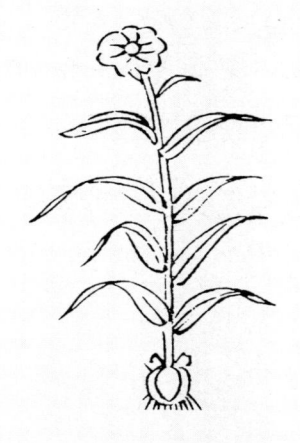

蝱
①

【毛《传》】蝱，贝母也。　【尔雅】莔，贝母。　【郭璞注】根如小贝，员而白华，叶似韭。　【陆玑《疏》】蝱，今药草贝母也。其叶如栝楼而细小，子在根下，如芋子，正白，四方连累相著，有分解，是也。　【邢昺《疏》】出近道，形似聚贝子，故云贝母也。　【图经】二月生苗，茎细，青色，叶随苗出。七月开花，碧绿色，形如鼓子花。八月采根，晒干。此有数种，陆玑所说，今近道出者；郭璞所说，此种罕复见之。　【愚按】莔，一作蝱，根状如蝱也。近道出者，即今医方"土贝母"是也，惟川地者良。《诗·载驰》为许穆夫人所作，古许国隶今河南，亦近地所出者。《本草》云："能散心胸郁结之气。"盖采之欲疗其疾也。

【校注】

　　① 莔（音 méng），见《鄘风·载驰》，诗云："陟彼阿丘，言采其莔。"莔，"茵"的借字，一种药草，今称贝母。

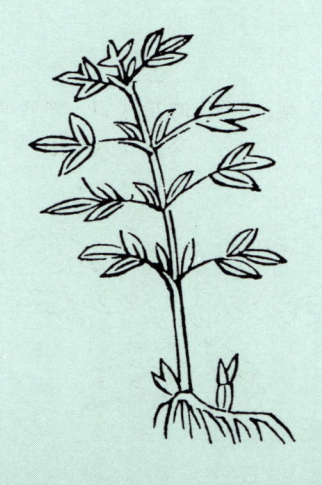

【毛《传》】绿，王刍也。　【尔雅】菉，王刍。　【郭璞注】菉，蓐也，今呼鸱脚莎。　【邢昺《疏》】某氏曰"鹿蓐也"，《卫风》"菉竹猗猗"是也。　【唐本草】叶似竹而细薄，茎亦圆小，生平泽溪涧之侧，一名荩草。

【校注】

① 绿，见《卫风·淇奥》，诗云："瞻彼淇奥，绿竹猗猗。"绿，毛《传》释为"王刍"。竹，毛《传》释为"篇竹"。绿与竹是两种草。朱熹《诗集传》释"绿竹"为绿色的竹子。二说均通。王刍，《唐本草》认为即是荩草，一年生细弱草本，叶卵状披针形，秋季开紫褐色花，液汁可作黄色染料。

竹
①

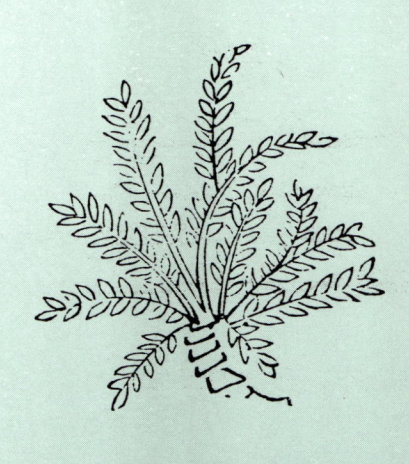

【毛《传》】竹，篇竹也②。　　【尔雅】竹，篇蓄。　　【郭璞注】似小藜，赤茎节，好生道旁，可食，可杀虫。　　【陆德明曰】绿、竹并如字。《尔雅》作"菉"，音同。《韩诗》竹作薄，音徒沃反，云"薄，篇筑也"，《石经》同。　　【《正义》曰】《释草》云："菉，王刍。竹，篇蓄。"李巡曰："一物二名。"陆玑云："绿竹，一草名，其茎叶似竹，青绿色，高数尺。今淇澳旁生此，人谓此为绿竹。"此说非也。《诗》有"终朝采绿"③，则绿与竹别草，故《传》依《尔雅》以为"王刍"，与篇竹异也。　　【愚按】《尔雅》、毛《传》并谓："绿，王刍；竹，篇蓄。"《韩诗》作"绿薄猗猗"，"薄，篇筑也"，亦分绿、竹为二。惟朱子《集传》云："绿，色也。淇上多竹，汉世犹然，所谓淇园之竹是也。"而《水经注》云："淇川无竹，惟王刍、篇草。"刘执中又云④："淇水之旁，至今多美竹。"今毛《传》、朱子并以美盛起兴,信二说各自可通。及按"终朝采绿",《集传》云:"绿,王刍。"则朱子亦不废毛氏之说。姑从毛《传》,分列二图,仍引朱《传》而并参之。

【校注】

①竹,见《卫风·淇奥》,诗云:"瞻彼淇奥,绿竹猗猗。"竹,《尔雅》、毛《传》、《韩诗》、《鲁诗》皆作草名解,朱《传》虽较胜,但先秦两汉旧说实不可废。

②篇竹,一名篇蓄、篇茿,一年生草本,茎平卧或上升,夏季开绿色小花。

③"终朝采绿",出自《小雅·采绿》。

④刘执中,指宋刘彝。刘执中云云,见《慈湖诗传》卷五、《吕氏家塾读诗记》卷六、《六家诗名物疏》卷十六、《陆氏诗疏广要》卷上。

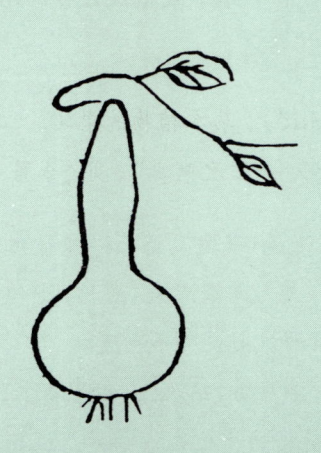

瓠①

【《汉·食货志》】②菜茹有畦，瓜瓠果蓏③。 【埤雅】瓠状，腰类于首，尾类于腰，微锐，缘蔓而生。 【雅翼】瓠，匏之甘者。古者王政，瓜瓠果蓏殖于疆场。正月可种，六月可畜，其叶又可为菜，所谓"幡幡瓠叶，采之烹之"是也④。与匏以大小、长短、甘苦为间。 【尔雅】瓠栖，瓣。 【郭璞注】瓠中瓣也，《诗》云："齿如瓠栖。"⑤ 【邢昺《疏》】人之齿美者似之。今诗文作"犀"。

【校注】

　①瓠，见《卫风·硕人》，诗云："齿如瓠犀。"瓠，葫

　　　　　　　　　　　　　　　　　　　毛诗名物图说

芦。参见"匏"条。

②《汉·食货志》，指《汉书·食货志》。

③蓏（音 luǒ），草本植物的果实。

④"幡幡瓠叶，采之烹之"，见《小雅·瓠叶》。

⑤《毛诗》作"瓠犀"，郭璞引《诗》作"瓠栖"，犀为借字，栖为正字。栖有整齐的意思，所以可比作人的牙齿美。马瑞辰《毛诗传笺通释》："瓠栖状齿之白，亦取其上下整齐。栖之为言齐……齿以齐为美，故古者齿亦训齐。"

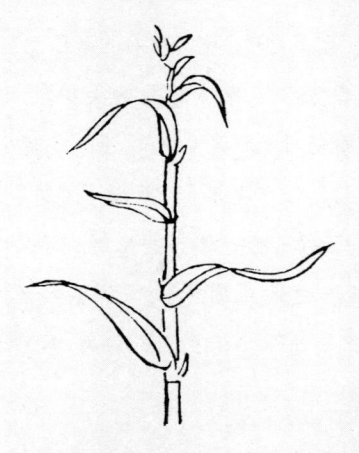

葭①

【尔雅】葭，芦②。　【郭璞注】似苇而小，实中，今江东呼为乌蓲。　【说文】葭，葭之初生③。一曰蒹，一曰雜④。蒹，葭也。【夏小正】苇未秀为芦，葭未秀为葭。　【《正义》曰】《释草》云："葭，芦；葭，蒹。"李巡曰："分别苇类之异名。"郭璞曰："芦，苇也，蒹似苇而小。"如李巡云，芦、蒹共为一草；如郭云，则芦、蒹别草。《大车》传曰："葭，雜也，芦之初生。"⑤则毛意以葭、葭为一草也。陆玑云："蒹或谓之荻，至秋坚成则谓之萑⑥。其初生三月中，其心挺出，其下本大如箸，上锐而细，扬州人谓之马尾。"以今语验之，则芦、蒹别草也。　【愚按】葭，苇类也。其初生曰葭，一名蒹，又名雜；其长成曰荻，至秋坚成谓萑。可为曲薄，即中空、皮厚、色苍者。郭云"实中"，盖以皮厚，其中不皆实也。互见"葭"注。《大车》传曰："葭，雜也。"《释言》曰："葭，雜也。"郭云

　　　　　　　　　　　　　　　　　　　　毛诗名物图说

"草色如骓，在青白之间"者，以《释畜》"苍白杂毛"故也。字宜从马从隹，毛《传》"雏"字无据。

【校注】

① 荽（音 tǎn），见《卫风·硕人》，诗云："葭荽揭揭。"荽，初生的荻。

② 薍（音 wàn），长大的荻。

③ 萑（guàn），荻。

④ 雏，音 zhuī。

⑤ 《大车》，《王风》篇名，诗云："大车槛槛，毳毛如荽。"

⑥ 萑（音 huán），长成的荻。

芄兰①

【尔雅】藋②，芄兰。　【郭璞注】蔓生，断之有白汁，可啖。
【陆玑《疏》】一名萝藦。幽州人谓之雀瓢。　【陶隐居曰】萝藦
作藤生，摘之有白乳汁，人家多种之，叶可生啖，可蒸食之。
【沈括曰】③支荚也，芄兰之荚支出于叶间，垂之如觿状④。　【愚
按】蔓延墙垣，七八月开花，小而长，如铃，其色紫白。结实，中一
子，有白绒一条。今吴中呼为婆婆针线包。

> 【校注】
>
> 　　①芄兰，见《卫风·芄兰》，诗云："芄兰之支，童子佩
> 觿。"芄兰，即萝藦，多年生草质藤本，具乳汁，叶腋生有

总状花序,内在多数种子,种子上端有白色绒毛,故俗称羊婆奶、婆婆针线包。

　　② 蘿,一指芄兰,音 guàn; 一指荻草,音 huán,同"萑"。

　　③ 沈括曰云云,见《梦溪笔谈》。

　　④ 觿(音 xī),象骨制成的小锥,用以解衣带的结,称为解结锥。芄兰结荚的形状,与解结锥相似。

谖草①

【博物志】②《神农经》曰："中药养性。"谓合欢蠲忿③，萱草忘忧。　【李石《续博物志》】④谖草，一名鹿葱。花名宜男，《风土记》⑤："妊妇佩其花，生男也。"则孙思邈以合欢为萱草者⑥，误。董子曰："欲忘人之忧，赠以丹棘。"⑦即谖也。　【说文】蕿，令人忘忧草也，又作蕿及萱。　【图经】五月采花，八月采根用，今人多采其嫩苗及花跗作菹。　【王应麟《玉海》】⑧"焉得萲草"出《尔雅音义》。　【愚按】五月抽茎，开花六出四垂，朝开暮蔫，花有红、紫、黄三色，结实三角，今人采其花跗，令干，货之，名黄花菜。

　　　　　　　　　　　　　　　　　　　　毛诗名物图说

【校注】

① 谖草,见《卫风·伯兮》,诗云:"焉得谖草,言树之背。"谖草,多年生草本,叶条形,花桔红色,供食用,即黄花菜。谖,或写作萱、蔜、蕿、蕙。

②《博物志》,晋张华撰。

③ 合欢,植物名。叶似槐叶,至晚则合。夏季开花,花淡红色。古代常以合欢赠人,认为可以消怨合好。蠲(音juān),除去。

④ 李石,宋朝人。

⑤《风土记》,晋周处撰。

⑥ 孙思邈,唐人,著《千金方》。

⑦ 董子,指汉董仲舒。丹棘,萱草的别名。

⑧ 王应麟,南宋后期人。

黍
①

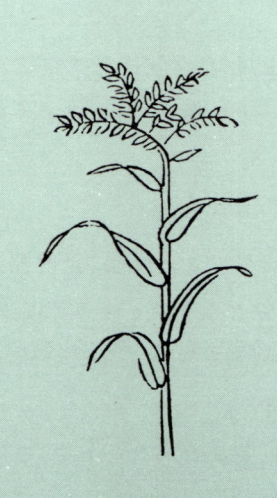

【曲礼】黍曰芗合②。　　【注】黍熟则黏聚不散，其气又香，故名。　　【说文】禾属而黏者也。以大暑而种，故谓之黍。孔子曰："黍可为酒，禾入水也。"　　【诗缉】黍有二种：黏者为秫，可以酿酒；不黏者为黍。如稻之有秔③、糯也。　　【氾胜之《农书》】黍者，暑也。种必待暑，先夏至二十日，此时有雨，强土可种黍。【博物志】五土所宜：黄、白宜种禾，黑坟宜麦黍，苍、赤宜菽、芋，下泉宜稻。得其宜则利百倍。　　【雅翼】黍似稷，故古人并言黍稷。有赤黍、白黍，其类有黏、不黏。黏者别名秫，《月令》："造酒命大酋，秫稻必齐。"④盖以此秫与稻之糯为酒。北人谓秫为黄米，亦谓之黄糯，酿酒比糯稻差劣。

毛诗名物图说

【校注】

① 黍，见《王风·黍离》，诗云："彼黍离离，彼稷之苗。"黍，一年生草本植物，叶线形，子实淡黄色，稍大于小米，熟后有黏性。

②《礼记·曲礼下》："黍曰芗合。"孔颖达《疏》："夫谷秫者曰黍，秫既软而相合，气息又香，故曰芗合也。"芗，音 xiāng。秫，音 shú。

③ 秔（音 jīng），也作粳、粳，不黏的稻。

④《月令》云云，见《礼记·月令》仲冬之月。郑玄注："大酋者，酒官之长也。于周则为酒人。"

稷^①

【尔雅】粢^②，稷。　【邢昺《疏》】《左传》云："粢食不凿。"^③粢者，稷也。《曲礼》云："稷曰明粢。"是也。郭云："今江东呼粟为粢。"然则粢也，稷也，粟也，正是一物。而《本草》稷米在下品，别有粟米在中品，又似二物，故先儒甚疑焉。　【郑樵《通志》】稷苗穗似芦而米可食。　【应劭《风俗通》】稷为五谷之长，五谷众多，不可遍祭，故立稷而祭之。　【苏恭曰】楚人谓之稷，关中谓之縻^④，呼其米为黄米，其苗类黍。　【《广雅解》曰】如黍，黑色。　【本草衍义】今谓之穄米，先诸米熟，故以供祭祀。　【愚按】曰粢，曰稷，曰縻，曰穄，高诱云"冀州谓之縻"^⑤，皆一物也。惟郭云为粟，恐非。《本草》："粟味咸，稷味甘。"实不同也。孔《疏》曰："黍言离离，稷言苗，则是黍秀，稷未秀，六月时也；稷之穗，七月时也；稷之实，八月时也。"

　　　　　　　　　　　　　毛诗名物图说

【校注】

①稷,见《王风·黍离》,诗云:"彼黍离离,彼稷之苗。"稷,今称高粱。

②粢,音 zī。

③"粢食不凿",《左传·桓公二年》文,杨伯峻注:"粢食犹言主食。凿,舂也。"

④糜,音 mí。

⑤縴,音 qiàn。

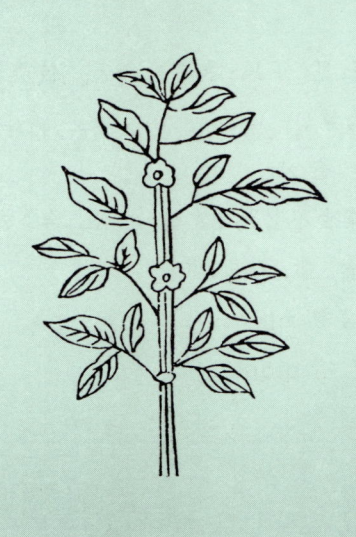

蓷①

【尔雅】萑，蓷。　　【广雅】益母，叶似荏②，方茎，白华，华生节间。　　【郭璞注】今茺蔚也。　　【李巡注】臭秽草也。　　【陆玑《疏》】旧说及魏博士济阴周元明皆云"庵蕳"是也③。《韩诗》及《三苍说》悉云"益母"，故曾子见益母而感。案《本草》："茺蔚，一名益母。"故刘歆曰："蓷，臭秽，即茺蔚也。"　　【许谦曰】④叶似荏。荏者，白苏、紫苏类。　　【愚按】今益母草有红、白花二种：红花者，即《尔雅》所谓"藬"也⑤；白花者，即《尔雅》所谓"蓷"也。茎叶相类，生川谷间，性宜卑湿，故程子曰⑥："阴润而生，暵其干矣，兴夫妇乐岁相保，凶年必相弃。"

【校注】

① 蓷（音 tuī），见《王风·中谷有蓷》，诗云："中谷有蓷，暵其干矣。"蓷，益母草，又名茺蔚，茎枝方形，节间开花，花白色。

② 荏（音 rěn），草名，即白苏。

③ 庵䕡，菊科植物，不是益母。

④ 许谦曰云云，见所著《诗集传名物钞》。

⑤ 蕨（音 tuī），即牛蘈。李时珍《本草纲目》："蓷、蕨各本相同，但以花色分别之，其为一物无疑矣。"

⑥ 程子，指程颐。

萧①

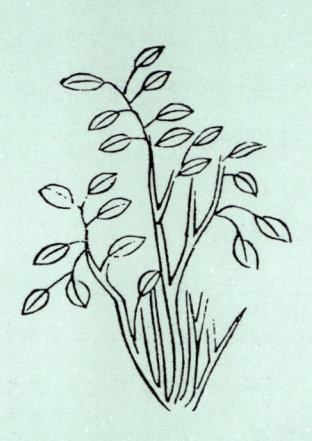

【尔雅】萧，荻。　【陆玑《疏》】今所谓"荻蒿"者是也，或曰牛尾蒿。似白蒿。白叶，茎麤②，科生，多者数十茎。可作烛，有香气，故祭祀以脂爇之为香。许慎以为艾蒿，非也。《郊特牲》云："既奠，然后爇萧合馨香。"③是也。　【雅翼】萧生于春，待秋三月乃成。

【校注】

　　① 萧，见《王风·采葛》，诗云："彼采萧兮，一日不见，如三月兮。"萧，香蒿，古人在祭祀时把它和油脂混合在一起点燃，类似后世的香烛。

　　② 麤，"粗"的异体字。

　　③《郊特牲》，《礼记》篇名。爇（音 ruò），烧。

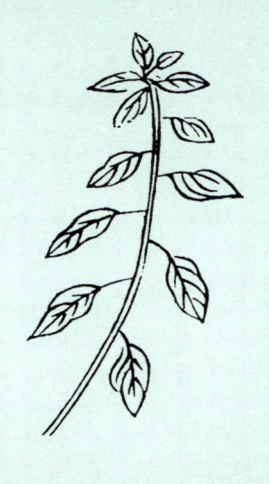

【尔雅】艾，冰台。　【郭璞注】今艾蒿。　【博物志】削冰令圆，举以向日，以艾承其影，则得火。艾曰冰台，以此。　【埤雅】艾字从乂，草之可乂病者。一曰灸草。　【图经】处处有之，初春布地生，苗茎类蒿，叶背白。三月三日、五月五日采叶暴干，陈久者良，即《孟子》所谓"三年之艾"是也②。　【愚按】吴人呼为蕲艾，以蕲州出者尤胜故耳。

【校注】

① 艾，见《王风·采葛》，诗云："彼采艾兮，一日不见，如三岁兮。"艾，艾蒿，又称冰台，多年生草本。开黄花，

叶子分裂成羽状，有香气。叶入药，温经脉。制成艾绒，用来灸病。

　②《孟子·离娄上》云："犹七年之病，求三年之艾也。"赵岐注："艾可以为灸人病，干久益善。"

麻^①

【尔雅】蒉^②，枲实^③。又云："枲，麻。"又云："萉^④，麻母。"
【邢昺《疏》】枲，麻也。蒉者，即麻子名也，故云"蒉，枲实也"。
麻，一名枲，故郭云"别二名"。苴麻之盛子者，一名萉，一名麻
母。　　【雅翼】麻之属，总名麻。别而言之，则有实者名苴，无实
者名枲。子夏《丧服传》曰："苴绖者^⑤，麻之有蕡者也；牡麻者，枲
麻也。"蕡即实也，牡即无实之名，然亦通名麻枲。　　【苏颂曰】
田园所莳^⑥，绩其皮以为布。　　【愚按】麻不一名。吴普曰^⑦："方
茎，今吴中呼为芝麻，其实可为油。"孟诜云^⑧："油麻是也。"又一
名胡麻，一名巨胜，陶隐居谓"纯黑者名巨胜。巨，大也。本生大
宛^⑨，故名胡麻"。又以茎方名巨胜，圆者名胡麻。苏恭曰："角作八
稜者为巨胜，四稜者为胡麻。"并取子黑者为良，皆有实也。又一种
纴麻，宿根在地，至春自生，不岁种也，疑即所谓牡者欤。寇宗奭

曰⑩："诸说参差不一，止是今人谓脂麻，更无他义。"

【校注】

　　①麻，见《王风·丘中有麻》，诗云："丘中有麻，彼留子嗟。"麻，古代专指大麻，俗称火麻，一年生草本，雌雄异株，茎部韧皮纤维长而坚韧，可供纺织。雌株称为苴麻，雄株称为牡麻。

　　②蕡（音 fén），大麻的果实。

　　③枲，音 xǐ。

　　④莩（音 zì），苴麻，即大麻雌株。原作"荸"，据《尔雅》改。

　　⑤苴绖（音 jū dié），古代服重丧者所束的麻带。

　　⑥蒔（音 shì），种植。

　　⑦吴普，三国魏人，述《神农本草经》。

　　⑧孟诜，唐朝人，著《食疗本草》。

　　⑨大宛，西域国名。

　　⑩寇宗奭云云，见所著《本草衍义》。

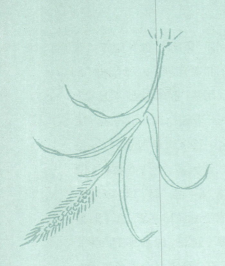

中京

六采

荷①

【《尔雅·释草》】荷，芙蕖。其茎，茄。其叶，蕸②。其本，
蔤③。其华，菡萏。其实，莲。其根，藕。其中，的。的中，薏。
【李巡注】皆分别莲、茎、华、叶、实之名。芙蕖，其总名也，别名
芙蓉，江东呼荷、菡萏、莲华也。的，莲实也。薏，中心也。　【郭
璞注】蔤，茎下白蒻在泥中者④。莲谓房也。　【崔豹《古今注》】
华有赤、白、红、紫、青、黄数色，红、白差多，大者至百叶。　【陆
佃《埤雅》】荷，总名也。其的中有青为薏，皆倒生两牙，一成茇
荷⑤，一藕荷也。又生一牙为华。蔤荷⑥，帖水生藕者也。茇荷无
蔤，卷荷也，与华偶生，出水上亭亭如伞者，或谓之距荷。蔤荷一
本，其支旁行为蔤，节生，一叶一华。　【愚按】今吴中呼叶为荷
叶，华为荷华。而旧说北方或以藕为荷，或以莲为荷，蜀人以藕为
茄，或用其母为华名，或用根、子为母、叶号，此皆习俗传讹也。

《泽陂》诗"荷""菡""菡萏⑦，郑《笺》"菡当作莲"者，以上下皆言蒲荷，不宜别据他草故也。图说并见于此，下不复载。

【校注】

① 荷，见《郑风·山有扶苏》，诗云："山有扶苏，隰有荷华。"荷华，即荷花。

② 蕸，音 xiá。

③ 蔤，音 mì。

④ 蒻，音 ruò。

⑤ 茢，音 jì。

⑥ 蕅，同"藕"。

⑦《陈风·泽陂》，一章曰："彼泽之陂，有蒲与荷。"二章曰："彼泽之陂，有蒲与菡。"三章曰："彼泽之陂，有蒲菡萏。"郑《笺》认为二章的"菡"当作"莲"。

龙
①

【毛《传》】龙，红草也。　　【郑康成《笺》】游龙犹放纵也，红草放纵枝叶于隙中。　　【尔雅】红，茏古。其大者蘬②。　　【郭璞注】俗呼红草为茏鼓，语转耳。　　【陆玑《疏》】一名马蓼，叶大而赤白色。生水泽中，高丈余。　　【陶隐居《本草》】马蓼生下湿地，茎班，叶大，有黑点，最大者是茏草。　　【愚按】依陶说，则马蓼自是一种茏草，似马蓼而大，下湿地多有之，今吴中呼为水茏草是也。又龙草而曰"游"，犹松而曰"桥"，诗人取桥、游为义，并非草木之名，故去游，止言龙。

　　　　　　　　　　　　　毛诗名物图说

【校注】

① 龙，见《郑风·山有扶苏》，诗云："山有桥松，隰有游龙。"龙，即茏，又名红草、水荭草。游，本义为旌旗之流，此处用以形容茏草枝叶舒展。

② 茢，音 kūi。

茹藘①

【尔雅】茹藘，茅蒐。 【李巡注】茅蒐，一名茜，可以染绛。 【陆玑《疏》】一名地血，齐人谓之茜，徐州人谓之牛蔓。【张揖《广雅》】地血、茹藘，蒨也②。 【蜀本《图经》】染绯草。叶似枣叶，头尖下阔。茎、叶俱涩。四五叶对生节间。蔓延草木上。根紫赤色。今所在有，八月采根。 【愚按】草之盛者为蒨。牵别为茹，连覆为藘，故名茹藘。蒐乃人血所化，则草鬼为蒐以此。东方有而少，不如西方多，则西草为茜以此。《地官·掌染草》："掌以春秋敛染草之物。"正此类也。

【校注】

　　① 茹藘，见《郑风·东门之墠》，诗云："东门之墠，茹藘在阪。"茹藘，茜草，根可作绛色染料。

　　② 蒨，音 qiàn。

茶
①

【毛《传》】荼，英荼。　　【笺】荼，茅秀，物之轻者，飞行无常。　　【孔颖达《正义》】《释草》有"荼，苦菜"，又有"荼，萎叶"。《邶风》"谁谓荼苦"②，即苦菜也。《周颂》"以薅荼蓼"③，即委叶也。郑于《地官·掌荼》注及《既夕》注与此笺皆云"荼，茅秀"，然则此言"如荼"，乃是茅草秀出之穗，非彼二种荼也。毛言"荼，英荼"者，《六月》云"白旆央央"④，是白貌。茅之秀者，其穗色白，言女皆丧服，色如荼然。《吴语》说"吴王夫差于黄池之会⑤，陈兵以胁晋，万人为方阵，皆白常、白旂、素甲、白羽之矰，望之如荼"。韦昭云："茅秀。"亦以白色为如荼，与此传意同。　　【应劭曰】荼，野菅白华也。　　【颜师古曰】⑥菅，茅也。言美色如茅荼之柔也。　　【李樗曰】⑦《汉·礼乐志》曰："颜如荼。"

【校注】

① 荼，见《郑风·出其东门》，诗云："出其闉阇，有女如荼。"荼，茅的白花。如荼，比喻众多和柔美。

②"谁谓荼苦"，出自《邶风·谷风》。

③"以薅荼蓼"，出自《周颂·良耜》。

④《六月》，《小雅》篇名。

⑤《吴语》，《国语》中一篇。

⑥ 应劭曰、颜师古曰，皆《汉书·礼乐志》中的《郊祀歌》注文。

⑦ 李樗，宋朝人，撰《毛诗集解》。

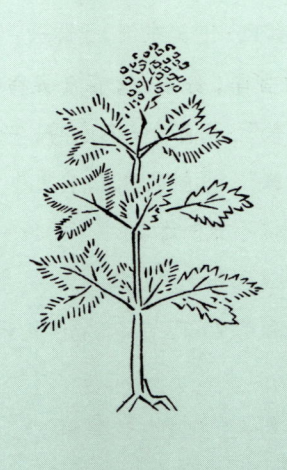

蕳
①

【毛《传》】蕳，兰也。　【夏小正】五月畜兰，为沐浴也。
【陆佃曰】②阑草为兰，阑不祥也。　【盛弘之《荆州记》】都梁县
有山，山下有水清泚，其中生兰草，名都梁香。因山为号，其物可杀
虫毒，除不祥。　【太平御览】当此盛流之时，众士与女相与秉蕳
而被除③。　【陈藏器《本草拾遗》】兰草，妇人和油泽头，故曰兰
泽。　【愚按】蕳，《释草》无文，人多以兰蕙之兰当之。然兰为
王者香，人服媚之，不闻用以被除不祥。据《本草》云："叶似泽兰
而尖，有岐细华，成穗而香。此草可辟恶气。"即《内则》"佩帨茝
兰"是也④。今吴俗采叶置发，可令不腻⑤。是与《夏小正》、陈藏器
之言相符，疑即此也。今俗呼为"佩兰叶"。

　　　　　　　　　　　　　　　　　　毛诗名物图说

【校注】

　　① 蕑（音 jiān），见《郑风·溱洧》，诗云："士与女，方秉蕑兮。"蕑，香草，亦名兰，但不是今天说的兰花。陈淏子《花镜》卷六曰："蕑，一名水香，一名都梁香。叶与泽兰相似，紫梗，赤节，高四五尺。其叶光润尖长，开白花。喜生水旁，故人多种于庭池。可杀虫毒，除不祥。著衣书中，能辟白鱼蛀。"

　　② 陆佃曰，见《埤雅》。佃，原作"甸"，显误。

　　③ 祓（音 fú）除，古代除凶去垢的仪式。

　　④《内则》，《礼记》篇名。茝（音 zhǐ），亦写作"芷"。

　　⑤ 膱（音 zhí），粘著。

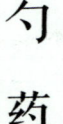

勺药

【韩诗外传】勺药，离草也。　　【广雅】挛夷[②]，芍药也。
【古今注】牛亨问曰："将离别，赠以芍药者何？"答曰："芍药一名可离，故将别以赠之。亦犹相招召，赠之以文无，文无一名当归也；欲忘人之忧，则赠以丹棘，丹棘一名忘忧草；欲蠲人之忿[③]，则赠以青堂，青堂一名合欢树。"又芍药有二种：草勺药、木勺药。木者花大而色深，俗呼牡丹，非也。　　【图经】春生红芽作丛，茎二三枝五叶，牡丹而狭长，高一二尺。夏开花，有红、白、紫数种，子似牡丹而小。秋时采根，根亦有赤、白二色。

【校注】

①勺药,见《郑风·溱洧》,诗云:"维士与女,伊其相谑,赠之以勺药。"勺药,亦作芍药,一名江离,有草本、木本两种,此处指草勺药。

②挛,音 luán。

③丹棘、蠲忿,参"谖草"条。

莠
①

　　【仲虺之诰】②若苗之有莠。　　【《外传·鲁语》】马饩不过稂莠。　　【韦昭注】莠草似稷而无实。　　【孟子】孔子曰："恶莠，恐其乱苗也。"③　　【赵岐注】莠之茎叶似苗。　　【愚按】秀而不实者曰莠，故字从草从秀。穗长多毛，其形象狗尾，今吴中呼为狗尾草。所处有之，穗不结实。而言之不实者，亦谓之莠言，故《正月》云"莠言自口"④。

　　【校注】

　　　① 莠（音 yǒu），见《齐风·甫田》，诗云："无田甫田，维莠骄骄。"莠，狗尾草。

②《仲虺之诰》，《尚书》篇名。

③ 孔子曰云云，见《孟子·尽心下》。

④《正月》，《小雅》篇名。

莫①

【毛《传》】莫，菜也。　【《正义》曰】陆玑《疏》云："莫，茎大如箸，赤节，节一叶，似柳叶，厚而长，有毛刺。今人缲以取茧绪。其味酢而滑。始生，可为羹，又可生食。五方通谓之酸迷，冀州人谓之干绛，河、汾之间谓之莫。"　【埤雅】子如楮实而红，冀人谓之干绛，盖以此也。今吴、越呼为茂子。

【校注】

① 莫，见《魏风·汾沮洳》，诗云："彼汾沮洳，言采其莫。"莫，即酸模，多年生草本，嫩茎叶可食，全草入药。马瑞辰《毛诗传笺通释》："酸迷，一名酸模，省言之曰莫。"

莠①

【尔雅】莠，牛唇。　【郭璞注】《毛诗传》曰："水蕮也。"如莠断，寸寸有节，拔之可复。　【邢昺《疏》】李巡曰："别二名。"陆玑以为今泽蕮也，郭氏所不取。　【愚按】郭璞不取莠为泽泻者，以《释草》又云"蕍，蕮"故也②。"蕍，蕮"，郭云："今泽蕮也。"邢氏依《本草》作"泽泻"。一名水泻，一名及泻，一名芒芋，一名鸿泻，此皆泽泻别名也。人多以毛《传》有水蕮之名，故混为泽泻，其实非也。

【校注】

　①莠（音 xù），见《魏风·汾沮洳》，诗云："彼汾一曲，

言采其藚。"藚，毛《传》、郭璞释为水䑴，陆玑《毛诗草木鸟兽虫鱼疏》释为泽泻。徐鼎同意毛、郭之说。牟应震《毛诗物名考》曰："郭注：'如续断，寸寸有节，拔之可复。'按诗文取相续之义，主郭说为得。今下田有草，状类麻黄，寸寸生节，俗名百节草者是也。"

② 蕍（音 yú），即泽泻。

稻
①

【尔雅】稌②，稻。　　【郭璞注】今沛国呼稌。　　【邢昺《疏》】《周颂》"丰年多黍多稌"，《内则》"牛宜稌"，《豳风》"十月获稻"，是一物也。案沛国谓稻为糯、秔③，稻属也。《字林》云："糯，黏稻也；秔，稻不黏者。"《本草》以粳米、稻米为二物。秔与粳古今字。然秔、糯甚相类，黏不黏为异耳。依《说文》，"稌，稻"即糯也。江东呼煡④，乃乱切。　　【蔡邕《月令章句》】"十月获稻"，人君尝其先熟，故在九月熟者谓之半夏稻。　　【颜师古曰】《本草》"稻米"，今之糯米。　　【愚按】稻者，或谓矿谷之通名⑤，或谓溉种之通称，盖有粳、糯二种。糯米白如霜，粒圆，黏，可作酒，《月令》"秫稻必齐"是也。粳米不黏，煮饭食之，《论语》"食夫稻"是也。统得稻名。盖稻字从禾，以种通其称。粳、糯字从米，以色味别其名也。

【校注】

　　① 稻，见《唐风·鸨羽》，诗云："王事靡盬，不能蓺稻粱。"稻，水稻。

　　② 稌，音 tú。

　　③ 秔（音 jīng），也作"稉"、"粳"，不黏的稻。糯，黏稻。

　　④ 煗，即糯子，皆是"糯"的俗体字。

　　⑤ 秔（音 kuàng），泛指有芒的谷物，如稻、麦等。

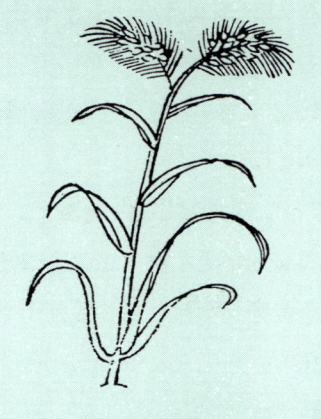

粱
①

【杨泉《物理论》】②粱者，黍稷之总名。稻者，溉种之总名。
菽者，众豆之总名。三谷各二十，种为六十。疏果之实，助谷各
二十，凡为百谷，故《诗》曰"播厥百谷"③。 【范计然曰】④东方
多麦、稻，西方多麻，北方多菽，中央多禾。五土之宜，各有高下。
高而阳者多豆，平而阴者多五谷。 【苏恭曰】粱虽粟类，细论
则别。黄粱穗大，毛长，谷米粗。白粱穗大，多毛且长，而谷粗扁，
不似粟圆也。青粱壳穗有毛，粒青，米亦微青，而细于黄、白粱。
【氾胜之《农书》】粱是秫粟，今俗谓之粱，古祭祀所用粢盛是
也⑤。可作粢食及酿酒，亦如煪米⑥。或云粱亦有粳者。 【罗愿
《尔雅翼》】古不以粟为谷名，但米有孚壳者皆称粟。今人以谷之
最细而圆者为粟，则粱是其类。古天子之饭有白粱、黄粱者，明取
二种耳⑦。"

【校注】

①梁，见《唐风·鸨羽》，诗云："王事靡盬，不能蓺稻梁。"梁，高粱。

②杨泉，晋人，所著《物理论》今佚，徐鼎所引，见《太平御览》卷八三七。

③"播厥百谷"，出自《小雅·大田》。

④范计然曰云云，见《初学记》卷二十七引《范子计然》，又见《太平御览》卷八三八引《范子计然》。

⑤粢，音 zī。

⑥煨，"糯"的俗体字。

⑦取，原作"耴"，据《尔雅翼》改。

【毛《传》】蔹生蔓于野。　【陆玑《疏》】蔹似栝楼,叶盛而细,其子正黑如燕薁,不可食也。幽州人谓之乌服。其茎叶煮以哺牛,除热。　【《正义》曰】葛、蔹皆是蔓草,发此蒙彼,故以喻妇人外成他家也。

【校注】

① 蔹(音 liǎn),见《唐风·葛生》,诗云:"葛生蒙楚,蔹蔓于野。"蔹,葡萄科藤本植物的泛称,以果熟时颜色不同,而有白蔹、赤蔹、乌蔹莓等名称。"蔹蔓于野"的蔹,如陆《疏》所述,当是乌蔹莓。

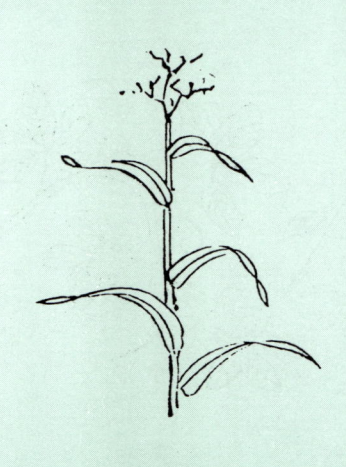

蒹
①

【尔雅】蒹，薕②。　【郭璞注】蒹似萑而细，高数尺。江东呼为薕。　【陆玑《疏》】蒹，水草也。坚实，牛食之令牛肥强。青、徐人谓之薕，兖州、辽东通语也。　【埤雅】薕高数尺，今人以为薕箔③，因此为名。　【愚按】互见"葭"注。

【校注】

　① 蒹（音 jiān），见《秦风·蒹葭》，诗云："蒹葭苍苍，白露为霜。"蒹，又称荻，细长的水草。

　② 薕，音 lián。

　③ 箔（音 bó），帘。

荍
①

【毛《传》】荍，芘苤也②。　【《正义》曰】舍人曰："荍，一名蚍衃。"③郭璞曰："今荆葵也，似葵，紫色。"谢氏曰："小草，多花少叶，叶又翘起。"陆玑《疏》云："芘苤一名荆葵，似芜菁，华紫绿色，可食，微苦。"是也。　【图经】蜀葵，似葵花，如木槿花，有五色小花者名锦葵，即荆葵也。

【校注】

① 荍（音 qiáo），见《陈风·东门之枌》，诗云："视尔如荍，贻我握椒。"荍，锦葵，二年生草本，初夏开花，花冠淡紫色，有紫脉。

② 芘，音 pí。茀，音 fú。

③ 蚍，音 pí。蚗，音 pēi。

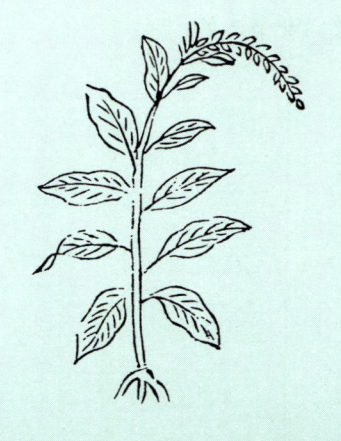

纻
①

【陆玑《疏》】纻，亦麻也。科生，数十茎。宿根在地中，至春自生，不岁种也。荆、扬之间，一岁三收。今官园种之，岁再刈。刈便生剥之，以铁若竹挟之，表厚皮自脱，但得其里韧如筋者，谓之徽纻。今南越纻布皆用此麻。　【愚按】苎麻作纻，可以绩纻，故名纻。凡麻细者为绖，粗者为纻。剥其皮必先沤之于水，使之柔韧。绩以为布，今吴中呼为绩苎是也。

【校注】

①纻（音 zhù），见《陈风·东门之池》，诗云："东门之池，可以沤纻。"纻，麻属，一种可用来纺织的纤维。陆德明

《释文》："纻，字又作苎。"苎，苎麻。《本草纲目》："苎麻作纻，可以绩纻，故谓之纻。"

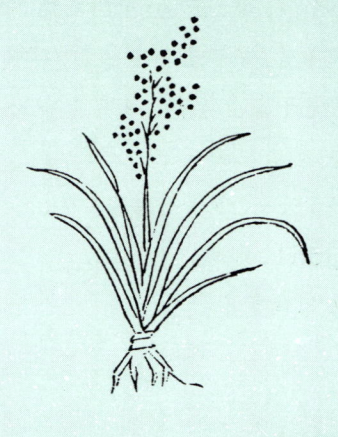

菅
①

【山海经】②吴林之山，其中多葌草③。注：葌草，即菅也。

【毛《传》】白华，野菅也，已沤为菅。　【《正义》曰】《释草》云："茅，菅。白华，一名野菅。"郭璞曰："茅属也。"此白华亦是茅菅类也。沤之柔韧，异其名，谓之为菅，因谓在野未沤者为野菅也。

【愚按】成九年《左传》"逸诗"云："虽有丝麻，无弃菅蒯。"盖黄华者俗名黄芒，即蒯也；白华者俗名白芒，即菅也。又菅与茅异，茅春时华，菅秋时华。结实尖黑，长分许，其根如细竹根。范祖禹曰④："菅以为屦。"

【校注】

① 菅（音 jiān），见《陈风·东门之池》，诗云："东门之池，可以沤菅。"菅，多年生草本植物，茎长二三尺，叶多毛，细长而尖，秋开青白色花，果实上有长芒。古用来编盖屋顶。根坚韧，可做扫帚。

②《山海经》云云，见《山海经·中山经》。

③ 蒹（音 jiān），即菅。

④ 范祖禹，宋代学者。

苕
①

【毛《传》】苕，草也。　　【《正义》曰】《苕之华》传云："苕，陵苕。"②此直云："苕，草。"彼陵苕之草好生下湿，此则生于高丘，与彼异也。陆玑《疏》云："苕，苕饶也。幽州人谓之翘饶。曼③生。茎如劳豆而细，叶似蒺藜而青。其茎叶绿色，可生食，如小豆藿也。"

【校注】

　　① 苕（音 tiáo），见《陈风·防有鹊巢》，诗云："防有鹊巢，邛有旨苕。"苕，苕菜，即紫云英，其状如陆玑所述。

　　②《小雅·苕之华》之苕，乃凌霄花，与此不同。

　　③ "曼"，原作"夏"，据《毛诗正义》改。

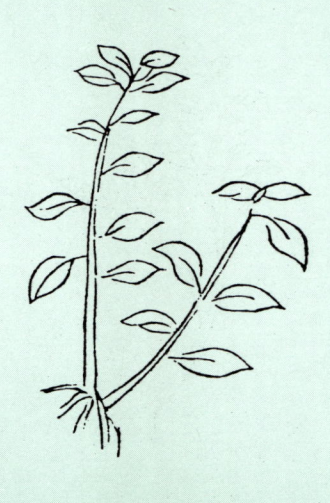

鹬
①

【尔雅】鹬，绶。 【郭璞注】小草有杂色，似绶也。 【陆玑《疏》】鹬五色作绶文，故曰绶草。 【欧阳修曰】②绶草杂众色以成文，犹多言交织以成惑，义与贝锦同。 【董逌曰】③鹬旧作蒉。 【刘瑾曰】④《埤雅》云："鹬本鸟名，亦名绶鸟，咽下有囊如小绶，具五色。"鹬草之名，岂因其似鹬鸟而取义乎？

【校注】

　　① 鹬（音 yì），见《陈风·防有鹊巢》，诗云："中唐有甓，邛有旨鹬。"鹬，"蒉"的借字，绶草。

　　② 欧阳修曰云云，见所著《诗本义》卷五。

　　③ 董逌，宋朝人。

　　④ 刘瑾，元人，撰《诗传通释》。

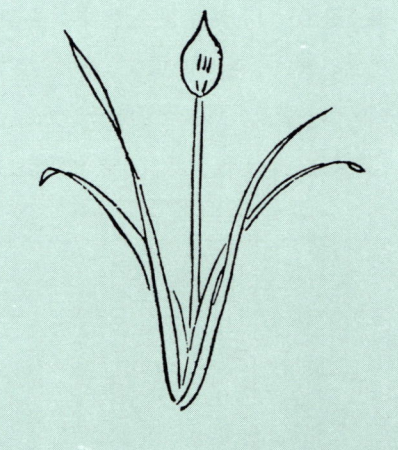

蒲
①

【毛《传》】蒲，草也。　【许慎《说文》】水草也，可以作席。
【陆玑《疏》】蒲始生，取其中心入地者名蒻②，大如匕柄，正白，
生啖之，甘脆。煮而以苦酒浸之，如食笋法。　【埤雅】蒲似莞而
褊，生于水厓，轻扬善泛，柔滑而温，可以为席。　【愚按】严粲
云："莞精蒲麤。"③《诗》："下莞上簟。"④莞似蒲而精。陆《疏》
云："醋浸，如食笋。"即《韩奕》"其蔌维何？惟笋及蒲"是也⑤。

【校注】

　　① 蒲，见《陈风·泽陂》，诗云："彼泽之陂，有蒲与荷。"
蒲，香蒲，又称蒲草，多年生水生草本，叶狭长，可编蒲席。

嫩芽称蒲菜，可食。

　　②蒻（音 ruò），蒲茎没入泥中的白嫩部分。

　　③严粲，宋人，著《诗缉》。麄，"粗"的异体字。

　　④"下莞上簟"，《小雅·斯干》文。

　　⑤《韩奕》，《大雅》篇名。蔌（音 sù），蔬菜的总称。

苌楚①

【尔雅】苌楚，铫弋②。　【郭璞注】今羊桃也，或曰鬼桃。叶似桃，华白，子如小麦，亦似桃。　【陆玑《疏》】叶长而狭，华紫赤色。其枝茎弱，过一尺，引蔓于草上。今人以为汲灌，重而善没，不如杨柳也。近下根刀切其皮，著热灰中脱之，可韬笔管③。
【陶隐居曰】子细小，苦不堪啖，山野多有之。

【校注】

　① 苌楚，见《桧风·隰有苌楚》，诗云："隰有苌楚，猗傩其枝。"苌楚，羊桃，其形状如陆玑所述。

　② 铫，音 yáo。

　③ 韬，套。

稂
①

【毛《传》】稂，童粱。　【《正义》曰】舍人曰："稂，一名童粱。"郭璞曰："莠类也。"陆玑《疏》云："禾秀为穗而不成，崱嶷②，谓之童粱。今人谓之宿田翁，或谓宿守也。《大田》云'不稂不莠'③，《外传》曰'马不过稂莠'④，皆是也。"此稂是禾之秀而不实者，故非灌溉之草，得水而病。　【愚按】稂非野草，亦草类也。《本草》谓之"狼尾草"。郑《笺》云："稂当作凉。凉草，萧蓍之属。"《正义》曰："《释草》不见草名'凉'者，未知郑何所据。"愚以为经明言稂，不必作别字解。

【校注】

① 稂（音 láng），见《曹风·下泉》，诗云："冽彼下泉，浸彼苞稂。"稂，长穗而不长实的禾。

② 峱嶷（音 zè nì），高耸的样子。

③《大田》，《小雅》篇名。原作"甫田"，据《毛诗》改。

④《外传》，指《韩诗外传》。

蓍
①

【白虎通】蓍之言耆也，老人历年多，更事久，能尽知也。

【张华《博物志》】蓍一千岁而三百茎，其本已老，故知吉凶。

【陆玑《疏》】似藾蒿，青色，科生。　【说文】蒿属，生千岁三百茎，《易》以为数。天子蓍九尺，诸侯七尺，大夫五尺，士三尺。　【说原】草植三百六十，蓍为之长。　【图经】蓍生作丛，条直，秋后有花出于枝端，红紫色。　【埤雅】上有丛蓍，下有伏龟，则龟蓍必相为用。

【校注】

　　① 蓍，见《曹风·下泉》，诗云："冽彼下泉，浸彼苞蓍。"蓍，筮草，古人用以占卦。

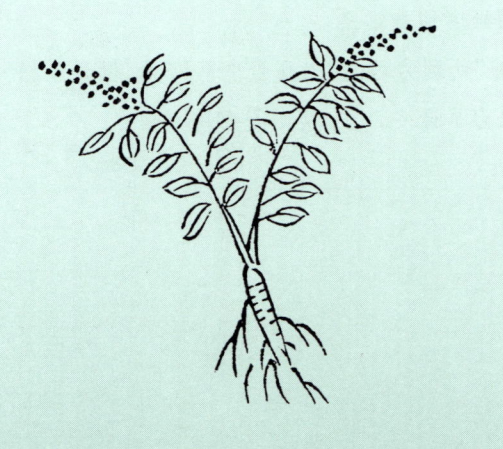

葽
①

【尔雅】葽绕，蕀菟②。　【郭璞注】今远志也。似麻黄，赤华，叶锐而黄，其上谓之小草。　【博物志】苗曰小草，根曰远志。【王应麟《诗考》】"四月秀葽"，诸儒不详其名，惟《说文》引刘向说以为"苦葽"。曹氏以《尔雅》、《草本》证之，知其为远志。【陶隐居曰】小草，状似麻黄而青。　【世说】谢安曰："处则为远志，出则为小草。"③

【校注】

　①葽（音 yāo），见《豳风·七月》，诗云："四月秀葽。"葽，葽草，刘向认为是苦葽。

②荽绕,又称蕀(字亦作"棘")菀(音 yuān),即远志。徐鼎图画者即是远志。

③"处则为远志,出则为小草",见《世说新语·排调》,徐鼎以为是谢安之言,实则是郝隆之语。

薁
①

【说文】薁，蘡薁也。　【诗疏】一名车鞅藤，《诗》"六月食薁"，此也。　【本草】蘡薁子生江东，实似葡萄，小而圆，味酸，色不甚紫。

【校注】

　①薁（音 yù），见《豳风·七月》，诗云："六月食郁及薁。"薁，蘡薁，野葡萄。蘡，音 yīng。

葵
①

　　【尔雅】蓉葵,蘩露。　　【郭璞注】承露也。大茎,小叶,华紫黄色。　　【邢昺《疏》】葵类,一名蓉葵,一名蘩露。　　【史记】②公仪子休为鲁相,食葵而美,拔其园葵弃之。　　【集传】葵,菜名。　　【吕祖谦曰】③可茹。　　【愚按】《本草》:落葵三月种,嫩苗可食。五月蔓延,叶如杏叶而肥厚,可啖。八九月开细花,紫色。累累结实,大如五味子,熟则揉取汁,红如胭脂,女人饰面、点唇、染布,谓之胡胭脂。

【校注】

　　① 葵,见《豳风·七月》,诗云:"七月亨葵及菽。"葵,

葵菜，又名冬葵、冬寒菜。二年生草本。叶肾形至圆形。夏初开淡红色小花，常簇生叶腋。嫩梢、嫩叶作蔬菜。

②《史记》云云，见《史记·循吏列传》。

③吕祖谦，宋代学者，著《吕氏家塾读诗记》。

菽
①

【广雅】大豆，未也。小豆，答也。豍豆，豌豆，蹓豆也。胡豆，𦬸𧄸也②。豆角谓之荚，其叶谓之藿也。　【物理论】③菽者，众豆之总名。　【说文】萁，豆茎。然则角曰荚，叶曰藿，《诗》"食我场藿"是也④。茎曰萁。　【衍义】⑤大豆有绿、褐、黑三种，有大小两类。大者出江浙、湖南北，小者生他处。又可硙为腐食⑥。

【校注】

① 菽，见《豳风·七月》，诗云："七月亨葵及菽。"菽，大豆。

②䂆(音 bī)豆，豌豆。瑠（音 liú）豆，豌豆。跭䉶（音 xiáng shuāng），豇豆。

③《物理论》，晋杨泉撰，参见"梁"条。

④"食我场藿"，《小雅·白驹》文。藿（音 huò），豆苗。

⑤《衍义》，指寇宗奭《本草衍义》。

⑥硙（音 wèi），磨碎。

瓜①

　　【广雅】冬瓜，蔋也②。水芝，瓜也。其子谓之瓤③。龙跽，虎掌，羊骹④，兔头，桂支，蜜筒⑤，嗢鮐⑥，狸头，白瓤⑦，无余，缣，瓜属也。　　【埤雅】瓜字象其实在须蔓之间。性少延辄腐。
【本草】瓜蒂七月采。《图经》云："即甜瓜蒂也。又有白瓜、越瓜、胡瓜。"　　【愚按】瓜，统名也。种类不一，五方所产又殊，则图其一二以例凡。至《绵》之篇曰"瓜瓞"⑧，盖大者曰瓜，小者曰瓞。《尔雅》云："瓞，瓝。"⑨舍人曰："瓞名瓝，小瓜也。"

　　【校注】
　　①瓜，见《豳风·七月》，诗云："七月食瓜。"瓜，统名，

其种类繁多。

②蒁，音jí，原作“菽”，据《广雅》改。

③䕲，音lián。

④骹，音qiāo。

⑤筩，音tǒng。

⑥瘟，音wēn。瓠，音tún，原作“瓨”，据《广雅》改。

⑦瓟，音pián。

⑧《绵》，《大雅》篇名。瓞，音dié。

⑨瓟，音bó。

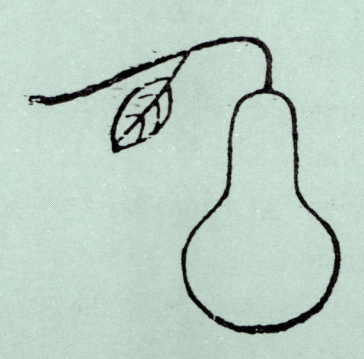

壶①

【毛《传》】壶，瓠也。　【《正义》曰】以壶与食瓜连文，则是可食之物，故知壶为瓠，谓甘瓠，可食，就蔓断取而食之。　【埤雅】似匏而圆曰壶。壶，圜器也，故谓之壶。　【愚按】《本草》："有短柄大腹者为壶。"《集传》云："食瓜断壶，亦去圃为场之渐也。"

【校注】

　①壶，见《豳风·七月》，诗云："七月食瓜，八月断壶。"壶，借为瓠，葫芦。摘葫芦要弄断它的蔓，所以说断壶。诗七章云："九月筑场圃。"而食瓜、断壶在此稍前，故朱《传》曰："去圃为场之渐。"

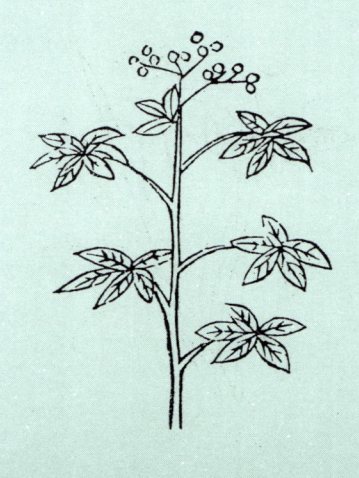

苴
①

【毛《传》】苴，麻子也。　【《丧服》注】②苴，麻之有实者。《疏》云："麻九月初熟，拾取以供羹菜。"　【《正义》曰】叔，拾也。叔苴，谓拾取麻实以供食。　【本草】麻子味甘平，主补中益气，久服肥健不老。

【校注】

①苴（音jū），见《豳风·七月》，诗云："九月叔苴。"苴，大麻的子实。

②《丧服》，《仪礼》篇名。注，指郑玄注。

韭①

【曲礼】②韭曰丰本。　【说文】一种而久者，故谓之韭。象形在一之上。一，地也。　【埤雅】《齐民要术》云："韭高三寸便剪，剪如葱法。一岁之中不过五剪。凡剪不用日中。韭性内生根，喜上跳，故种与葵同法，而畦欲极深。"　【愚按】罗愿云："首春色黄，未出土时最美，故曰春初早韭。"今吴中呼为韭芽。其性易长，剪则便生。

【校注】

　　① 韭，见《豳风·七月》，诗云："四之日其蚤，献羔祭韭。"韭，韭菜。

　　②《曲礼》，《礼记》篇名。

果
蠃
①

【尔雅】果蠃之实，栝楼。　【郭璞注】今齐人呼之为天瓜。
【李巡注】栝楼，子名也。　【邢昺《疏》】《本草》云："栝楼似瓜，
叶形两两相值。蔓生，青黑色。六月华，七月实，如瓜瓣是也。"
【图经】所在有之。三四月生苗，引藤蔓，叶作叉，有细毛。七月开花，
浅黄色。结实在花下，大如拳，生青。九月熟，赤黄色。有正圆者，有
锐而长者。根名白药。　【愚按】许慎曰："木上曰果，地下曰蠃。"盖
此草蔓生附木，故得兼名。其根作粉色，白如雪，俗名天花粉，方药中
恒用之。

【校注】

　　① 果蠃（音 luǒ），见《豳风·东山》，诗云："果蠃之实，亦施于宇。"果蠃，蔓生葫芦科植物，其果实称为栝楼。藤叶果实形状如《本草》、《图经》所述。

卷七　草下

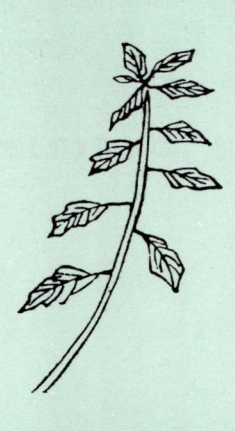

苹
①

【《尔雅·释草》】苹，藾萧。　【郭璞注】今藾蒿也，初生亦可食。　【陆玑《诗疏》】叶青白色，茎似箸而轻脆②。始生香，可生食，又可蒸食。　【愚按】此藾蒿是陆地所生，鹿所食也。毛《传》云："苹，蓱也。"而郑《笺》易《传》以为"藾萧"者，盖以《释草》云："萍，蓱。其大者蘋。"是水中浮萍，非鹿所食。就文取义，萍从水从平，是水中之草也；苹从平，是平地之草，其文异也。鹿食九种解毒之草，苹其一焉。

【校注】
①　苹，见《小雅·鹿鸣》，诗云："呦呦鹿鸣，食野之苹。"

　　　　　　　　　　　　　　　毛诗名物图说

苹,《尔雅·释草》释为蘱萧,郭璞注以为即藾蒿,其状如陆《疏》所述。参见"蘱"条。高亨先生《诗经今注》据《大戴礼·夏小正传》,认为苹即是扫帚草。

②脆,原作"肥",据陆玑《疏》改。

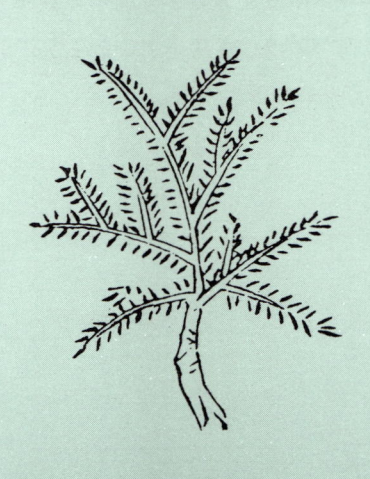

蒿
①

【尔雅】蒿，菣。　　【孙炎注】荆楚之间谓蒿为菣。　　【郭璞注】今人呼青蒿香中炙啖者为菣。　　【陆玑《疏》】青蒿也。　　【苏颂《图经》】春生嫩叶极细，可食。至夏高四五尺。秋后开细淡黄华，结子如粟大。　　【愚按】青蒿叶细于白蒿。《尔雅》诸蒿，独菣单称为蒿，岂以诸蒿叶背皆白，而此蒿独青故欤？又《释草》云："繁之丑，秋为蒿。"则蒿之名不专为青蒿也。《尔雅》繁、蒿、蔚、菣、莪、购、萧七种，并见于《诗》。而《本草》又有茵陈蒿、邪蒿、同蒿各种，亦蒿之丑也。

【校注】

　　① 蒿，见《小雅·鹿鸣》，诗云："呦呦鹿鸣，食野之蒿。"蒿，《尔雅》释为菣（音 qìn），即青蒿，也叫香蒿。

芩
①

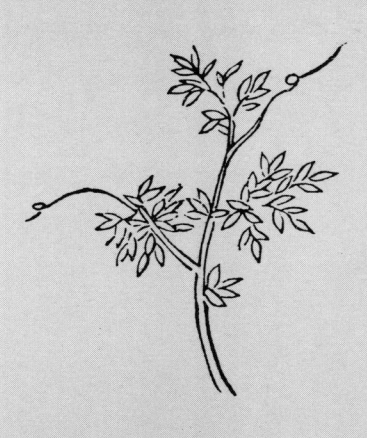

【毛《传》】芩，草也。　【陆德明《释文》】《说文》云"蒿也"。　【陆玑《疏》】茎叶钗股，叶如竹，蔓生泽中下地咸处，为草真实，牛马亦喜食之。

【校注】

①芩（音 qín），见《小雅·鹿鸣》，诗云："呦呦鹿鸣，食野之芩。"芩，草名，其状如陆《疏》所述。

【尔雅】台，夫须。　【舍人曰】台，一名夫须。　【张揖《广雅》】毛莎，隋也。　【陆玑《疏》】莎草也，可为蓑笠。或谓台草有皮坚细滑致，可为簦笠②。南山多有。　【苏恭《唐本草》】此草根名香附子，一名雀头香，所在有之。　【愚按】台一作薹，草名。以此草为笠，借为笠名，《都人士》云"台笠"是也③。名夫须者，贱夫所须也。苗、茎、叶都似三稜。根如附子，名香附，周帀多毛④。

【校注】

　①台，见《小雅·南山有台》，诗云："南山有台，北山有

莱。"台,通"薹",草名,又称莎草,今名蓑衣草,可以制蓑衣。

② 簦（音dēng），有长柄的笠,像今之伞。笠,草帽。

③ 《都人士》,《小雅》篇名。

④ 帀（音zā），同"匝"。

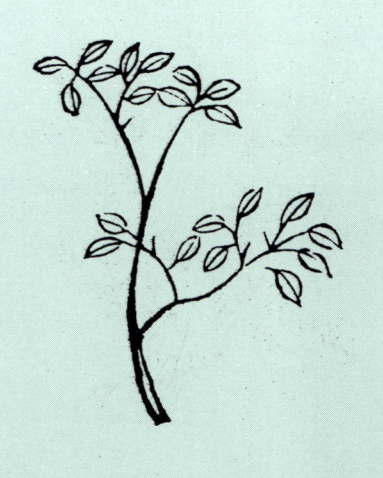

莱①

【毛《传》】莱，草也。　【陆玑《疏》】莱，草名。其叶可食，今兖州人蒸以为茹，谓之莱蒸。　【范逸斋《补传》】②莱草可为莱茹。

【校注】

　　① 莱，见《小雅·南山有台》，诗云："南山有台，北山有莱。"莱，藜，即红心灰藋，一年生草本，嫩苗可食，生田间、路边、荒地、宅旁等地，是清贫者常食的野菜。

　　② 范逸斋，宋范处义。

莪
①

【尔雅】莪，萝。　　【毛《传》】莪，萝蒿。　　【陆玑《疏》】莪
蒿一名萝蒿，生泽田沮洳之处，叶似邪蒿而细，科生。三月中，茎
可生食，又可蒸，香美，味颇似蒌蒿。　　【广雅】莪蒿，蘿蒿也②。
【愚按】《本草》又名抱娘蒿，抱根丛生，故名抱娘。则"蓼蓼者莪，
匪莪伊蒿"③，或以此与？蘿之为言高也，莪科高也。张揖云："蘿④，
葩。菁，蕊。花，华也。"则菁菁为蕊，故毛《传》云"盛貌"。此草
水陆并产。中阿、中陵，高燥处；中沚，卑湿处也。

┌───
│　【校注】
│　　① 莪（音é），见《小雅·菁菁者莪》，诗云："菁菁者
└───

莪，在彼中阿。""在彼中沚。""在彼中陵。"莪，萝蒿，俗称抱娘蒿。

②蘦，音 lǐn。

③"蓼蓼者莪，匪莪伊蒿"，见《小雅·蓼莪》。

④蘤，音、义皆同"花"。

【毛《传》】苣，菜也。　　【陆玑《疏》】似苦菜，茎青白色。摘其叶，白汁出。肥可生食，亦可蒸为茹。西河、雁门苣尤美，胡人恋之不出塞是也。　　【朱子《集传》】即今苦荬菜。宜马食。军行采之，人马皆可食也。

【校注】

　　① 苣（音 qǐ），见《小雅·采苣》，诗云："薄言采苣，于彼新田，于此菑亩。"苣，今名苦荬菜，其形状如陆《疏》所述。

蓫^①

　　【郑《笺》】蓫,牛蘈也。亦仲春时生,可采也。　　【陆玑
《疏》】今人谓之羊蹄,似芦菔而茎赤,可瀹为茹,滑美。　　【释
文】蓫又作蓄,蘈本又作蕦^②。　　【陶隐居曰】今人呼秃菜即蓄,字
音误也。　　【图经】生下湿地,春生苗,高三四尺。叶狭长,颇似
莴苣而色深。茎紫赤色。花青白,成穗。子三棱,若茺蔚。夏中即
枯,根似牛蒡而坚实。　　【愚按】《正义》曰"《释草》无文",及
按《尔雅》云:"蕦,牛蘈。"邢昺曰:"《小雅》'言采其蓫',《笺》
云:'蓫,牛蘈。'郭云:'今江东呼草为牛蘈者。'"然则蓫也,蕦
也,蓄也,其即一物也。

【校注】

　　① 蓫（音 zhú），见《小雅·我行其野》，诗云："我行其野，言采其蓫。"蓫，羊蹄菜。多年生草本，开散状下垂的淡绿色花，有长而粗大的黄色根。

　　② 蕦，音 tuī。

蘆
①

【尔雅】蘆，蘫。　　【郭璞注】大叶，白华，根如指，正白，可
啖。　　【陆玑《疏》】幽州人谓之燕蘆，其根正白，可著热灰中温
啖之。饥荒之岁，可蒸以御饥。　　【郑《笺》】蘆，蘫也。亦仲春
时生，可采。　　【广雅】乌麸②，蘫也。　　【愚按】《释草》又云：
"蘆，薞茅。"③郭曰："华赤者为薞。"盖薞、蘫一种耳，亦犹蓤苕
华黄、白异名也。郑于薞、蘆并言仲春可采，以记昏姻之候。而毛
《传》并云恶菜，以喻遇人不淑意。盖毛公以秋冬为婚期，故霜降
迎妇，冰泮杀止。而《周礼》"仲春令会男女，奔者不禁"④，此为
过期者而言，则仲春非正期也。王肃云："行遇恶木，采恶菜，言己
适人遇恶人也。"

【校注】

　　① 藚（音 fú），见《小雅·我行其野》，诗云："我行其野，言采其藚。"藚，旋花，多年生缠绕草本，花叶似蕹菜而小。根茎富淀粉，古用以救荒。

　　② 麹，音 qù。

　　③ 藑，音 qióng。

　　④《周礼》云云，见《地官·媒氏》。

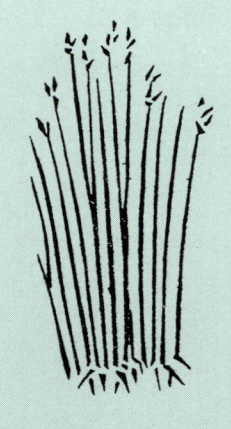

【尔雅】莞，苻蓠。其上，蒚[②]。　　【郭璞注】今西方人呼蒲为莞蒲，蒚谓其头台首也。今江东谓之苻蓠，西方亦名蒲中茎为蒚，用之为席。　　【释文】草丛生水中，茎圆，江南以为席，形似小蒲而实非也。　　【广雅】葱蒲，莞也。　　【濮一之曰】莞又云灯心草，生池泽中，即苻蓠也。　　【本草】灯心草，丛生，茎圆细而长直，人用之为席。　　【愚按】《司几筵》有莞筵、蒲筵[③]，盖席有两种，莞精于蒲耳。

【校注】

　　① 莞（音 guān），见《小雅·斯干》，诗云："下莞下簟，

乃安斯寝。"莞，葱蒲，形状如郭注、《释文》、《本草》所述。

②蒚（音lì），蒲草的穗轴。

③《司几筵》，见《周礼·宗伯》。

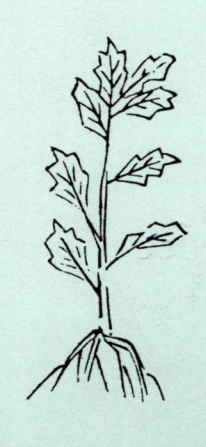

蔚
①

【尔雅】蔚，牡菣②。　【郭璞注】无子者。　【邢昺《疏》】
即蒿之雄无子者。陆玑曰："牡蒿也。三月始生。七月华，华似胡麻
华而紫赤③。八月为角，角似小豆角，锐而长。一名马新蒿。"是也。
【陆佃《埤雅》】蔚大于蒿。

【校注】
　　① 蔚，见《小雅·蓼莪》，诗云："蓼蓼者莪，匪莪伊蔚。"
蔚，牡蒿，其形状如陆玑所述。
　　② 菣，音 qìn。
　　③ "华似胡麻"，"华"原作"叶"，据《毛诗正义》改。

茑[1]

【毛《传》】茑，寄生也。　【释木】寓木，宛童。　【郭璞注】寄生树，一名茑。　【陆玑《疏》】茑一名寄生，叶似当卢，子如覆盆，赤黑、甜美是也。　【郑樵《通志》】寄生有两种：一种大者叶如石榴叶，一种小者叶如麻黄叶。其子皆相似。大者名茑，小者名女萝。　【东方朔传】在树为寄生，在地为窭薮。　【唐本草】多生枫、槲、榉、水杨等树上[2]，子黄，大如小枣，九月始熟。【蔡元度《名物解》】[3]茑之施于柏，犹异姓之亲托于王也；女萝之施于松，犹同姓之亲托于王也。诸公有幽王之亲而无以托焉，安能有松柏之德哉？

【校注】

① 茑（音 niǎo），见《小雅·颊弁》，诗云："茑与女萝，施于松柏。"茑，寄生小灌木。或寄生于山茶科、壳斗科等树上，或寄生于槲、榆、桦等多种阔叶树上。《政和证类本草》引陶弘景《名医别录》曰："桑上寄生，一名茑。生弘农川谷桑树上。生树枝间，寄根在皮节之内。"

② 槲（音 hú），即柞栎，壳斗科落叶乔木。榉（音 jǔ），榆科落叶乔木。

③ 蔡元度《名物解》，指北宋蔡卞的《毛诗名物解》。

女萝①

【广雅】女萝，松萝。　　【陆玑《疏》】菟丝蔓连草上，黄赤如金，今合药菟丝子是也，非松萝。松萝自蔓松上，生枝正青，与菟丝殊异。　　【埤雅】茑，松柏上寄生；女萝，松上浮蔓。　　【罗愿《尔雅翼》】女萝色青而细长，无杂蔓，故《山鬼》篇"被薜荔兮带女萝"②，谓青长如带也。　　【愚按】此是松萝，非菟丝也，菟丝是唐。互详《桑中》"唐"注。

【校注】

① 女萝，见《小雅·頍弁》，诗云："茑与女萝，施于松柏。"女萝，松萝，为孢子植物地衣门松萝科呈树枝状的植物

体，悬垂在高山针叶林枝梢。陆《疏》和《广雅》皆以女萝与菟丝为二物，但毛《传》、朱《传》则混二者为一。今植物学者认松萝为地衣门松萝科植物，菟丝为旋花科植物，两者绝不相类。

②《山鬼》，《楚辞·九歌》篇目。

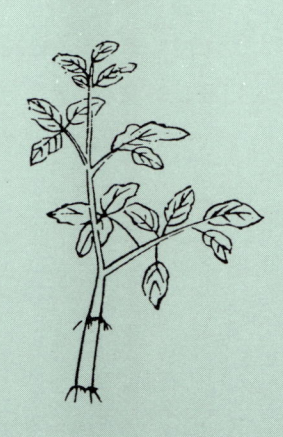

芹
①

【尔雅】芹，楚葵。　【郭璞注】今水中芹菜。　【本草】水芹，一名水英。　【陶隐居注】二三月作英时可作菹。及熟，爚食之②。又有渣芹，可生啖。　【埤雅】芹洁白而有节，其气芬芳，而味不如蓴美③。　【吕氏春秋】菜之美者，有云梦之芹。　【愚按】今俗谓水芹菜。茎白色，空中而节，节间有细茎如发，其气芬芳。作菹，故《醢人》云"芹菹"④。

【校注】
　　① 芹，见《小雅·采菽》，诗云："觱沸槛泉，言采其芹。"芹，水芹菜。

② 爚（音 yuè），用火加热，用沸水煮。

③ 蕈，"莼"的异体字。

④《醢人》，见《周礼·天官·冢宰》。醢，音 hǎi。

蓝①

【郑《笺》】蓝，染草也。　【《正义》曰】以蓝可以染青，故《淮南子》云"青出于蓝"。《月令》"仲夏无艾蓝"②，是可以染之草。　【埤雅】"无刈蓝"，郑氏言"为伤长气"③，则艾蓝先王有禁，制字从监以此。　【通志】④蓝三种：蓼蓝，染绿；大蓝如芥，染碧；槐蓝如槐，染青。三蓝皆可作淀，色成胜母，故曰"青出于蓝而青于蓝"⑤。

【校注】
　　① 蓝，见《小雅·采绿》，诗云："终朝采蓝，不盈一襜。"蓝，即靛草，可以染青。

② 艾，通"刈"，割。艾、刈皆音 yì。

③ 郑氏言，郑玄注《月令》之语。

④《通志》云云，见《通志·昆虫草木略》。

⑤ "青出于蓝而青于蓝"，见《荀子·劝学》篇。

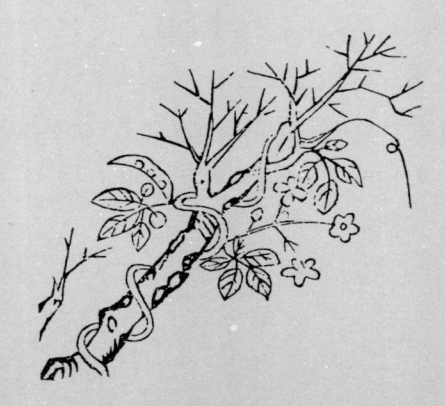

苕
①

【尔雅】苕，陵苕。黄华，蕴②；白华，茇③。　　【舍人曰】别华色之名。　　【陆玑《疏》】一名鼠尾。生下湿水中，七八月中华紫，似今紫草，可染皂，煮以沐发则黑。　　【《正义》曰】如《释草》文，则苕华本自有黄有白。《传》言"将落则黄"，是初不黄矣。《笺》言"陵苕之华紫赤而繁"，陆玑亦言其华紫色，盖就紫色之中有黄紫、白紫耳，及其将落，则全变为黄也。　　【集传】《本草》云："即今紫葳，蔓生，附于乔木之上，其华黄赤色。亦名凌霄。"

【校注】

① 苕（音 tiáo），见《小雅·苕之华》，诗云："苕之华，芸其黄矣。"苕，凌霄花，又名紫葳，落叶木质藤本，攀附在其他物上。

② 薫（音 biāo），开黄色花的凌霄花。

③ 茇（音 bèi），开白色花的凌霄花。

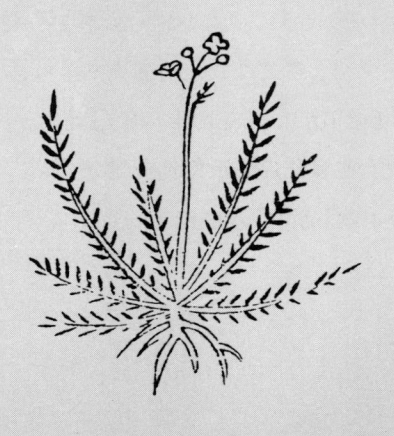

堇
①

【毛《传》】堇，菜也。　【内则】②堇、苣、枌、榆③。　【尔雅】齧④，苦堇。　【郭璞注】今堇葵也。叶似柳，子如米。汋食之滑。　【说文】堇根如荠，叶如细柳，烝食之甘。　【严粲《诗缉》】孔氏谓堇即乌头⑤，则与鸩毒相类，非荼菜可食之类矣。荼虽苦，得霜甜脆，故可言"如饴"。乌头，毒物，不可食，何由知其如饴乎？毛氏以堇为菜，不言毒物。　【愚按】《晋语》⑥："骊姬将谮申生，置鸩于酒，置堇于肉。"贾逵云："堇，乌头也。"按《本草》："冬采为附子，春采为乌头。其性大热，有毒，不可食。"故《国策》云⑦："人之饥所以不食乌喙者，以其虽偷充腹，而与死同患也。"食且不可，何知如饴？而先儒多指为乌头者，盖因《释草》又云"芨⑧，堇草"，故误指此堇也。况诗人言"周原脁脁"，则堇荼苦菜得霜甜脆，皆甘如饴，地气使然耳。如必以毒物见地之良，于理未安。

【校注】

① 堇（音 jǐn），见《大雅·绵》，诗云："周原朊朊，堇荼如饴。"堇，亦写作"蓳"，菜名，一名堇葵，其形状如《说文》所述。

②《内则》，《礼记》篇名。

③ 萱（音 huán），菜名，堇菜科，多年生草本，古时用以调味。《内则》所举四种草木，皆作调味用。

④ 齧，音 niè。

⑤ 乌头，毛茛科多年生草本，含乌头碱，有剧毒。孔颖达《正义》谓堇即乌头，严粲已辨其误，徐鼎更申严说。

⑥《晋语》，《国语》篇名。

⑦《国策》，指《战国策》，所引见卷二十九《燕策一》。

⑧ 芨（音 jī），陆英，又称接骨草。

笋

【尔雅】笋,竹萌。　【孙炎注】竹初萌生谓之笋。　【释器】菜谓之蔌。　【邢昺《疏》】笋可为菜殽。《诗》云:"其蔌维何?维笋及蒲。"②蔌则菜殽也。　【《天官·醢人》】笋菹鱼醢③。【陆玑《疏》】笋皆四月生,惟巴竹笋八九月生。始出地长数寸,鬻以苦酒、豉汁浸之,可以就酒及食。　【笋谱】④竹初种,根食土而下,求乎母也。及擢,笋冒土而上,爱乎子也。笋大约不过青绿色。

【校注】

① 笋,见《大雅·韩奕》,诗云:"其蔌维何?维笋及蒲。"

笋，竹笋。

　②蔌（音 sù），蔬菜的总称。蒲，香蒲。

　③醯（音 xī），醋。醢（音 hǎi），肉酱。

　④《笋谱》，宋释赞宁撰。

茶
①

【尔雅】荼，委叶。　【邢昺《疏》】秽草也。王肃说《诗》云："荼，陆秽草。"然则荼者，原田芜秽之草，非苦菜也。　【崔豹《古今注》】荼，蓼。紫色者，荼也。青色者，蓼也。

【校注】

①荼，见《周颂·良耜》，诗云："其镈斯赵，以薅荼蓼。"荼，借为荼，委叶，陆田的秽草。

蓼
①

【毛《传》】蓼，水草也。　【尔雅】蔷，虞蓼②。　【郭璞注】虞蓼，泽蓼。　【陆玑《疏》】即蓼之生水泽者也。　【《正义》曰】王肃云："荼，陆秽。蓼，水草。"然则所由田有原有隰，故并举水陆秽草。　【唐本草】水蓼生下隰水旁，茎赤色。　【愚按】水蓼叶大，上有黑点，华红白，子赤黑，大概与水荭相类。其味辛苦，故《小毖》云③："予又集于蓼。"言辛苦也。"以薅荼蓼"④，薅一作茠，《说文》云："拔田草也。"音义同。

【校注】

　　① 蓼（音 liǎo），见《周颂·良耜》，诗云："其镈斯赵，

以薢茶蓼。"蓼，水草。郝懿行《尔雅义疏》："蓼有数种，而皆水生，故毛《传》：'蓼，水草也。'蓼华皆红白色。泽蓼即水蓼，叶比水荭而狭，较马蓼为小。马蓼叶中间有墨点，呼墨记草也。"

②"蔷，虞蓼"，依郭璞注标点，若依《说文》，则当标点作"蔷虞，蓼"。

③《小毖》，《周颂》篇名。

④ 薅，亦写作"茠"，音 hāo。

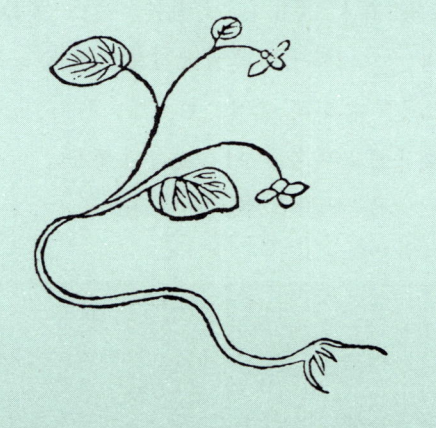

茆①

【毛《传》】茆，凫葵。　　【陆玑《疏》】茆与荇菜相似，叶大如手，赤圆，有肥者著手中，滑不得停。茎大如匕柄。叶可以生食，又可鬻，滑美。江南人谓之蓴菜，或谓之水葵，诸陂泽水中皆有。【郑小同曰】江东人名之蓴菜②，生陂泽中。　　【愚按】茆即蓴菜。蓴逐水而性滑，故亦谓之淳菜，吴中人喜食之。张翰"思秋风蓴菜"即此也③。若干宝云"今之鵾蹏草"④，非是。

【校注】

① 茆（音 mǎo），见《鲁颂·泮水》，诗云："思乐泮水，薄采其茆。"茆，凫葵，今名莼菜。其形状如陆《疏》所述。

②　郑小同曰云云，见《经典释文》。蕈，"菳"的异体字。

③　张翰，晋人，《晋书·文苑传》载："张翰字季鹰，吴郡吴人也。……齐王冏辟为大司马东曹掾。……翰因见秋风起，乃思吴中菰菜、蓴羹、鲈鱼脍，曰：'人生贵得适志，何能羁宦数千里以要名爵乎！'遂命驾而归。"

④　鶃，"鴨"的异体字。踛，音lù。

卷八　木上

桃①

【月令】仲春之月，桃始华。　【韩诗外传】春植桃李，夏得荫其下，秋得食其实。　【孔颖达《正义》】夭夭，言桃之少。灼灼②，言华之盛。由桃少故华盛，以喻女少而色盛也。　【陆佃《埤雅》】桃有华之盛者，其性早华，又华于仲春，故《周南》以兴女之年时俱当。　【朱子《集传》】桃，木名。华红，实可食。夭夭，少好貌。灼灼，华之盛也。木少则华盛。蕡③，实之盛也。蓁蓁④，叶之盛也。　【蔡元度《名物解》】桃先百果而华，故字从兆，其时则春而阳中也，故以记婚姻之时。　【愚按】诗先言华，次实，次叶，何也？盖诗人之语极有次第。桃当仲春时华先盛；华落则结实，叶尚未茂；厥后其叶蓁蓁而盛，故终言叶也。

　　　　　　　　　　　　　　毛诗名物图说

【校注】

　　① 桃，见《周南·桃夭》，诗云："桃之夭夭，灼灼其华。之子于归，宜其室家。桃之夭夭，有蕡其实。之子于归，宜其家室。桃之夭夭，其叶蓁蓁。之子于归，宜其家人。"桃，桃树。

　　② 灼，音 zhuó。

　　③ 蕡，音 fén。

　　④ 蓁，音 zhēn。

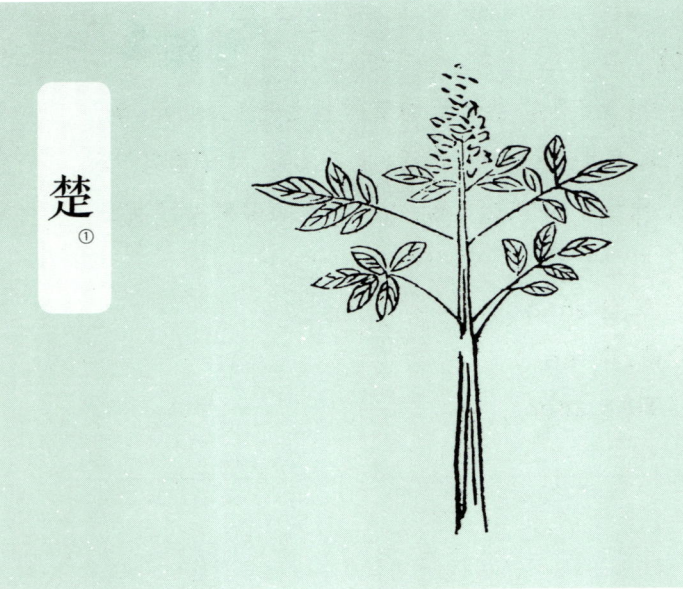

楚
①

【张揖《广雅》】楚，荆也。　【正义】楚，木名，故《学记》注以楚为荆②。《王风》、《郑风》并云"不流束楚"③，皆是也。

【本草图经】牡荆即作箠杖者，枝茎坚劲，作科，不为蔓生，故曰牡。叶如蓖麻，花红作穗，实细而黄，如麻子大。　【愚按】楚者，楚地所出。一名荆，故又号荆楚，亦以此木得名。谓之牡者，以其枝不蔓生，对蔓荆而言，非无实之谓牡也。古者刑杖以荆，故荆字从刑。楚即荆也，《学记》"夏楚二物"④，楚即此乎？

【校注】

① 楚，见《周南·汉广》，诗云："翘翘错薪，言刈其楚。"

　　　　　　　　　　　　　毛诗名物图说

楚,木名,又称为荆,落叶灌木或小乔木,枝干坚劲,可以作杖。楚国即因产此木而得名。

②《学记》,《礼记》篇名。

③"不流束楚",见《王风·扬之水》《郑风·扬之水》。

④《学记》:"夏楚二物。"郑玄注:"厦,榎也。楚,荆也。"

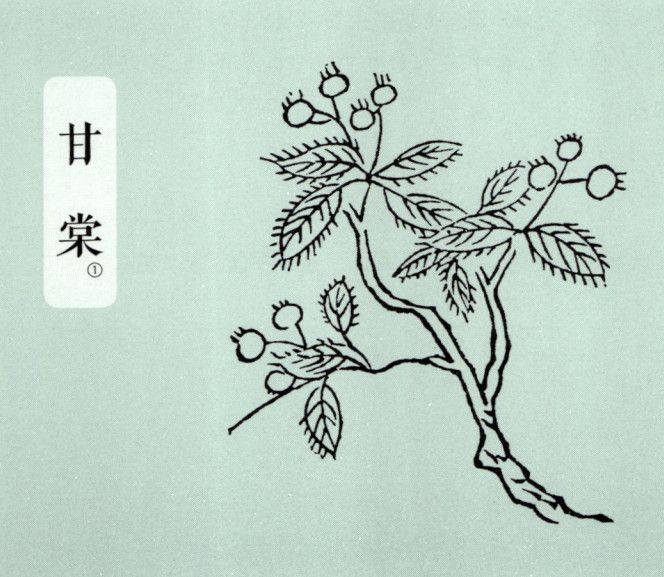

甘
棠
①

【《尔雅·释木》】杜，甘棠。　【郭璞注】今之杜梨。　【正
义】舍人曰："杜，赤色，名赤棠。白者亦名棠。"然则白者为棠，赤
者为杜。《杕杜》传曰"杜，赤棠"是也②。　【陆玑《诗疏》】赤
棠与白棠同耳。但子有赤白、美恶。子白色为白棠，甘棠也，少酢滑
美。赤棠子涩而酢，俗语云"涩如杜"是也。　【愚按】《释木》又
云："杜，赤棠。白者棠。"然则棠有赤、白二种，杜其统名也。白者
甘棠，赤者为杜，诚如陆玑所说。郭璞云"棠色异，异其名"，此因
其子有赤白，故分别言之。树似梨而小，叶有三叉，边如锯齿。二
月开华，结实如小楝子，霜后可食，则皆同也。"有杕之杜"详见于
斯，不复图说。

【校注】

　　① 甘棠，见《召南·甘棠》，诗云："蔽芾甘棠，勿剪勿伐。"甘棠，即棠梨，又叫杜梨，野梨的一种，树似梨而小，果实霜后可食。

　　②《杕杜》，《唐风》篇名。杕，音 dì。

【夏小正】正月，梅、杏、柂[②]、桃则华。五月，煮梅为豆实。
【郭璞曰】梅似杏，实酢。　　【诗义疏】梅，杏类也。树及叶皆如杏而黑，煮而曝干为苏。　　【贾思勰曰】[③]梅华早而白，杏花晚而红。梅实小而酸，杏实大而甜。梅可调鼎，杏则不任用。人或不能辨，言梅、杏为一物。　　【愚按】梅在果中，先桃、杏而华，结实如杏而味酢。吴中梅树大小与桃、杏相类。《秦风》所云"有条有梅"[④]，陆《疏》谓"木似豫章，其材可为棺舟"，当别自一种，亦名梅耳。互详《终南》篇。

【校注】

　　① 梅,见《召南·摽有梅》,诗云:"摽有梅,其实七兮。"梅,酸梅,蔷薇科落叶乔木,也有灌木。早春开花,后生叶芽。花以白色、淡红色为主。核果近球形,未熟时为青色,成熟后呈黄色,味极酸。

　　② 柂(音 yí),白椵,似白杨。

　　③ 贾思勰曰云云,见《齐民要术》。

　　④《秦风·终南》"有条有梅",梅指楠树。

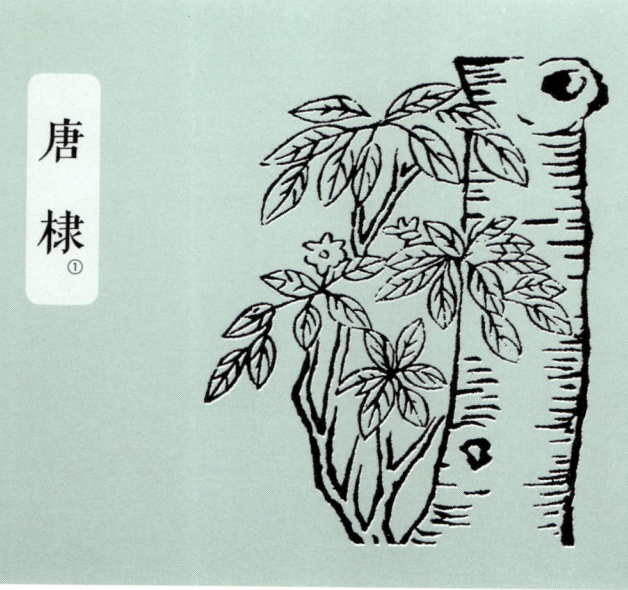

唐棣
①

【毛《传》】唐棣，栘也②。　【正义】舍人曰："唐棣，一名栘。"郭璞曰："今白栘也，似白杨。江东呼夫栘。"　【埤雅】凡木之华，皆先合而后开，惟此华先开而后合。《诗》曰："唐棣之华，偏其反而。"③　【陈藏器《本草拾遗》】扶栘木生江南山谷，树大十数围，无风叶动，花反后合。　【崔豹《古今注》】栘杨圆叶，弱蒂，微风大摇。一名高飞，一名独摇，一名栘柳。　【罗愿《尔雅翼》】叶无风自动，此是栘杨，非白杨也。　【愚按】《释木》云"唐棣，栘"，又云"常棣，棣'，盖栘即白栘。花开后合，即《何波秾矣》之"唐棣"与逸诗"偏其反而"之"唐棣"是也④。常棣一名白棣，子如樱桃，可食，《小雅》"常棣之华"是也⑤。读者混"唐棣"为"常棣"者误，且读"常棣"为"棠棣"音者，则又误矣。

【校注】

①唐棣，见《召南·何彼秾矣》，诗云："何彼秾矣，唐棣之华。"唐棣，徐鼎释为白杨，而释常棣为白棣，并认为唐棣、常棣是两种不同的树，读音亦不同。但马瑞辰《毛诗传笺通释》以为《何彼秾矣》之唐棣乃常棣之讹，常棣即赤棣。

②栘，音yí。

③"唐棣之华，偏其反而"，见《论语·子罕》篇。

④矣，原作"兮"，据《毛诗》改。

⑤"常棣之华"，见《小雅·常棣》篇。

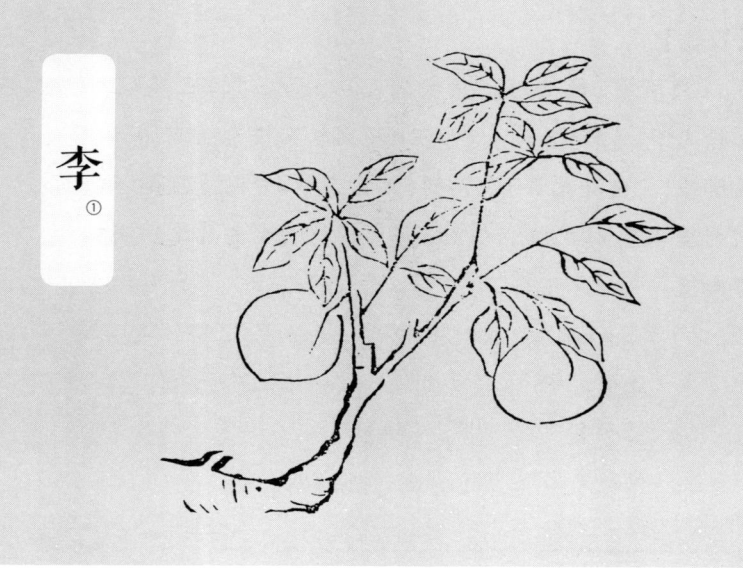

李
①

【管子】五沃之土，其木宜李。　【素问】东方木也。　【刘向《说苑》】树桃李者，夏得休息，秋得其实焉。　【埤雅】李性难老，老虽枝枯，子亦不细。其品处桃上。　【雅翼】李，木之多子者，花最繁密。《尔雅》有三种：座，接虞李②，即今之麦李，与麦同熟者，为果肉厚而干，与核相离；驳，赤李，则李之赤者；休，无实李。李实繁，有窃食之嫌，无实则其下可休矣。　【名物解】③李以纯白之华。如桃李者，红白相间也。桃李之成实，其时偕也。

【校注】

　　① 李，见《召南·何彼秾矣》，诗云："何彼秾矣，华如桃李。"李，落叶乔木，叶倒卵形，花白色，果实球状，果皮紫红、青绿或黄绿。

　　②"座，接虞李"，阮刻《十三经注疏》本作"痤，梭虑李"。

　　③《名物解》，指蔡卞的《毛诗名物解》。

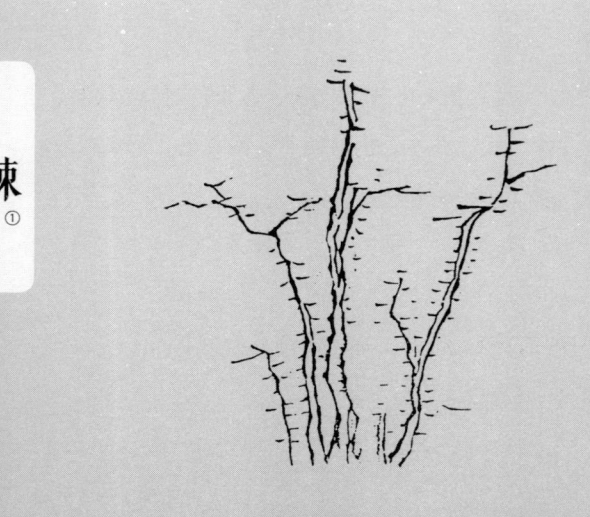

棘^①

【毛《传》】棘，难长养者^②。 【集传】小木，丛生，多刺，难长。 【扬雄《方言》】凡草木刺人，北燕、朝鲜之间谓之茦^③，自关而东谓之梗，自关而西谓之刺，江湘之间谓之棘。 【愚按】毛《传》于《魏风·园有棘》云"枣也"，而于《凯风》之棘止言"难长养"，不以棘为枣者，朱子云："小木，丛生，多刺。"则明此荆棘之棘与彼异也。一章云棘心，二章曰棘薪，言止可供薪爨^④，其与《魏风》有实之棘不同。又古者朝位植棘，《秋官·朝士》："外朝之法：面三槐，左九棘，右九棘。"是也。取其材可以为矢，《传》曰："桃弧棘矢，以除其灾。"又可为匕，《大东》^⑤曰："有捄棘匕。"则朝位所植必非小木，为矢为匕，不止供薪，又与荆棘之棘异也。而陆氏农师、罗氏端良并指此为槭棘者^⑥，非是。

【校注】

①棘，见《邶风·凯风》，诗云："凯风自南，吹彼棘心。"棘，酸枣。落叶乔木，有刺。果实较枣小，味酸。徐鼎释为荆棘的棘，而释《园有棘》的棘为酸枣树，实际上荆棘泛指有芒棘的草木，并非另有一种不是酸枣的树木称为棘。

②毛《传》"难长养者"，是指酸枣树初发的嫩芽颜色赤，不久即变绿。

③莿，音cì。

④爨，音cuàn。

⑤《大东》，《小雅》篇名。

⑥陆农师，陆佃。罗端良，罗愿。樲（音èr），即酸枣。

榛
①

【毛《传》】榛，木名。　【正义】陆玑曰："栗属，其子小，似杼子②，表皮黑，味如栗。"是也。榛字或作蓁，盖一木也。

【《周礼·笾人》】馈食之笾③，其实榛。　【名物解】榛，小木也，所以为礼实，则贵矣。"植之榛栗，椅桐梓漆"④，先礼实而后工器也。　【愚按】许氏《说文》云："亲⑤，果实如小栗。榛，木也。"盖古字分别亲同榛，五经通作"榛"字。今之榛实，房似杼而黄，味如栗而杳，犹为妇人挚礼。

【校注】

　①榛，见《邶风·简兮》，诗云："山有榛，隰有苓。"榛，

树名，落叶灌木或乔木，结果实像小栗子，称为榛子。

　　② 杼（音 zhù），栎树。

　　③ 笾（biān），古代祭祀和宴会时盛果脯的竹器，形状像木制的豆。

　　④ "植之榛栗，椅桐梓漆"，《鄘风·定之方中》诗句。

　　⑤ 亲，音 zhēn

栗①

【许慎《说文》】作"栗②，从木，其实下垂，故从卤"。　【大戴礼】③八月，栗零。零也者，降也。零而后取之，故不言剥也。【内则】④栗曰撰之，桃曰胆之。　【孔《疏》】栗，虫好食，数数布陈，撰省视之。桃多毛，拭治令色青，滑如胆。　【左传】⑤女挚不过亲栗。　【埤雅】栗味咸，北方之果也。有菜蝟自裹⑥，秋熟罅发其实⑦，惊跃如爆，《东观书》所谓"栗骇"也⑧。　【范处义《补传》】榛、栗，果之嘉者，可以备笾实。椅、桐、梓、漆，皆木之材者，可以为器用。

【校注】

①栗，见《鄘风·定之方中》，诗云："树之榛栗，椅桐梓漆。"栗，落叶乔木，叶椭圆形，果实有硬壳，味甘香，俗称板栗。

②桌，"栗"的古字。

③《大戴礼》云云，见《夏小正》篇。

④《内则》，《礼记》篇名。

⑤《左传》云云，见《庄公二十四年》。

⑥萩（音 qiú）蝐，栗房。

⑦罅（音 xià），裂开。

⑧《东观汉记》卷二十四："栗骇蓬转，因遇际会。"《东观书》，即指《东观汉记》。

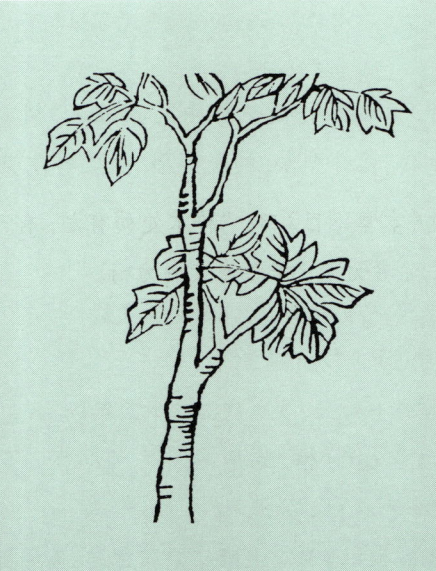

椅
①

【尔雅】椅，梓。　【舍人曰】梓，一名椅。　【郭璞曰】即楸。　【毛《传》】椅，梓属。　【陆玑《疏》】梓者，楸之疏理白色而生子者为梓，梓实桐皮曰椅，则大类同而小别也。　【愚按】先儒多指椅、梓为一物，然"椅桐梓漆"，既言椅又言梓，明是二木无疑。陆元恪辨之精也②。

【校注】

　　① 椅（音 yī），见《鄘风·定之方中》，诗云："树之榛栗，椅桐梓漆。"椅，即山桐子，大风子科，落叶乔木。果实为浆果，球形，红色。

段玉裁《说文解字注》："《释木》曰：'椅，梓。'浑言之也。《卫风》传曰：'椅，梓属。'析言之也。椅与梓有别，故诗言'椅桐梓漆'。其分别甚微也，故《尔雅》、《说文》浑言之。"《本草纲目》曰："梓木处处有之，有三种：木理白者为梓，赤者为楸，梓之美文者为椅。"

　　② 陆元恪，指陆玑。

桐
①

【禹贡】峄阳孤桐。 【尔雅】荣，桐木。 【严粲《诗缉》】②
陆玑曰："中琴瑟者，白桐也。""椅桐梓漆"之桐为白桐。"梧桐
生矣"之桐为青桐③。 【埤雅】桐即白桐，华而不实。《尔雅》云：
"荣，桐木。"是也。今亦谓之华桐。 【寇宗奭《本草衍义》】桐
有四种：白桐，可斫琴者，叶三杈，开白华，不结子；荏桐，早春先
开淡红花，子作桐油；梧桐，四月开淡黄小花，一如枣花，枝头出
丝，堕地成油，五六月结桐子，今人取炒为果，此是《月令》"清明
之日桐始华"者；岗桐，无花，不中作琴，体重也。 【雅翼】子可
作油者，即《诗》"其桐其椅，其实离离"者也④。 【《遁甲经》
注】桐知日月正闰，岁生十二叶，每边六叶。从下数一叶为一月，有
闰则十三叶，视叶小处，则知闰某月。立秋之日，一叶先坠。

【校注】

　　① 桐，见《鄘风·定之方中》，诗云："树之榛栗，椅桐梓漆。"桐，古书中多指梧桐科的梧桐，其种类还有大戟科的油桐、玄参科的泡桐等。寇宗奭分桐为四种，其中的白桐可作琴瑟。

　　② 诗缉，原误作"诗集"。

　　③ "梧桐生矣"，见《大雅·卷阿》篇。

　　④ "其桐其椅，其实离离"，见《小雅·湛露》篇。

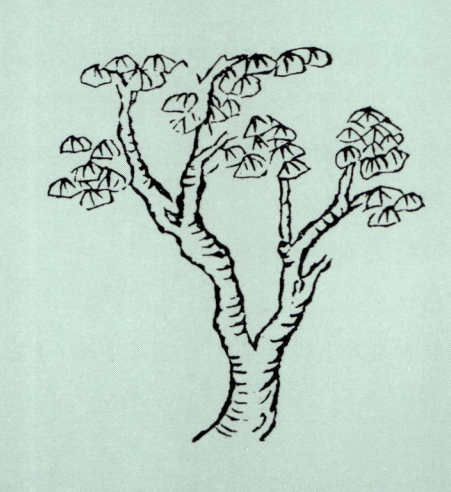

梓
①

【陆玑《疏》】楸之疏理白色而生子者曰梓。 【郑樵《通志》】②梓与楸相似。 【罗愿曰】梓为百木长,故古者名制器之工为梓人。《管子》云:"五沃之土宜白梓。"楚地又多此木,荚细如箸,其长仅尺,冬后叶落,而荚犹在树总总然。 【陆农师曰】梓为百木长,故呼梓为木王。 【古今注】棘实为枣,梓实为豫章。

【校注】

① 梓,见《鄘风·定之方中》,诗云:"树之榛栗,椅桐梓漆。"梓,落叶乔木。嫩叶可食。木材轻软耐朽,用途

下之，因用喜优娼，擗掖为米王。

②《通考》云云，见《智典米册》。

漆
①

【陆德明《释文》】②漆，木名。　【说文】桼，木汁可以鬃物③。象形，桼如水滴而下。　【庄子】漆可用，故割之。　【古今注】漆树，以刚斧斫其皮开，以竹管承之，汁滴管中，即成漆也。【苏颂曰】树高二三丈，皮白，木心黄，叶如椿，花似槐，子如牛李。六七月以竹筒针入木中取之。

【校注】

　①漆，见《鄘风·定之方中》，诗云："树之榛栗，椅桐梓漆。"漆，漆树，落叶乔木，互生羽状复叶，初夏开小花，果实扁圆。树汁可为涂料。段玉裁《说文解字注》："木汁

名桼,因名其木曰桼,今字作漆。"

②　释文,原作"说文",显误。

③　髹(音 xiū),又写作"髤"、"髤",以漆漆物。

桑
①

【尔雅】桑柳丑，条。　【邢昺《疏》】桑柳之类，皆阿那垂条。　【青史子】②桑，中央之木。　【蔡卞曰】③兖地宜桑，如桑间、濮上可验也。　【刘瑾曰】④楚邱在冀河之东，兖州之境，则文公所观所说，其桑土之野乎？　【王盘《农书》】⑤鲁桑饲大蚕，荆桑饲小蚕。　【愚按】"降观于桑"，察其土宜也。《七月》云"爰求柔桑"者⑥，稚桑也。云"蚕月条桑"者，枝落之采其叶也。云"猗彼女桑"者，荑桑也⑦。草木初生谓荑，女桑少枝，长条不枝落者，束而采之也。桑实为葚，荆桑多葚，鲁桑少葚，又有白黑二种，《泮水》诗作"黮"⑧，并同。

毛诗名物图说

【校注】

①桑，见《鄘风·定之方中》，诗云："降观于桑。""说于桑田。"桑，桑树，落叶乔木，叶子可用以养蚕，果实称为桑葚。

②《青史子》，先秦小说。

③蔡卞曰，见《毛诗名物解》。

④刘瑾曰，见所著《诗传通释》。

⑤王盘《农书》云云，见明冯复京《六家诗名物疏》卷十五。清徐文靖《禹贡会笺》卷三所引，称《农书注》。

⑥《七月》，《豳风》篇名。

⑦荑，音 tí。

⑧《泮水》，《鲁颂》篇名。

桧①

【毛《传》】桧,柏叶松身。　【集传】木名,似柏。　【正义】《书》作"栝"字,《禹贡》云"杶榦栝柏"②,注云"柏叶松身曰栝",与此一也。　【雅翼】桧一名栝,性耐寒,其材大,可为舟楫及棺。《左传》称棺有翰桧③,而淇水"桧楫松舟"也。今人亦谓之圆柏,以别于侧柏。

【校注】

　　① 桧(音 guì),见《卫风·竹竿》,诗云:"淇水滺滺,桧楫松舟。"桧,即圆柏,一名栝。常绿乔木,高可达二十米。树冠圆锥形。叶有鳞形和刺形两种。木材黄褐色或红褐

色，细致坚硬。

　　②栝，音 guā。杶（音 chūn），香椿。斡（音 gàn），柘木。

　　③《左传·成公二年》："宋文公卒。始厚葬，椁有四阿，棺有翰桧。"

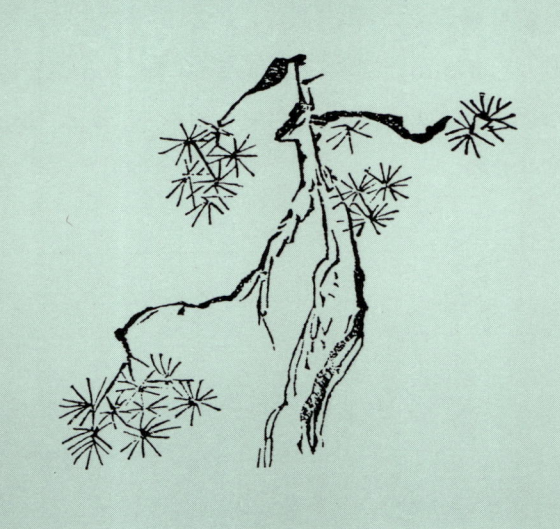

松①

【庄子】②天寒既至，霜雪既降，吾是以知松柏之茂。　【礼记】③松柏之有心也，贯四时不改柯易叶。　【王安石《字说》】松，百木之长，犹公，故字从公。　【《史记·龟策传》】千岁之松，上有兔丝，下有茯苓。　【愚按】《花木考》云："松有二种，惟五叶者结子。"

【校注】

　①松，见《卫风·竹竿》，诗云："淇水滺滺，桧楫松舟。"松，种类很多，一般为常绿乔木，叶针形，树皮鳞状。

　②《庄子》云云，乃《让王》篇引孔子之语。《论语·子

罕》引孔子曰："岁寒然后知松柏之后彫也。"语意相同。

　　③《礼记》云云，见《礼器》篇。

【尔雅】楙，木瓜。　【郭璞云】实如小瓜，酢，可食。　【毛《传》】木瓜，楙木也，可食之木。　【正义】以下木桃、木李皆可食之木，则此木瓜亦美木可食。　【埤雅】江左故老视其实如小瓜而有鼻，食之津润不木者谓之木瓜；圆而小于木瓜，食之酸涩而木者谓之木桃；木李大如木桃，似木瓜而无鼻，其品又小。　【愚按】如陆农师所说②，木桃、木李类于木瓜，而非即桃李。如孔仲远所说③，即是桃李。故毛《传》木瓜有注，而木桃、木李无文。考诸《尔雅》，亦无分释。或云："桃有羊桃，李有雀李，此皆枝蔓也，故言木以别之。"然则虽言木，而即桃李也。若木瓜，定是一种，以宣州者为良，州人以充土贡。又一种榠樝木④，花实酷类木瓜。欲辨之，看蒂间别有重蒂如乳者，是木瓜也。

【校注】

　　① 木瓜，见《卫风·木瓜》，诗云："投我以木瓜，报之以琼琚。"木瓜，又名楙（音 mào），落叶灌木，果实形如黄金瓜。

　　② 陆农师，指《埤雅》的作者陆佃。

　　③ 孔仲远，指《毛诗正义》的作者孔颖达。远，原误作"达"。

　　④ 榠樝（音 míng zhā），状似木瓜，落叶乔木，果实为浆果，比木瓜大而黄色。《本草纲目》曰："蒂间别有重蒂如乳者为木瓜，无此则榠樝也。"

蒲①

　　【郑康成《笺》】蒲，蒲柳。　　【陆玑《疏》】蒲柳有两种：皮正青者曰小杨，红者曰大杨。其叶皆长广于柳叶，皆可为箭干。

　　【古今注】蒲柳生水边，叶似青杨，一名蒲杨。枝劲细，任矢用。

　　【愚按】诸说及《本草》并指水杨，而毛《传》云："蒲，草也。"《说文》云："可以作席。"《正义》曰："以首章言薪，下言蒲、楚，则蒲、楚似薪之木名，不宜为草，故易《传》以蒲为柳。"孙毓云②："《笺》义为长。"然则郑《笺》是也。许氏云可为席者，乃《泽陂》之蒲③，今入草类，非此蒲柳也。

　　　　　　　　　　　　　　　　　毛诗名物图说

【校注】

　　① 蒲,见《王风·扬之水》,诗云:"扬之水,不流束薪。"
"不流束楚。""不流束蒲。"蒲,蒲柳,即水杨,也称赤杨、
江南桤木。桦木科,乔木。

　　② 孙毓,晋人,撰《毛诗异同评》,其书今佚。毛《传》
释蒲为草,郑《笺》释蒲为木,孙毓以为"《笺》义为长",
见《经典释文》。

　　③《泽陂》,《陈风》篇名,诗云:"彼泽之陂,有蒲与荷。"
蒲为蒲草,见本书草部"蒲"条。

杞^①

【尔雅】旄，泽柳。　【通志】杞柳亦曰泽柳，可为栖棬者^②。
【陆玑《疏》】杞，柳属也。生水旁，树如柳，叶麤而白，色理微赤，
其材坚韧，故今人以为车毂。　【图经】今人取其细条，炎逼令
柔韧，屈作箱箧。告子谓"杞柳为栖棬"是也^③。　【王应鳞《玉
海》】杞有三："无折我树杞"，柳属也；"南山有杞"^④、"在彼杞
棘"^⑤，梓杞也；"集于苞杞"^⑥、"言采其杞"^⑦、"隰有杞桋"^⑧，枸
檵也^⑨。

【校注】

　　① 杞，见《郑风·将仲子》，诗云："将仲子兮，无逾我

里,无折我树杞。"杞,杞柳,也叫红皮柳,落叶丛生灌木,枝黄绿色带紫色。枝条韧,供编箱、筐用。

②桮(音 bēi),盘盏之类的盛饭器皿。棬(音 quān),屈木制成的盂。

③《孟子·告子上》:"告子曰:'性犹杞柳也,义犹桮棬也。以人性为仁义,犹以杞柳为桮棬。'"

④"南山有杞",见《小雅·南山有台》。

⑤"在彼杞棘",见《小雅·湛露》。

⑥"集于苞杞",见《小雅·四牡》。

⑦"言采其杞",见《小雅·杕杜》、《小雅·北山》。

⑧"隰有杞桋",见《小雅·四月》。

⑨櫷,音 jì。

檀①

【毛《传》】檀，强韧之木。 【陆玑《疏》】檀木皮正青滑泽，与繄迷相似②，又似驳马。驳马，梓榆。故里语曰："斫檀不谛得繄迷，繄迷尚可得驳马。"繄迷一名挈檎③，故齐人谚曰："上山斫檀，挈檎先殚。" 【王充《论衡》】树檀以五月生叶，后彼春荣之木，其材强劲，车以为轴。 【唐本草】一种紫真檀，出昆仑盘盘国。虽不生中华，人间遍有之。 【苏颂曰】有黄、白、紫三种，今人多用之。

【校注】

① 檀，见《郑风·将仲子》，诗云："将仲子兮，无逾我

园，无折我树檀。"檀，木名，种类较多，有豆科的黄檀、紫檀，榆科的青檀等。陆《疏》所释，乃青檀。

  ② 檕（音 jì）迷，落叶灌木。檕，亦写作"繫"。

  ③ 樨，音 xī。

舜①

【月令】仲夏，木堇荣。　【尔雅】椵②，木槿。榇③，木槿。
【郭璞注】别二种。　【陆玑《疏》】舜，一名木槿，一名榇，一
名椵。齐鲁之间谓之王蒸，今朝生暮落者是也。　【雅翼】《抱朴
子》曰："木槿仲夏应阴而生，其花朝开暮落，庄生以为朝菌。"④
【衍义】⑤如小葵，花淡红色，五叶成一花，湖南、北人家多种植为
篱障。

【校注】

　　① 舜，见《郑风·有女同车》，诗云："有女同车，颜如舜
华。"舜，通"蕣"，木槿，落叶灌木，夏秋开淡紫、红色或白色花。

　　　　　　　　　　　　　　　毛诗名物图说

②椴，音 duàn。

③梣，音 qìn。

④《庄子·逍遥游》："朝菌不知晦朔。"朝菌，或释为木槿，或释为大芝，或释为虫名。

⑤《衍义》，指寇宗奭的《本草衍义》。

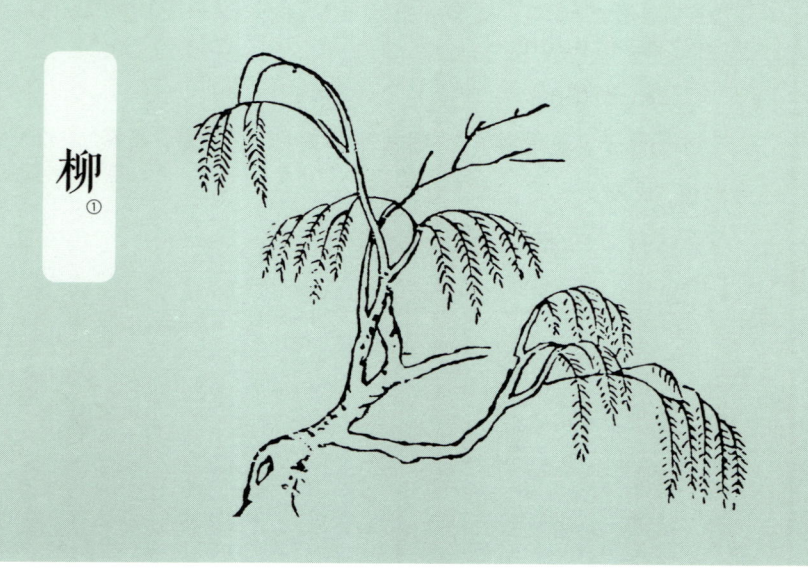

柳①

【毛《传》】柳，柔脆之木。　【说文】小杨也。本作桺，从木，
戼声②。　【集传】杨之下垂者，柔脆之木也。　【埤雅】柳，易生
之木，与杨同类，纵横颠倒植之，皆生。　【《唐本草》注】柳与水
杨全不相似，水杨叶圆阔而赤，枝条短硬，柳叶狭长而青绿，枝条
长软。陶云"柳即水杨"，非也。　【愚按】今吴中呼为杨柳，其实
枝条扬起③者为杨，枝叶下垂者为柳，各不同也。惟其枝条柔软，故
折柳可为樊篱。

【校注】

　　① 柳，见《齐风·东方未明》，诗云："折柳樊圃，狂夫

瞿瞿。"柳，柳树。

　　②丣（音 yǒu），古"酉"字。

　　③扬起，原作"杨起"，据文意改。

棘
①

【毛《传》】棘,枣也。　【尔雅】樲②,酸枣。　【郭璞注】
树小,实酢。《孟子》曰:"养其樲棘。"③　【越岐曰】樲棘,小
枣,所谓酸枣也。　【说文】棘,小枣也。大曰枣,小曰棘。
【愚按】枣、棘皆从束,重束曰枣,并束曰棘。其文有大小之异也。
曰"园有棘,其实之食",则有枣可食,知不与《凯风》之棘、《青
蝇》之"止于棘"、《楚茨》之"抽其棘"类也④。

【校注】
　　① 棘,见《魏风·园有桃》,诗云:"园有棘,其实之食。"
棘,酸枣。

②樲，音 èr。

③《孟子》云云，见《告子上》。

④《凯风》，《邶风》篇名。《青蝇》、《楚茨》，《小雅》篇名。徐鼎以为《凯风》、《青蝇》、《楚茨》的棘，是荆棘的棘，不是酸枣，实则荆棘的棘泛指有芒棘的草木，并非专指某一种树。

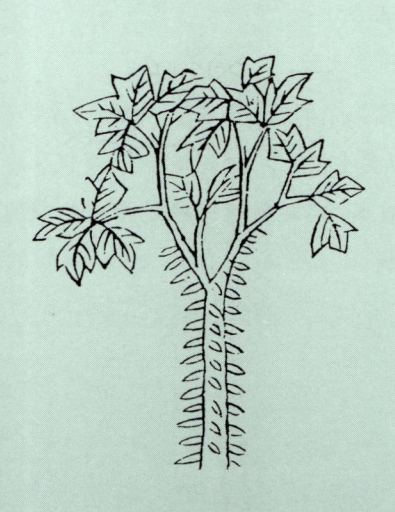

枢①

【尔雅】櫙，荎②。　【郭璞注】今之刺榆。　【陆玑《疏》】其针刺如柘，其叶如榆。瀹为茹，美滑如白榆。类有十种，叶皆相似，皮及木理异矣。　【愚按】《广雅》曰："柘榆，梗榆也。"凡草木刺人，或谓之梗，或谓之刺，故张揖谓之"梗榆"，郭璞谓之"刺榆"也。下文"隰有榆"，榆者，统名也。榆之白者谓枌，说详《陈风·东门之枌》篇。

【校注】

①枢（音 shū，或音 ōu），见《唐风·山有枢》，诗云："山有枢，隰有榆。"枢，刺榆。

②荎，音 chí。

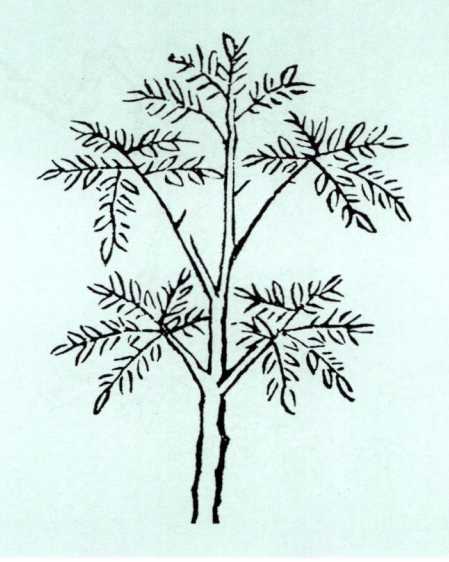

栲
①

【尔雅】栲,山樗。　【邢昺《疏》】郭云:"栲似樗,色小白,生山中,亦类漆树。"俗语曰:"櫄、樗、栲、漆,相似如一。"陆玑《疏》云:"山樗与下田樗略无异,叶似差狭耳。吴人以其叶为茗。方俗无名此为栲者。今所云为栲者,叶如栎木,皮厚数寸,可为车辐,或谓之栲栎。许慎正以栲读为糗②。今人言栲,失其声矣。"

【校注】

① 栲(音 kǎo),见《唐风·山有枢》,诗云:"山有栲,隰有杻。"栲,又名山樗(音 chū),落叶灌木或小乔木。初夏开花,花小,黄白色。种子蓝红色。

② 糗,音 qiǔ。

杻
①

【山海经】英山其上多杻橿②。　　【注】杻似棣而细叶，一名土橿，木中车材。　　【陆玑《疏》】叶似杏而尖，白色，皮正赤，为木多曲少直，枝叶茂好。二月中叶疏，华如练而细，蕊白盖树，今官园种之，正名曰"万岁"。既取名于亿万，其叶又好，故种之。共汲山下人或谓之牛筋，或谓之檍。材可为弓弩干也③。

【校注】
　　① 杻（音 niǔ），见《唐风·山有枢》，诗云："山有栲，隰有杻。"杻，檍树，俗称万年木，其状如陆《疏》所述。
　　② 橿（音 jiāng），《说文》释为枋树。《山海经》云云，

　　　　　　　　　　　　　　　　　　　　毛诗名物图说

见《西山经》。

③ 为，原作"谓"，据文意改。

椒①

【尔雅】檓②，大椒。　　【郭璞注】今椒树丛生，实大者名檓。
【陆玑《疏》】椒树如茱萸，有针刺，叶坚而滑泽。蜀人作茶，吴人
作茗，皆合煮其叶以为香。今成皋诸山间有椒，谓之竹叶椒，其树
亦如蜀椒，可著饮食中，又用蒸鸡、豚，最佳香。　　【愚按】《释
木》云："椒榝丑莍。"③盖榝，茱萸也；丑，类也；莍，房也。李巡
所谓椒、茱萸皆有房也。椒内黑子谓之椒目。又据《本草》，秦椒
出太山，蜀椒出武都，蔓椒生云中，胡椒生西戎。今此诗作于晋人
晋地，西界接秦，其所言者，疑秦椒也。陆玑曰："聊，语助也。"故
标其名止曰椒。

【校注】

① 椒，见《唐风·椒聊》，诗云："椒聊之实，蕃衍盈升。"椒，花椒。聊，陆玑释为语助词，朱《传》从之，闻一多《风诗类钞》："草木实聚生成丛，古语叫做聊，今语叫做嘟噜。"

② 樾（音 huǐ），郝懿行《尔雅义疏》云："樾，大椒，即秦椒也。"秦椒，今之花椒。本产于秦，今处处有人家种之。

③ 棪（音 shā），食茱萸。茱萸有食茱萸、吴茱萸二种，棪为食茱萸的古名。

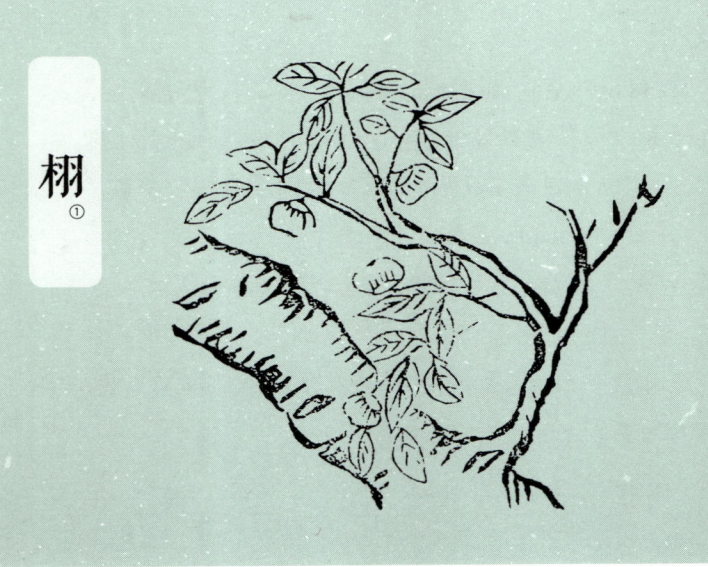

栩
①

【尔雅】栩，杼。　　【郭璞注】柞树。　　【陆玑《疏》】今柞栎也。徐州人谓栎为杼，或谓之为栩。其子为皂，或言皂斗。其壳为汁，可以染皂，今京洛、河内多言杼汁。谓栎为杼，五方通语也。
【古今注】杼实曰橡。　　【本草】橡实堪染用，一名杼斗。槲栎皆有斗②，以栎为胜。所在山谷中皆有。《图经》云：“木高二三丈，三四月开黄花，八九月结实。柞栎也，杼也，栩也，皆橡栎之通名。”　　【愚按】今吴中呼其实为橡斗子。合观诸说，皆指栩为柞栎，朱子《集传》亦从之。则《秦风》“山有苞栎”，即此栩也。惟郑渔仲分栩、栎为二木，是未审五方之异语耳。

【校注】

① 栩（音 xǔ），见《唐风·鸨羽》，诗云："肃肃鸨羽，集于苞栩。"栩，又称为杼（音 zhù），即麻栎，壳斗科落叶乔木，华叶俱似栗，四五月开黄色花。壳斗杯形，坚果卵圆形。壳汁可作染料。

② 槲（音 hú），《本草纲目》曰："有二种：一种丛生小者名枹，一种高者名大叶栎。"大叶栎即柞栎。《秦风·晨风》云："山有苞栎，隰有六駮。"栎亦指麻栎。栩、杼、栎向来被认为是一树而异名。郑樵《通志·昆虫草木略》分栩、栎为两种树，非是。

卷九　木下

【《尔雅·释木》】杨，蒲柳。　【郭璞注】可以为箭，《左传》所谓"董泽之蒲"②。　【愚按】杨、柳二种，《诗》分而言之者，《齐风》"折柳樊圃"③、《秦风》"隰有杨"、《陈风》"东门之杨"是也④；合而言之者，《小雅》"杨柳依依"是也⑤。然枝劲而扬起者曰杨，枝弱而下垂者曰柳，实不同也。《尔雅》"蒲柳"，即《本草》"水杨"也。"隰有杨"，下湿曰隰，此是水杨无疑矣。

【校注】

　①杨，见《秦风·车邻》，诗云："阪有桑，隰有杨。"杨，水杨，又称蒲柳，即《王风·扬之水》"不流束蒲"之蒲。

②《左传·宣公十二年》："董泽之蒲，可胜既乎？"杜预注："蒲，杨柳，可以为箭。"

③"折柳樊圃"，见《齐风·东方未明》。

④"东门之杨"，见《陈风·东门之杨》。

⑤"杨柳依依"，见《小雅·采薇》。

条
①

【尔雅】栲，山榎。　【孙炎注】《诗》曰："有条有梅。"条，栲也。　【郭璞注】今之山楸。　【邢昺《疏》】陆玑曰："栲，今山楸也。亦如下田楸耳。皮色白，叶亦白，材理好，宜为车板。能湿，又可为棺木。宜阳共北山多有之。"②　【愚按】能与耐同。

【校注】

　　① 条，见《秦风·终南》，诗云："终南何有？有条有梅。"条，又称栲（音 tāo）、山榎（音 jiǎ），即山楸（音 qiū），其形状如陆《疏》所述。楸、榎同种类，但稍有区别。《尔雅·释木》："楸小叶曰榎。"

② 陆《疏》"皮色白"，"色"原作"叶"；"叶亦白"，"叶"原作"色"；"宜阳共北山"，"阳共"原作"杨"，皆据丁晏校陆《疏》本改。

梅
①

【尔雅】梅，楠。　【陆玑《诗疏》】梅树皮叶似豫章。豫章叶大如牛耳，一头尖，赤心，华赤黄，子青，不可食。楠叶大，可三四叶一<u>丛</u>，木理细致于豫章，子赤者材坚，子白者材脆。江南及新城、上庸、蜀皆多樟、楠。终南山与上庸、新城通，故亦有楠也。

【愚按】陆玑所称叶似豫章者，与吴中梅树全不相似，定是一种楠，木材可为棺、舟。旧说陈文帝尝出楠材造战舰，即此楠也。盖草木同名异类者多，如一杞而有三种，一桐而有四类，人多混《摽有梅》与此为一②，盍将陆玑之《疏》参之？

【校注】

①梅,见《秦风·终南》,诗云:"终南何有?有条有梅。"梅,楠木。常绿乔木,木材纹理细密,质地坚硬,富有香味,是建筑和制造的贵重材料。

②《召南·摽有梅》的梅,是酸梅,与此楠木之梅不同。

駮
①

【孔颖达《正义》】陆玑《疏》云："駮马，梓榆也。其树皮青白駮荦，遥视似駮马，故谓之駮马。下章云'山有苞棣，隰有树檖'，皆山隰之木相配，不宜云兽。"此言非无理也，但《笺》、《传》不言。　【愚按】毛《传》依《释畜》文解"駮"曰："如马，倨牙，食虎豹。"则此兽名駮。而言"六"者②，王肃云："据所见而言也。"然陆玑谓駮为梓榆，并言"山隰之木相配，不宜云兽"，当矣。但"駮"为梓榆，而"六"字无解。范逸斋云："必以'六'言意，兽三为群，六则非一群。言木之丛生，望而视之，亦若兽之群聚，其文駮荦也。"

　　　　　　　　　　　　　　毛诗名物图说

【校注】

① 驳，见《秦风·晨风》，诗云："山有苞栎，隰有六驳。"驳，有两说。一说为兽，见《尔雅·释畜》，为毛《传》所本；一说为树，驳马即梓榆，见陆《疏》，为朱《传》所本。徐鼎同意陆玑的解释。

② 六，因驳训兽、树的不同，解说亦各异，主要有四说。第一，实数六，六驳即六匹驳，此王肃之说。第二，当为"莘'之声借。六驳即莘驳，叠韵为名。莘驳言兽之文采，而此兽亦由文采之状而得名，此胡承珙之说。第三，蓼的借字。蓼，长貌，形容树之高大，此闻一多、程俊英之说。第四，虚数，泛言树木丛生，此范处义之说。

【尔雅】檖，萝。　【郭璞注】今杨檖也。实似梨而小，酢可食。　【陆玑《疏》】一名赤萝，一名山梨，今人谓之杨檖，实如梨，但小耳。一名鹿梨，一名鼠梨，今人亦种之，极有脆美者，亦如梨之美者。　【陆佃《埤雅》】其文细密如罗，故曰罗。又有白者。赤罗文棘，白罗文缓。虽皆文木，赤罗为上。

【校注】
　　① 檖（音 suì），见《秦风·晨风》，诗云："山有苞棣，隰有树檖。"檖，即山梨。其形状如郭璞、陆玑所述。

毛诗名物图说

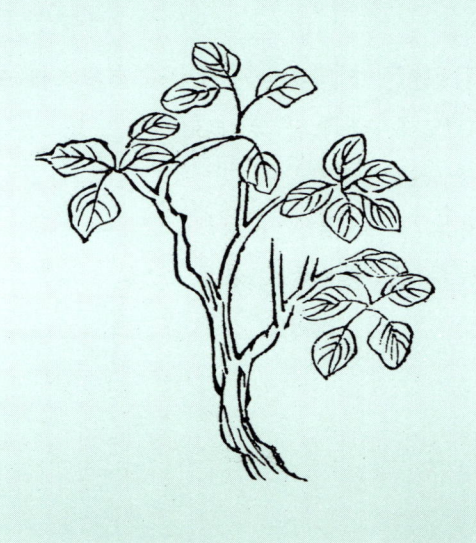

枌
①

【尔雅】榆，白枌。　　【孙炎注】榆白者名枌。　　【郭璞注】枌榆先生叶，却著荚，皮白色。　　【淮南子】五月，其树榆。【张华《博物志》】啖榆则眠不欲觉。　　【寇宗奭《衍义》】榆皮砲为粉②，歉岁农以代食。叶青嫩时收贮，亦用为羹茹。　　【愚按】《诗》所陈“榆”者四：《唐风》“隰有榆”③，统名也；“山有枢”，刺榆也；《秦》“隰有六駮”④，梓榆也；《陈》“东门之枌”，白榆也。榆性扇地，其阴在下，古人就以息焉，故曰“东门之枌”，“婆娑其下”。

【校注】

　　① 枌，见《陈风·东门之枌》，诗云："东门之枌，宛丘之栩。子仲之子，婆娑其下。"枌，白榆。

　　② 硙（音 wèi），磨碎。

　　③ "隰有榆"，见《唐风·山有枢》。

　　④ "隰有六駮"，见《秦风·晨风》。

郁
①

【毛《传》】郁，棣属。　【刘桢《毛诗义问》】②其树高五六尺，其实大如李，正赤，食之甜。　【本草】一名雀李，一名车下李，一名棣。生高山川谷或平田中，五月时熟。

【校注】

①郁，见《豳风·七月》，诗云："六月食郁及薁。"郁，郁李。落叶小灌木。春季开淡红色花。果实小，球形，暗红色，可食。

②刘桢《毛诗义问》云云，见《毛诗正义》。桢，原误作"稹"。

枣①

【尔雅】枣,壶枣。边要枣。櫅②,白枣。樲③,酸枣。杨彻,齐枣。遵,羊枣。洗,大枣。煮,填枣。蹶泄,苦枣。晳,无实枣。还味,捻枣。　　【邢昺《疏》】壶枣者,形似壶也。边大而腰细者名边要枣。白熟者名櫅。味酢者名樲。杨彻未详。遵,羊枣,俗谓之羊矢枣。洗,最大之名,子如鸡卵。煮,填枣,未详。蹶泄,味苦之名;晳者,无实之名。还味者,短味也。　　【青史子】枣,北方之草,冬木也。　　【埤雅】剥,击也。枣实未熟,虽击不落;已熟则烂,不击自堕④。《齐民要术》所谓"全赤即收,收法撼而落之为上"是也。

毛诗名物图说

【校注】

　　① 枣，见《豳风·七月》，诗云："八月剥枣。"枣，品种甚多，《尔雅》所列十余种。

　　② 檕，音 jī。

　　③ 樲，音 èr。

　　④ 堕，原作"隋"，误。

樗
①

【《庄子·逍遥游》】吾有大树，人谓之樗。其大本，拥肿不中绳墨②；其小枝，卷曲不中规矩。 　【陆玑《疏》】樗树及皮皆似漆，青色，其叶臭。 　【苏恭《唐本草》】椿、樗二树形相类，樗木疏，椿木实。 　【苏颂《图经》】椿叶香可啖，樗气臭。北人呼为山椿，江东呼为鬼目。叶脱去有痕如眼目，故得此名。 　【愚按】椿叶今俗呼为香椿，樗木俗呼为臭树，取其材止可供薪，故曰"薪樗"。

【校注】

　①樗（音 chū），见《豳风·七月》，诗云："采荼薪樗。"

樗，臭椿，与香椿同为落叶乔木，但香椿味美可以吃，樗有臭气不可以吃。因木质与木本皆不佳，所以被视为恶木。

② 拥肿，犹盘瘿，即疙瘩。

杞
①

【尔雅】杞，枸檵②。　　【郭璞注】今枸杞也。　　【日华子《本草》】③地仙苗即枸杞。　　【图经】春生苗，叶如石榴叶而软薄，堪食，俗呼为甜菜。茎干高三五尺，作丛。六七月生小红紫花，随结红实，形微长，如枣核。其根名地骨。　　【严粲《诗缉》】《诗》有三杞：《将仲子》"无折我树杞"④，柳属也；《有台》"南山有杞"，《湛露》"在彼杞棘"，山木也；此诗"集于苞杞"，《杕杜》、《北山》"言采其杞"，《四月》"隰有杞桋"⑤，枸杞也。

【校注】

　　① 杞，见《小雅·四牡》，诗云："翩翩者鵻，载飞载止，

集于苞杞。"杞，枸杞，落叶小灌木，丛生，茎干长有刺针。夏秋开花，淡紫色，结实为红色球形浆果，可以入药。

②櫙，音 jì。

③日华子，唐朝鄞人大明，自号日华子，精于医，尝集诸家本草为一书。

④《将仲子》，《郑风》篇名。

⑤《南山有台》、《湛露》、《杕杜》、《北山》、《四月》，皆《小雅》篇名。

常棣①

【尔雅】常棣,棣。 【郭璞注】今关西有棣树,子如樱桃,可食。 【陆玑《疏》】许慎曰:"白棣树也。"如李而小,如樱桃,正白。今官园种之。又有赤棣树,亦似白棣,叶如刺榆叶而微圆,子正赤,如郁李而小,五月始熟。关西、天水、陇西多有之。 【郑《笺》】承华者曰鄂,不当作柎。柎,鄂足也。 【杨用修曰】②鄂,花苞也,今文作萼;不,花蒂也,今文作跗③。华下有萼,萼下有跗,花萼相承覆,故得韡韡而光明④。 【愚按】"唐棣之华"即《尔雅》谓"栘"也⑤。此诗"常棣"及《采薇》"维常之华"⑥,并《尔雅》所谓"棣"也。今人谓常棣为唐棣者误。

【校注】

① 常棣，见《小雅·常棣》，诗云："常棣之华，鄂不韡韡。"常棣，郁李。高亨先生《诗经今注》以为常借为棠，常棣即棠梨树。

② 杨用修，明杨慎。杨用修云云，见《升庵经说》卷五。

③ 跗，音 fū。

④ 韡，音 wěi。

⑤ "唐棣之华"，见《召南·何彼秾矣》。

⑥《采薇》，《小雅》篇名。

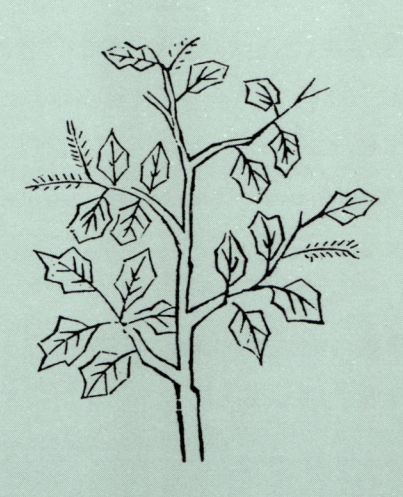

杞①

【陆玑《疏》】杞，一名枸骨，山材也。其树如樗，理白而滑，可以为函及检板。其子为木蝱，可合药。　【愚按】此诗"杞"及《湛露》"在彼杞棘"②，梓杞也，与前二杞不同。互见前注。

【校注】
　①杞，见《小雅·南山有台》，诗云："南山有杞，北山有李。"杞，梓杞，又名枸骨，俗称鸟不宿、猫儿刺。冬青科常绿灌木或小乔木。叶革质，长椭圆状四方形，有三或四个硬刺齿。初夏开小白花，簇生叶腋。果实球形，鲜红色或黄色。因木质白滑，古代用为木牍或检栟。
　②《湛露》，《小雅》篇名。

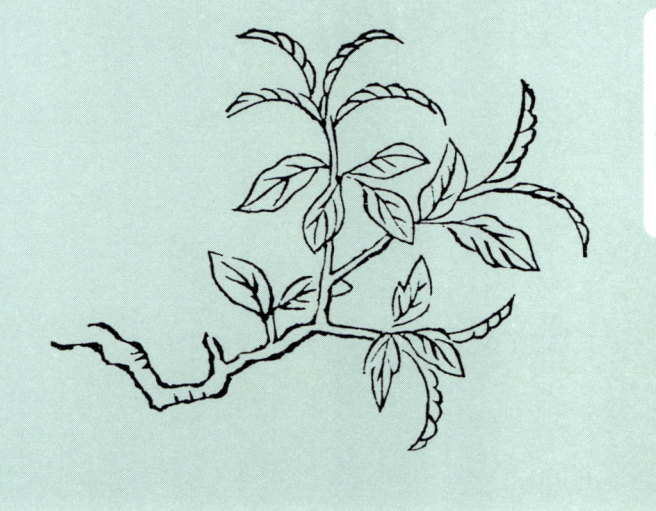

枸
①

【古今注】枳椇子，一名树蜜，一名木饧。实形拳曲，核在实外。　【陆玑《疏》】枸，枳枸也。木高大似白杨，山中皆有。枝柯不直。子著枝端，大如指，长数寸，啖之甘美如饴，八九月熟，江南特美。今官园种之，谓之木蜜。　【埤雅】多枝而曲，飞鸟喜巢其上，宋玉赋曰"枳枸来巢"是也②。　【本草】其树径尺，叶如桑柘，其子作房似珊瑚，核在其端，人皆食之。

【校注】

① 枸(音 jǔ)，见《小雅·南山有台》，诗云："南山有枸，北山有楰。"枸，枳枸，也称枳椇，即拐枣。有果生在枝头，

状如鸡爪，长数寸，味甜可食。

  ②"枳枸来巢"，见《风赋》。枸，一本作"句"。

楆
①

【尔雅】楆，鼠梓。　【李巡注】鼠梓，一名楆。　【郭璞注】楸属也。今江东有虎梓。　【陆玑《疏》】其树叶、木理如楸，山楸之异者，今人谓之苦楸。湿时脆，燥时坚。　【愚按】鼠梓木似山楸而黑。

【校注】

　　① 楆（音 yú），见《小雅·南山有台》，诗云："南山有枸，北山有楆。"楆，鼠梓，楸树的一种，一名苦楸。其形状如陆《疏》所述。

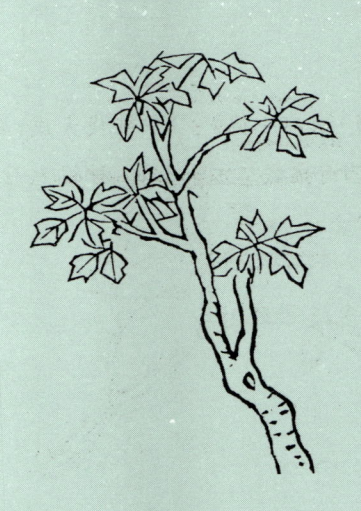

　　【张揖《广雅》】縠，楮也。　　【陆玑《疏》】幽州人谓之縠桑，荆扬人谓之縠，中州人谓之楮。殷中宗时桑縠共生是也②。今江南人绩其皮以为布。又捣以为纸，谓之縠皮纸。　　【段成式《酉阳杂俎》】叶有瓣曰楮，无曰构。　　【赞宁《物类相感志》】③其胶可团丹砂。　　【愚按】楚人呼乳为縠，今木中白汁如乳，故亦名縠。吴俗取斧斫树，以椀盛汁，用以团金，呼为縠树汁。恶木易生，皮斑者为楮，白者为縠，其实赤如杨梅，不可食。

【校注】

　　① 縠（音 gǔ），见《小雅·鹤鸣》，诗云："乐彼之园，

爰有树檀，其下维榖。"榖，又叫楮（音 chǔ），落叶乔木。叶子卵圆形。树皮可用来织布、造纸。其汁白色，可团丹砂。

②《尚书·咸有一德》："伊陟伐大戊，亳有祥，桑榖共生于朝。"当时桑榖二木生于朝，被视为不祥之兆。

③ 赞宁，北宋高僧。

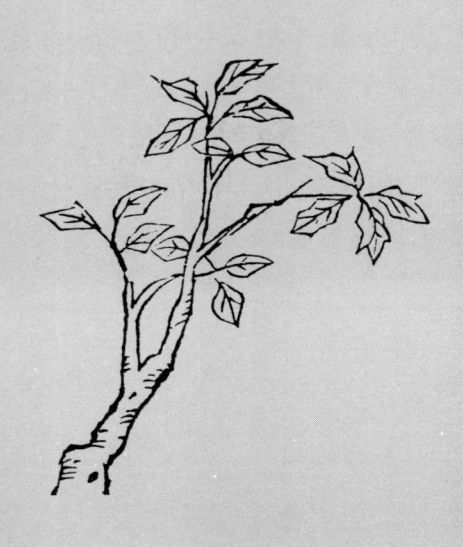

栬
①

【尔雅】栬，赤栜。白者栜。 　　【郭璞注】赤栜树叶细而岐锐，皮理错戾，好丛生山中，中为车辋。白栜叶圆而岐，为大木。【陆玑《疏》】栬，叶如柞，皮薄而白。其木理赤者为舜栬，一名栬，白者为栜。木皆坚韧，今人以为车毂。

【校注】

　　① 栬（音 yí），见《小雅·四月》，诗云："山有蕨薇，隰有杞栬。"栬，又名栜（音 sè），常绿乔木，其形状如郭璞注所述。

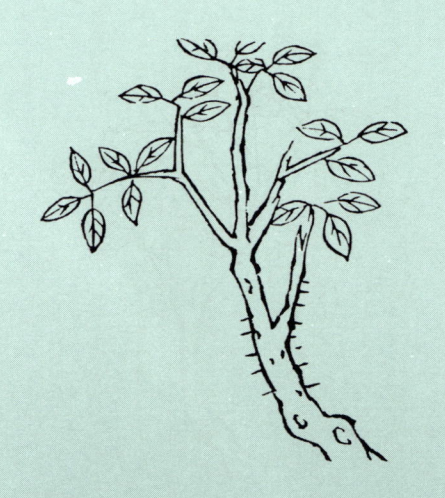

柞①

【许慎《说文》】木也。　【诗缉】柞，坚韧之木。新叶将生，故叶乃落，附著甚固。　【陈藏器曰】柞木生南方，细叶，今以之作梳者是也。　【愚按】木干有刺，其材坚韧。登高冈者析其木以为薪，为其叶茂蔽高冈也，以喻贤女得在后位，必除嫉妒之女，为其蔽君明也。叶最茂盛，故《采菽》云②："维柞之枝，其叶蓬蓬。"

【校注】

① 柞（音 zuò），见《小雅·车辖》，诗云："陟彼高冈，析其柞薪。"柞，柞木，常绿灌木或小乔木。生棘刺。叶卵形或长椭圆状卵形。木质坚硬，可为凿柄，故俗名凿子木。

②《采菽》，《小雅》篇名。

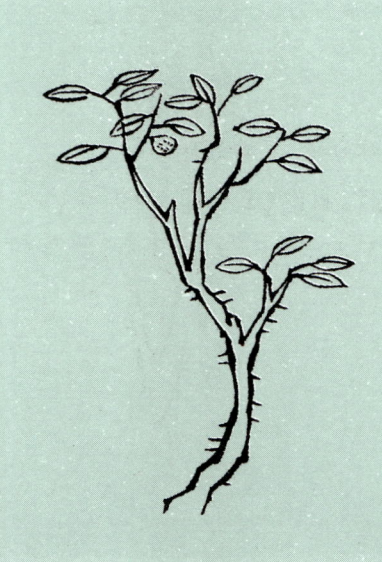

棫
①

【尔雅】棫，白桵。　　【郭璞注】桵，小木，丛生，有刺，实如
耳珰，紫赤可啖。　　【陆玑《疏》】《三苍》说棫即柞也②。其材理
全白，无赤心者为白桵。直理易破，可为梜、车辐，又可为矛、戟、
矜。今人谓之白捄，或曰白柘。　　【苏颂曰】木高五六尺，茎间有
刺。　　【愚按】《本草》："叶细似枸杞而狭长，花白，子附茎生，
紫赤色，大如五味子。华实蕤蕤下垂，故谓之桵。"柞木亦名棫，而
材理实异。

【校注】

①棫（音 yù），见《大雅·绵》，诗云："柞棫拔矣，

行道兑矣。"棫，又称白桵（音 ruí）。灌木。小枝灰绿色，有刺。核果球形，暗紫红色。核左右压扁呈卵球形。花实蝶蕤下垂，故称为桵，又称为蕤核。

②《三苍》，也作《三仓》。汉初，有人将当时流传的字书《仓颉篇》、《爰历篇》、《博学篇》合为一书，统称《仓颉篇》，又称《三仓》。魏晋时，又把《仓颉篇》与扬雄《训纂篇》、贾访《滂喜篇》合为一部，也称《三仓》。

楛
①

【《周语》韦昭注】楛，木名。　　【正义】陆玑云："楛其形似荆，而赤茎似蓍。上党人织以为斗、筥、箱器。又屈以为钗，故上党人调曰：'问妇人欲买赭不②？谓灶下自有黄土。问买钗不？谓山中自有楛。'"　　【图经】有青赤二种：青者荆，赤者楛。嫩条皆可为筥筩③。古者贫妇以荆为钗，即此二木也。　　【愚按】古有蓍簪、荆钗，今吴人以黄杨木作簪，即古之遗意。蓍簪见《韩诗外传》④。

> 【校注】
>
> ① 楛（音 hù），见《大雅·旱麓》，诗云："瞻彼旱麓，榛楛济济。"楛，茎似荆，叶如蓍，可以作箭杆、簪钗等。

② 赭（音 zhě），赤色。

③ 筥（音 jǔ），圆形竹筐。笛（音 dùn），同"囤"。

④《韩诗外传》卷九载："孔子出游少源之野，有妇人中泽而哭，其音甚哀。孔子使弟子问焉，曰：'夫人何哭之哀？'妇人曰：'乡者刈蓍薪，亡吾蓍簪，吾是以哀也。'弟子曰：'刈蓍而亡蓍簪，有何悲焉？'妇人曰：'非伤亡簪也，盖不忘故也。'"

栵
①

【尔雅】栵，栭。 　　【郭璞注】树似櫠檖而庳小②，子如细栗，可食。今江东亦呼为栭栗。 　　【愚按】邢叔明引芝栭为栭栗③。《内则》云"芝栭"④，盖芝属也。庾蔚云⑤："无花叶而生者曰芝栭。"一作檽⑥。木生者为檽，地生者为菌。则非此栭也。所谓栵者，今吴中呼为茅栗。

【校注】

① 栵（音 liè），见《大雅·皇矣》，诗云："修之平之，其灌其栵。"栵，栵栗，又名栭（音 ér）栗，即茅栗。《本草纲目》："栗之大者为板栗，小如指顶者为茅栗。"

② 槲，音 hú。橚，音 sù。

③ 邢叔明，邢昺。

④《内则》，《礼记》篇名。

⑤ 庾蔚，一作庾蔚之，刘宋人，著《礼记略解》，今佚。
庾蔚云云，见《礼记正义》。

⑥ 檽，音 nòu。

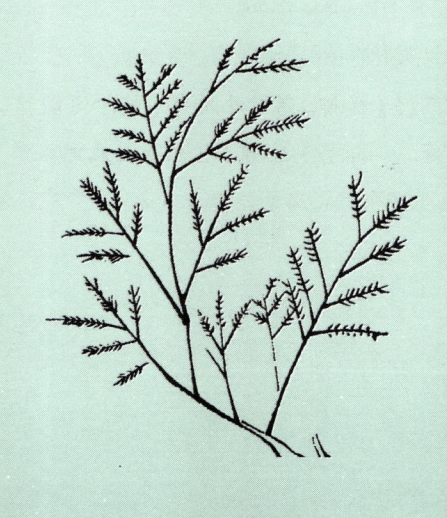

桱①

【尔雅】桱,河柳。　【郭璞注】今河旁赤茎小杨。　【陆玑《疏》】生水旁,皮正赤如绛。一名雨师。枝叶如松。　【罗愿《尔雅翼》】桱叶细如丝,婀娜可爱。天之将雨,桱先起气以应之,故一名雨师,而字从圣。　【诗疏广要】②非独知雨,又能负霜雪,大寒不凋,有异余柳。　【江淹《桱颂》】木贵冬荣,桱实寒色。【衍义】③人谓之"三春柳",以其一年三秀也。　【郑樵《通志》】④大概松、杉之类,而意态似柳,其材可卷为盘合。

【校注】

　　① 柽(音 chēng),见《大雅·皇矣》,诗云:"启之辟之,其柽其椐。"柽,柽柳。落叶小乔木,枝干可编筐。枝叶如松,婀娜可爱。一年开三次花,又称为三春柳。

　　②《诗疏广要》,指明毛晋的《毛诗草木鸟兽虫鱼疏广要》。

　　③《衍义》,指寇宗奭的《本草衍义》。

　　④《通志》云云,见《昆虫草木略》。

椐
①

【尔雅】椐，樻。　【孙炎注】樻肿节可以作杖。　【陆玑《疏》】节中肿似扶老，即今灵寿是也。人以为马鞭及杖，弘农共北山甚有之。　【《汉书·孔光传》】赐灵寿杖。　【颜师古注】木似竹，有枝节。长不过八九尺，围三四寸。自然合杖制，不须削治。令人延年益寿。　【愚按】《本草》一名扶老杖，一名灵寿木。叶圆而锐，有华，故《山海经》云"灵寿实华"②。

木，可制为手杖。

② 至此而止。见《山海经·海外经》。

檿
①

【尔雅】檿桑,山桑。　【郭璞注】似桑,材中作弓及车辕。
【考工记】弓人取干,柘为上,檿桑次之。　【禹贡】青州,厥篚
檿丝②。　【注】蚕食檿桑所得丝,韧,中琴瑟之弦。　【说文】
山桑有点文者。　【朱子《集传》】檿,山桑也。与柘皆美材,可
为弓干,又可蚕也。

毛诗名物图说

柘①

【淮南子】八月其树柘。　【说文】桑属。　【蚕书】柘叶饲蚕，为丝中琴瑟弦，清响胜凡丝。　【埤雅】柘宜山石。　【愚按】柘材可为弓矢，故《考工记》云"弓人取干，柘为上"、《投壶》云"矢以柘若棘"是也②。叶可饲蚕，又堪染色，《本草》云："其木染黄赤色谓之柘。"黄，天子服是也。又季夏取桑柘之火，见《周书》③。其实名佳，崔豹曰④："桑实曰葚，柘实曰佳。"

【校注】

① 柘（音 zhè），见《大雅·皇矣》，诗云："攘之剔之，其檿其柘。"柘，柘树。落叶灌木或小乔木。树皮灰褐色，

有长刺，叶卵形或倒卵形。果红色，近球形。木材密致坚韧，可制弓。木汁能染赤黄色。

　　②《投壶》，《礼记》篇名。

　　③《周礼·夏官·司爟》："司爟掌行火之政令。"郑众注引《鄹子》曰："春取榆柳之火，夏取枣杏之火，季夏取桑柘之火，秋取柞楢之火，冬取槐檀之火。"鄹与邹同，《鄹子》即《邹子》，《汉书·艺文志》诸子略阴阳家有《邹子》四十九篇。《论语·阳货》："钻燧改火。"马融注："《周书》、《月令》有更火之文。"下所引《周书》、《月令》，与《邹子》曰全同。贾公彦《周礼正义》曰："先郑引《鄹子》书，《论语注》引《周书》，不同者，《鄹子》书出于《周书》，其义是一，故各引其一。"桑柘之火，指钻桑木、柘木而取火。

　　④崔豹，晋人，撰《古今注》。

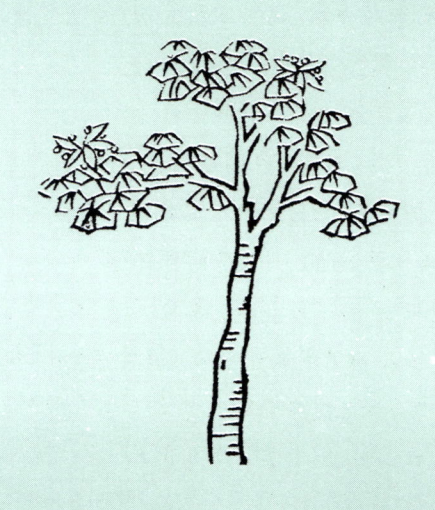

梧桐①

【毛《传》】梧桐，柔木也。　【正义】柔刃之木，故曰柔木。《释木》云："榇②，梧。"郭璞云："今梧桐。"　【《淮南子·说山训》】梧桐断角。　【注】③柔胜刚也。　【衍义】④四月开花，五六月结子，《月令》"清明，梧桐始华"者是。　【愚按】花细堕地，枝头出丝笑，长三寸许，五片合成，老则裂开如箕，谓之橐鄂⑤。其子谓桐乳⑥，缀橐鄂上。飞鸟喜巢其树，《庄子》所谓"桐乳致巢"也⑦。树性高洁，异于群木，故旧说凤凰非梧桐不栖。

【校注】

① 梧桐，见《大雅·卷阿》，诗云："梧桐生矣，于彼朝

阳。"梧桐,落叶乔木。阔叶掌状分裂。生长甚快,木质松软,故被称为柔木。

　　② 榇(音 chèn),青桐。

　　③ 注,指《淮南子》高诱注。

　　④《衍义》,指寇宗奭《本草衍义》。

　　⑤ 橐(音 tuó),"橐"的异体字。

　　⑥ 桐乳,桐子似乳状,故名。

　　⑦《太平御览》卷九五六引《庄子》:"空门来风,桐乳致巢。"今本《庄子》无此文。

柏
①

【尔雅】柏，椈②。　【王安石《字说》】栢为百木之长，栢犹
百也，故从百。　【六书精蕴】③柏，阴木也。木皆属阳，而柏向阴
指西，盖木之有贞德者，故字从白。白，西方正色也。　【寇宗奭
曰】④予官陕西，登高望柏，千万株皆一一西指。此木至坚，不畏
霜雪。　【愚按】柏有二种：圆柏、侧柏。其叶圆如针者即桧也，详
《卫风·竹竿》⑤。又一种侧柏，今吴中呼为扁柏，《画谱》云："柏
树缠身。"其材可作舟、屋，故诗曰"柏舟"⑥，此诗"寝成孔安"，
及汉武帝起柏梁台，皆是也。

【校注】

① 柏，见《商颂·殷武》，诗云："陟彼景山，松柏丸丸。是断是迁，方斫是虔。松桷有梴，旅楹有闲，寝成孔安。"柏，柏树。

② 椈（音 jú），柏的别名。

③《六书精蕴》，明魏校著。

④ 寇宗奭曰，见《本草衍义》。

⑤《卫风·竹竿》云："桧楫松舟。"桧，即圆柏，说详"桧"条。

⑥ 柏舟，见《邶风·柏舟》篇。